KB267989

임진운 판타지 장편 소설

대공학자

대공학자 6

임진운 판타지 장편 소설

초판 1쇄 찍은 날 § 2002년 9월 30일
초판 1쇄 펴낸 날 § 2002년 10월 10일

지은이 § 임진운
펴낸이 § 서경석

편집장 § 문혜영
편집 § 장상수 · 박영주 · 김희정 · 권민정 · 이종민 · 연종은
마케팅 § 정필 · 강양원 · 김규진 · 안진원

펴낸곳 § 도서출판 청어람
등록번호 § 제1081-1-89호
등록일자 § 1999. 5. 31
어람번호 § 제1-0297호

주소 § 경기도 부천시 원미구 심곡1동 350-1 남성B/D 3F (우) 420-011
전화 § 032-656-4452 팩스 § 032-656-4453
http://www.chungeoram.com
E-mail § eoram99@chollian.net

ⓒ 임진운, 2002

값 7,500원

ISBN 89-5505-332-0 (SET)
ISBN 89-5505-493-9 04810

임진운 판타지 장편 소설

대공학자

카일락스 **6**

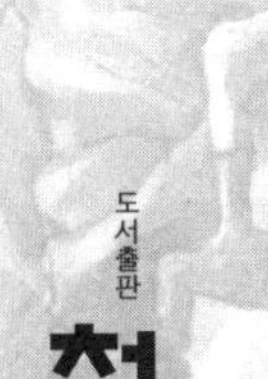

도서출판 청어람

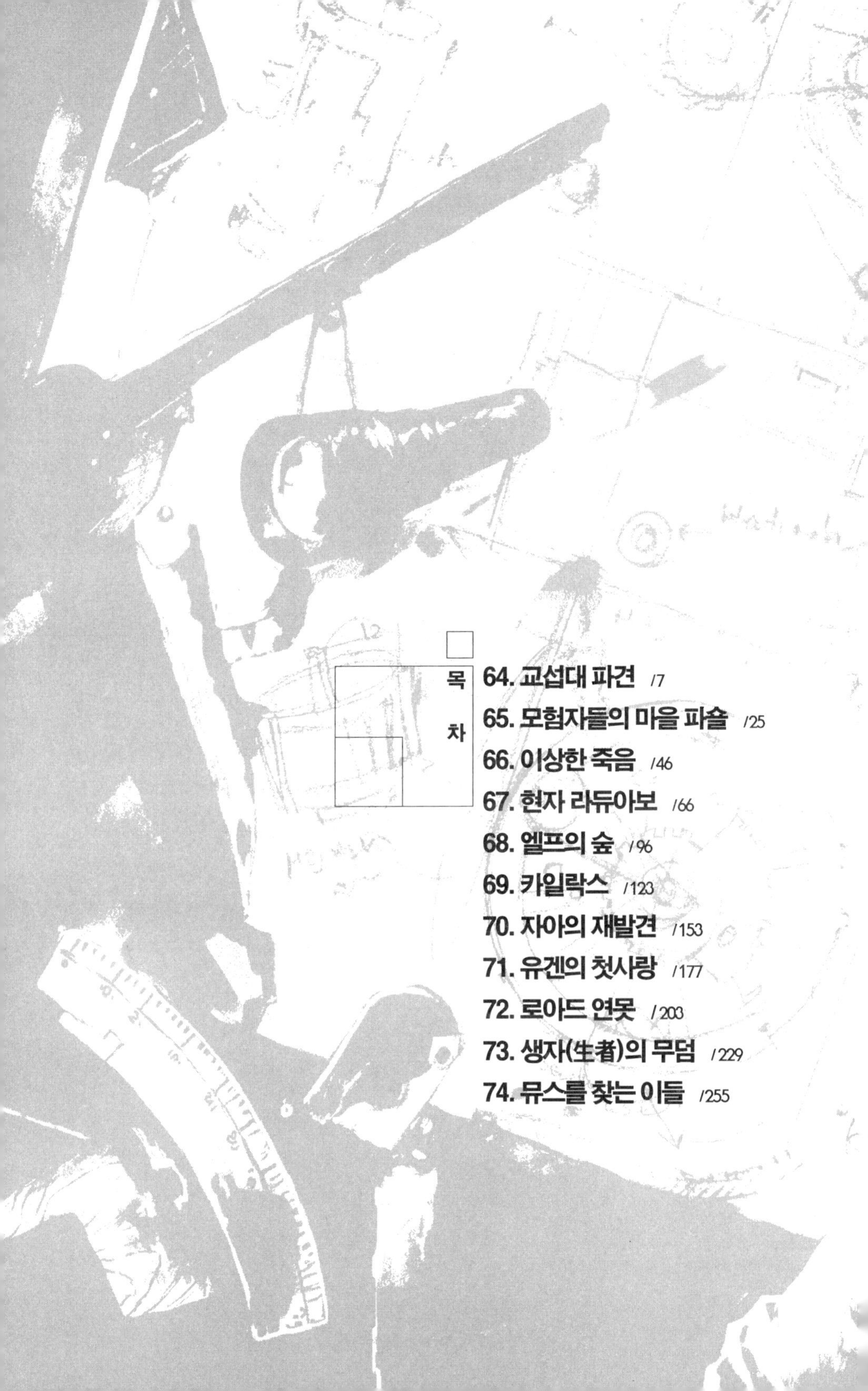

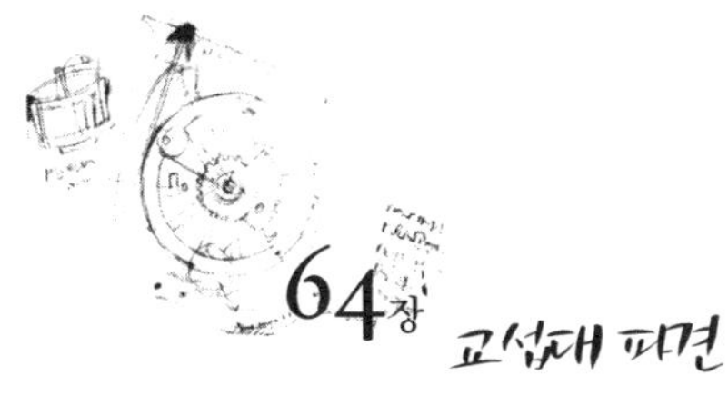

64장 교섭대 파견

초여름의 더위를 품은 햇살이 궁전의 두터운 기둥에 부딪치며 산산이 부서지고 있었다. 건물을 지탱하기 위해 세워진 기둥은 어른의 팔로 세 아름은 족히 되었고, 천장과 접해 있는 부분에는 날아갈 듯 노니는 처녀들의 모습이 조각되어 있었다. 그 기둥의 사이로 내부로 스며드는 빛을 막기 위한 차양천이 하늘거리며 쳐져 있었는데 그 안쪽에는 흰색의 매끄러운 대리석으로 꾸며진 화려한 공간이 있었다.

이곳저곳에 불규칙적으로 나열되어 있는 안락의자 중 한곳에 15세 정도쯤 되어 보이는 소년이 편안한 자세로 앉아 시녀들의 시중을 받고 있었다. 그에게 과일을 먹여주고 있는 시녀들 손의 움직임은 금이 간 도자기라도 다루는 듯 세심했고 영원히 지워지지 않을 듯한 미소가 그녀들의 입가에 흐르고 있었다.

나이에 어울리지 않는 극진한 대접을 받는 소년, 이 소년이 바로 듀들란 제국의 황제 크로시드 3세였다. 크로시드 황제의 얼굴에서는 15세의 소년다운 치기를 찾아볼 수 없었다. 그의 눈매는 깊은 상념을 담고 있는 듯 무겁게 깔려 있었으며, 오뚝한 코는 그의 절대에 가까운 권력만큼이나 높았고, 입술은 그의 말 한마디에 담긴 위엄이 얼마나 대단한 것인가를 보여주듯 굳게 다물려 있었다. 문득 그의 낮게 깔려 있는 눈동자가 움직이기 시작했다. 그의 귀를 통해 들려오는 발자국 소리가 그 원인이었다.

저벅. 저벅.

"투르코스 재상 각하 드십니다."

밖에서 알려오는 시녀의 목소리를 듣고서 발자국 소리의 주인이 누구인지를 깨달은 크로시드 황제의 눈빛이 순간적으로 변하고 있었다. 그리곤 안락의자에 기대었던 몸을 일으켜 투르코스 재상이 걸어오고 있는 곳을 바라보며 기쁘게 미소 지었다.

"숙부님, 오셨습니까!"

하지만 반갑게 던진 그의 인사에 돌아오는 것은 투르코스 재상의 딱딱하고도 사무적인 목소리였다.

"지금은 재상으로서 폐하를 만나뵈러 온 것입니다. 그러니 숙부라는 말은 삼가해 주십시오."

그의 목소리에 순간적으로나마 기가 죽은 듯한 표정을 지은 크로시드 황제는 눈을 조용히 내리깔며 처음의 신색을 회복했고 이내 다시금 입을 열었다.

"어서 오시오, 재상."

그제야 황제의 태도가 마음에 들었는지 고개를 끄덕인 투르코스 재상은 팔 사이에 끼워져 있는 몇 장의 서류를 공손히 내밀며 말했다.

"오늘은 특별히 보고드릴 일이 있어서 폐하의 휴식 시간임에도 불구하고 찾아뵈었습니다."

잠시 고개를 갸웃거린 크로시드 황제는 그것을 받아 들며 투르코스 재상의 얼굴을 바라보았다.

"뭔가 위급한 상황이라도 생긴 것이오? 재상이 직접 보고서를 들고 찾아오다니."

그의 질문에 주변을 살피던 투르코스 재상은 시녀들에게 눈길을 멈추며 황제를 향해 말했다.

"잠시 시녀들을 물러나게 해주십시오."

황제는 투르코스 재상의 태도에서 어떠한 이유가 있음을 알고 하녀들에게 손짓을 했다.

"너희들이 할 일은 끝났으니 이만 물러가거라."

이런 일이 처음은 아닌 듯 말이 끝나자마자 하녀들은 자신이 들고 있던 바구니를 급히 챙겨 발자국 소리조차 나지 않을 정도로 조심스럽게 실내를 빠져나갔다. 그녀들의 모습이 사라지는 것을 확인한 황제는 재상을 바라보며 물었다.

"재상이 이렇게 급히 찾아온 것을 봐서는 보통 일은 아닐 텐데, 대체 어떤 일이 생긴 것이오?"

황제의 물음에 투르코스 재상은 다시 한 번 주변을 살피며 조심스러운 목소리를 흘렀다.

"황제 폐하께서도 도이첸 제국의 공학원을 아실 것입니다."

투르코스 재상의 입에서 흘러나온 공학원이라는 말에 눈빛을 빛낸 황제는 턱을 매만지며 나이답지 않은 행동을 했다.

"당연히 모를 리가 없잖소. 지금이야 장영실 경 덕분에 한숨을 돌리고 있지만 그것 때문에 듀들란 제국 황궁 전체에 긴장이 감돌고 있었는데 짐이 모를 리가 있겠소?"

이미 예상하고 있었던 황제의 대답을 들은 투르코스 재상 역시 수긍의 표정을 지으며 말을 이었다.

"그렇습니다. 듀들란 제국에 공학원이 생기기 전에는 큰 고민거리였으니……. 한데 루스티커 수석 마법사님께 놀라운 사실을 듣게 되었습니다. 얼마 전 그 공학원의 원장이라는 자가 도이첸 제국에서 추방을 당했다는 것이지요."

투르코스 재상의 말이 무엇을 뜻하는지 잘 알고 있던 황제는 이해가 안 된다는 듯한 얼굴로 되물었다.

"어떻게 그런 일이… 도이첸 제국에서 그를 추방한다는 것은 너무 큰 것을 포기하는 것이 아니오? 대체 그들은 무슨 생각을 하고 있기에……."

그의 말에 잠시 생각을 해보던 투르코스 재상은 조금 냉정한 목소리로 말했다.

"충분히 그럴 수도 있는 일입니다."

"그럴 수도 있는 일?"

"도이첸 제국은 얼마 전 상황의 임기가 끝나며 또 한 번의 대관식을 치렀습니다. 도저히 이해할 수 없는 그 20년의 대관식을 말입니다. 그럴 때마다 권력을 잡고 있던 귀족들은 자신들의 권력을 유지하기 위해 위험 요소를 없애려는 노력을 하게 되는 것입니다. 이것은 도이첸 제국뿐만 아니라 우리 듀들란 제국에서도 대관식이 있은 이후에 여러 번 일어났었던 일이고 인간의 정치에서는 필연적으로 생길 수밖에 없는 일이죠. 아무래도 공학원의 원장 역시 그 위험 요소 중의 한 명으로 낙인찍힌 듯합니다. 또 그만한 능력을 충분히 갖춘 자이니……."

"그렇다면 재상이 생각하고 있는 것은 무엇이오?"

황제의 물음에 투르코스 재상은 서슴없이 대답했다.

"그 추방된 공학원의 원장을 우리 듀들란 제국 쪽으로 끌어들였으면 합니다."

그의 대답을 들은 황제는 조금 당황스러운 표정을 지었는데, 도이첸 제국과 동맹을 맺은 입장에서 추방자를 받아들이는 것은 동맹에 위배되는 행위임을 누구보다 잘 알고 있기 때문이었다.

"그렇다면 도이첸 제국과의 정치적 마찰은 어떻게 감당하려고 하는 것이오? 그리고 우리는 장영실 경이 있으니 꼭 그자의 힘이 필요한 것은 아니지 않소?"

고개를 내저은 투르코스 재상은 목소리를 조금 낮추며 대답했다.

"폐하, 그것은 잘못된 생각입니다. 인재는 많이 거느리면 거느릴수록 군주에게 이득이 되는 것이고, 장영실 경이 대단한 능력을 지녔다고는 하지만 그와 버금가는 능력을 가진 공학원 원장의 나이는 이제 고작 20세. 무한의 가능성을 가지고 있는 자이니만큼 놓치기는 정말 아까운 자입니다. 게다가 도이첸 제국의 수뇌부에서 잘못된 판단을 내려 그를 추방하게 되었다고는 하지만 새로운 황제를 중심으로 근 시일 이내에 권력의 축이 재편성될 것이고 더욱 견고해진 정치적 기반 하에 도이첸 제국은 발전을 꾀할 것입니다. 그러한 과정에서 도이첸 제국 황실이 공학원 원장을 다시금 등용할 것이라는 것은 쉽게 알 수 있는 사실입니다."

숨을 한번 몰아쉰 투르코스 재상은 강렬한 눈빛으로 황제를 주시하며 말을 이었다.

"지난 수백 년간 대륙의 모든 국가는 정체의 길을 걷고 있습니다. 그것은 마법의 몰락 과정을 겪으면서도 이렇다 할 변혁이 없었기 때문입니다. 그러한 와중에 우리의 눈앞으로 공학이라고 하는 커다란 변혁이 다가왔습니다. 이것은 지금까지 생각지도 못했던 놀라운 발견이며 마법에만 눈이 멀어 신이 이 땅의 모든 생명체에게 전해준 세상의 원리를 깨닫지 못하고 있었던 우둔함을 일깨워 준 일입니다. 이제 공학은 곧 대륙의 대세로 자리 잡을 것이고, 앞으로 듀들란 제국이 대륙의 유일한 강국으로 우뚝 서기 위해서는 이 공학이라는 변혁을 주도해야 합니다."

조용히 투르코스 재상의 말을 듣고 있던 황제는 고개를 끄덕이며 그의 말을 받듯이 말했다.

"그러기 위해서는 공학원 원장을 꼭 영입해야 한다는 말이겠구려. 우리의 발전은 둘째 치고라도 타국으로 그가 흘러 들어가는 것도 막자는……."

황제가 어린 나이임에도 불구하고 자신의 의도를 확실하게 이해하자 투르코스 재상은 흐뭇한 미소를 지었다.

"네, 그렇습니다, 폐하. 그를 필히 영입해야 합니다."

"그렇다면 그를 우리 듀들란 제국으로 끌어들일 방법이라도 있소? 그가 우리의 영입 의사를 받아들이지 않는다면 모든 것이 허사로 돌아가는 것인데… 게다가 추방을 당했다면 미개척지의 어딘가에 있을 테니 찾는 것조차 만만치 않을 것이오."

기대와 함께 근심이 맞물린 목소리로 황제가 묻자 투르코스 재상은 자신이 건네준 서류를 가리키며 대답했다.

“그 점의 세밀한 계획에 대해서는 폐하께서 들고 계신 서류를 보면 자세히 아실 수 있을 것입니다.”

하지만 황제는 그가 건네준 서류를 보지도 않은 채 믿음이 담긴 목소리로 대답했다.

“흠… 재상이 직접 만들었다면 볼 것도 없을 것이오. 짐은 천천히 서류를 살펴볼 테니 재상이 계획했던 대로 추진하시오. 일의 성격상 하루라도 빨리 착수하는 것이 이로울 것이오.”

“그렇게 하겠습니다, 폐하.”

이야기가 끝나자 둘 사이에는 잠시간의 침묵이 감돌았다. 황제는 투르코스 재상의 눈치를 살폈고 투르코스 재상은 조금 숙이고 있던 고개를 들며 자세를 바로 했다. 그리곤 따뜻한 목소리로 둘 사이의 침묵을 깼다.

“시너스, 아직도 너의 자리가 많이 부담스러운 것이냐?”

그의 입에서 흘러나오는 시너스라는 이름은 어린 황제의 이름이었다. 공적인 자리에서야 크로시드라는 성을 따서 부르기에 별로 쓰일 일이 없었지만, 황제는 친지들이 자신의 이름을 불러주는 것을 좋아했기에 사적인 자리에서는 시너스라는 이름으로 불렀다.

투르코스 재상이 자신의 이름을 부르자 이제 공적인 시간이 끝났다는 것을 깨달은 황제는 밝게 웃으며 고개를 가로저었다.

“아닙니다. 숙부님께서 딱딱하게 보고를 하실 때만 아니면 저는 전혀 불편하지 않은걸요. 저의 아버지와 같으신 분께서 저에게 말을 높이시고 제가 하대를 해야 하니 그 점이 불편할 뿐이죠.”

“황제라는 것은 만인을 내려다보는 자리인만큼 그 위엄이 아주 중요하니 너를 딱딱하게 대할 수밖에 없구나. 그래도 네가 이렇게 당당한 황제의 모습을 보여주니 나도 마음이 놓인단다."

"저도 숙부님의 뜻을 잘 알고 있습니다. 그러니 힘들더라도 견딜 수밖에요."

대화 중에도 투르코스 재상의 무표정한 얼굴에는 아무런 변화가 없었다. 그를 처음 본 사람이라면 황제에게 어떠한 불만이라도 있는 것으로 생각할 수도 있겠지만 어려서부터 그를 봐왔던 황제는 그의 무표정한 얼굴이 더욱 든든하게 느껴질 뿐이었다. 황제의 말이 계속되었다.

"아참, 미뉴엔느는 잘 있죠? 그리고 보니 그 아이를 못 본 지도 오래된 것 같네요. 예전엔 내가 그렇게 보고 싶다고 떼를 쓰곤 했는데 요즘은 어떻게 지내는지……."

사촌 동생인 미뉴엔느에 대한 소식을 묻자 투르코스 재상은 골치가 아픈 듯 고개를 저었다.

"말도 말거라. 황제 위에 오른 너의 위치를 생각해서 못 만나게 하고 나 역시 녀석과 놀아주지 않자 이제는 장영실 경에게 붙어서 못살게 구는 중이란다. 어찌나 장영실 경을 좋아하는지……."

황제는 강한 인상을 가진 사내의 얼굴을 떠올렸다. 그는 다른 사람들과는 조금 다른 모습을 하고 있었지만 충분히 호감을 심어줄 수 있는 모습이었고 알면 알수록 인간미가 넘치는 사람이었다. 게다가 지금까지 듣지도, 보지도 못했던 지식까지 가지고 있는 사내, 장영실이었다. 그의 얼굴을 떠올리던 황제는 웃음을 띠며 말했다.

"장영실 경이라면 미뉴엔느의 마음에 꼭 들 만하죠. 뭐랄까… 말로 표현할 수 없는 매력을 지닌 중년의 남성이라고 할까?"

투르코스 재상은 무슨 일인지 미간을 찌푸리며 대답했다.

"흐음, 장영실 경이 그 말을 듣는다면 기분 나빠하겠군. 이제 겨우 30대 중반인데 중년의 남성이라니."

황제는 투르코스 재상의 말을 믿지 못하겠다는 표정을 지었다.

"옛?! 30대 중반이라니요? 그렇다면 누님과도 나이 차이가 얼마 나지 않는단 말씀인가요?"

"조금 무리가 있어 보이지만 그의 말에 의하면 틀림없는 30대란다. 그러니 장영실 경 앞에서는 조금 신경을 쓰는 것이 좋을 것 같구나. 아무리 네가 황제지만 늙어 보인다는 말을 듣고 기분 나쁘지 않을 사람은 없을 테니."

잠시 생각을 해보던 황제는 그의 말에도 일리가 있다고 느꼈는지 수긍했다.

"하긴… 엄청난 지식을 쌓느라 고생했을 테니… 마법사들이 나이에 비해 늙어 보이는 것과 비슷한 이치인가 보군요."

"아마도 그렇겠지. 이쯤에서 장영실 경에 대한 이야기는 그만 하도록 하고 저녁이나 함께 하도록 하자꾸나."

고개를 끄덕인 황제는 투르코스 재상의 제안에 따라 장영실의 나이에 대한 생각을 털어내며 대답했다.

"하긴 타인의 신체적인 약점(?)을 뒤에서 이야기하는 것은 예의가 아니죠."

둘의 대화로 인해 장영실은 자신도 모르는 사이 애석하게도 신체적인 약점을 가진 사람이 되어버렸는데… 대화가 마무리되자 황제와 투르코스 재상은 느긋한 걸음걸이로 자리를 옮겼고, 그들이 떠난 자리에는 무더운 여름의 공기만이 기승을 부리고 있었다.

흰색의 거친 벽을 가진 상당한 규모의 건물.

듀들란 제국에서 정치적 영향력을 가진 귀족들의 집무실이 모여 있는 건물이었다. 흰색의 외벽을 따라 똑같은 모양의 난간들이 줄지어 있고 몇몇 귀족들은 더위를 씻으려는 듯 난간에서 바람을 맞고 있었다.

투르코스 재상 역시 뒷짐을 진 채 자신의 집무실과 연결되어 있는 난간 앞에 서 있었다. 비록 여름이었지만 멀리서부터 불어오는 바람이 제법 선선하자 머리 속이 맑아지는 듯했고 습하지도 않았기에 땀이 배어나 불쾌감을 주던 옷들도 조금씩 말라가고 있었다.

아직까지도 완전한 어둠이 내려앉지 않은 하늘을 응시하던 투르코스 재상은 문득 주머니에 있는 시계를 꺼내 들었다. 그의 손에는 손바닥 반만한 크기의 시계가 들려 있었다. 일반 시계와 겉모습은 비슷했지만 시간을 표시하는 바늘이 두 개라는 것이 달랐다.

일반 마나 시계의 경우에는 정확도가 떨어져 시간 단위 이하의 시각을 나타내기가 불가능했던 반면 장영실이 투르코스 재상을 위해 특별히 만들어준 이 시계는 시간 단위뿐만 아니라 분 단위까지 알 수 있는 정밀한 시계였던 것이다.

잠시 시간을 확인하던 투르코스 재상은 집무실의 문 두드리는 소리를 들을 수 있었다. 이 시간에 찾아올 사람은 그가 기다리고 있던 단 한 사람이었기에 서슴없는 목소리로 말했다.

"들어오게, 카밀턴 대장."

문 열리는 소리가 들리면서 한 명의 건장한 사내가 집무실로 들어왔다. 그는 180셀리 정도의 키였지만 다부진 몸 덕분에 그보다 훨씬 크게 보였고, 험난한 직책을 맡고 있는 듯 얼굴에는 크고 작은 상처들이 무수히 자리 잡고 있는 사내였다. 그는 어떠한 일에도 흔들리지 않을 듯한 무거운 눈동자를 움직여 실내로 걸어 들어오고 있는 투르코스 재상에게 시선을 맞추었다. 그리곤 굵직한 주먹을 가슴으로 올리며 우렁찬 목소리로 외쳤다.

"황실 소속 특무대 대장 카밀턴! 재상 각하의 부름을 받고 왔습니다!"

자신만큼이나 미소가 없고 딱딱해 보이는 카밀턴의 모습을 보던 재상은 조금은 거북한 기분을 느끼며 손을 내저었다.

"이곳은 그냥 나의 집무실일 뿐 전쟁터가 아니니 그렇게 소리 지를 것은 없네. 조용한 밤에 남에게 피해를 끼치는 일 아닌가?"

하지만 재상의 말에도 불구하고 오랜 기간 동안 몸에 익은 버릇은 어쩔 수 없는 듯 다시금 우렁찬 목소리가 집무실을 울렸다.

"주의하겠습니다, 재상 각하!"

눈앞의 이 우직한 사내에게 더 이상 주의를 주는 말을 해봤자 아무 효과가 없음을 느낀 투르코스 재상은 다른 방편을 떠올리며 나직한 목소리로 말했다.

"이번 일은 국가 최고 기밀에 속하네. 그런데 자네의 그 우렁찬 목소리로 인해 황궁의 모든 사람들이 알게 될지도 모르는 일인데, 자네는 어떻게 생각하는가?"

투르코스 재상의 절도있으면서도 위압감 풍기는 말을 들은 카밀턴은 잠시 생각을 해보는 듯하다가 이내 자신의 행동이 그름을 깨달은 듯 목소리를 낮추었다.

"저의 생각이 짧았습니다, 재상 각하."

카밀턴의 행동을 보며 만족한 투르코스 재상이었지만 평소와 같이 아무런 내색을 하지 않은 채 책상 쪽으로 걸음을 옮겼다.

"지금부터라도 조심하면 되니 개의치 말게. 그건 그렇고, 자네에게 명한 것은 다 처리했나?"

아직도 투르코스 재상의 은근한 질책에 뻣뻣한 모습으로 서 있던 카밀턴은 고개를 끄덕였다.

"빈틈없이 처리했습니다. 명령받은 대로 훈련이 잘되어 있는 특무대 대원들로만 이루어진 교섭대를 편성하였고 전문 교섭인 역시 배치하였습니다. 하지만 교섭인의 체력이 현저히 떨어지기 때문에 대원들과 함께 체력 훈련을 병행한 기초적인 전투 훈련을 받고 있습니다."

"좋아. 특무대 대장 지위에 걸맞게 일 처리가 매끄럽군."

간단하게 대답한 투르코스 재상은 길쭉한 통에 들어 있던 큼직한 종이 두루마리를 꺼내 들었는데, 제법 고급스럽게 보이는 종이에 기름까지 먹여 물에 젖는 것을 방지하려는 듯했다. 투르코스 재상은 그것을 펼쳐 책상 위에 올려놓고 말을 이었다.

"대륙 전도를 보도록 하지. 북부 미개척지는 듀들란 제국과 도이첸 제국을 감싸고 있으니 표적이 동쪽으로 움직일지 서쪽으로 움직일지는 미지수라네. 하지만 교섭대는 어쩔 수 없이 동쪽으로 움직여야 하니 표적과 엇갈리게 될 경우가 생길지도 모르네. 그 점을 대비하여 이미 몇 명의 정보원들을 모험가들이 자주 모여드는 미개척지 마을에 파견해 두었으니 그들과 긴밀한 연락을 취하도록 하게."

잠시 말을 끊은 투르코스 재상은 손의 뼘을 이용하여 거리를 짐작해 보는 듯했다.

"표적이 도이첸 제국으로부터 추방당한 지 한 달이라는 시간이 지났으니 최소한 100켈리 이상은 움직였을 것일세. 하지만 그 역시 미개척지에서 혼자 살아남을 수 없다는 것을 알 테니 모험자들의 마을이나 마물들이 자주 출몰하지 않는 곳을 통과할 것은 자명한 일. 그러니 교섭대는 그 점을 최대한 활용하도록 하게."

투르코스 재상의 설명은 일의 성격이나 그 어려움에 비해 짧은 것이었다. 하지만 카밀턴이 속한 특무대는 이러한 일에 노련한 인물들로만 이루어진 단체였기에 이 정도의 설명으로도 충분했고, 세밀한 부분은 카밀턴이 직접 생각해서 판단해야 할 부분들이었다.

"그 점에 대해서는 충분히 인지하고 계획을 세워놓았으니 재상 각하께서는 심려하지 않으셔도 될 것입니다."

믿음직스러운 그의 대답에 짚고 있던 지도에서 손을 뗀 투르코스 재상은 허리를 세웠다.

"자네도 알다시피 이번 일은 대륙 전체를 그 범위로 잡기에 극히 어려울 것일세. 게다가 타국의 이목 역시 주의해야 하니 황궁을 떠난 이후부터는 어떠한 지원조차 본국으로부터 받을 수 없는 것은 물론 사고가 생겼을 경우 역시 자네가 이끄는 교섭대가 듀들란 제국 소속이라는 것은 황실이 부정하게 되네."

카밀턴의 표정은 아무런 변화도 없었다. 사실 그가 속한 특무대는 극히 위험하거나 비밀리에 이루어져야 할 작전을 수행하기 위해 만들어진 조직이었고, 그런 조직을 책임지는 인물인만큼 위험에 대한 각오는 그의 뇌리에서 지워진 적이 없었기 때문이다.

"그 점은 저희가 특무대에 소속될 때부터 전제되어 온 사실입니다."

"하긴 그렇겠지. 어쨌든 이번 일은 각별히 신중을 기해주길 바라네.

듀들란 제국은 이번 일을 계기로 또 다른 전기를 맞이하게 될지도 모르니."

말을 마친 투르코스 재상은 책상 서랍에서 밀봉되어 있는 봉투를 하나 꺼내 카밀턴에게 내밀었다.

"이것은 교섭인에게 전해주게나. 목표를 만났을 때 꼭 알려야 할 내용들을 정리해 놓은 것이네. 그리고 속에는 붉은색 작은 봉투가 하나 더 있네. 그것은 교섭이 결렬되었을 때 자네가 열어본 후 조치를 취하도록 하게. 내가 할 말은 다 했는데 질문있나?"

투르코스 재상의 말에 짧은 시간 동안 생각하던 카밀턴이 물었다.

"목표에 대해 강제적인 입장을 취해도 되는 것입니까?"

잠시 턱을 쓰다듬던 투르코스 재상은 팔짱을 끼며 답했다.

"자네가 능동적으로 대처해야 할 일이지만 될 수 있는 한 존중해 주게. 긍정적으로 교섭이 끝난다면 듀들란의 귀빈이 될 자이니."

"네, 그렇게 하겠습니다."

"이제 더 이상 질문이 없으면 나가보게나. 수고하게."

카밀턴은 들어왔을 때와 같은 모습으로 오른 주먹을 가슴으로 올리며 예를 취했다.

"그럼 이만 물러가겠습니다."

간단한 인사와 함께 그가 자리를 떠나자 집무실에 남은 투르코스 재상은 의자에 앉았다. 그리곤 책상 위에 올려져 있던 파이프를 들어 바짝 말라 있는 담뱃잎을 담곤 문득 불안한 눈빛으로 주변을 둘러보았다.

"이런… 부싯돌이 또 없어졌군."

한동안 주변을 두리번거리던 투르코스 재상의 모습은 평소 그를 알던 사람들이라면 이상해하리만큼 허둥거리고 있었다. 그러던 중 바닥에 떨어져 있는 부싯돌을 발견하며 마치 귀한 보물이라도 발견한 양 눈가에 주름을 잡으며 미소를 지었다.

"허헛, 여기 있었군!"

이것은 많은 이들이 알고 있는 그와는 전혀 다른 모습이었는데 더 이상 냉랭한 목소리도 아니었고 굳어 있는 표정도 아니었다. 지금만큼 은 부드럽고 듣기 좋은 목소리에 인자한 중년인의 얼굴이었다.

타탁!

부싯돌의 마찰음이 나면서 파이프로부터 연기가 피어올랐다. 한 모 금의 담배 연기를 머금은 투르코스 재상은 이제야 마음의 안정을 느끼 는 듯 의자의 등받이에 몸을 기대곤 한껏 맛을 음미한 연기를 숨과 함 께 내쉬었다.

"후우… 빌어먹을 가비르."

무의식 중에 내뱉은 말과 함께 짜증이 밀려옴을 느꼈다. 그의 입을 통해 나온 이름은 자신이 하는 일마다 걸리적거리던 대학 동창생의 이 름이었고 스스로에 대해 생각할 때마다 떠오르는 이름이었으며 평생 남 앞에서 미소 한번 짓지 못하는 신세로 만들어놓은 당사자였다. 투 르코스 재상은 쓰디쓴 미소를 지으며 입을 열었다.

"자네를 못 본 지도 상당한 시간이 지났군. 젊을 때는 그렇게 못 잡 아먹어서 안달이었지만, 막상 이렇게 멀리 떨어져 있으니 조금 그립기 도 하군. 하지만 이렇게 늙었다고 해서 자네에게 모든 것을 양보한다 는 것은 아니야. 다른 사람이면 몰라도 자네에게만은 절대 지기 싫거 든."

한동안 옛 생각들을 떠올리기 시작하던 투르코스 재상은 아무리 생 각해 봐도 그다지 좋은 기억들이 없자 입맛을 다시며 다시금 담배 파이프를 입으로 가져가고 있었다. 그 모습은 그저 쓴 옛 기억은 담배 연기와 함께 날려 버리고 싶은 듯한 모습이었다.

같은 시각. 장영실은 손에 찻잔을 든 채 놀란 얼굴을 하고 있었고, 그의 앞에는 루스티커가 여느 때와 다름없는 모습으로 책을 뒤적이고 있었다. 하지만 책장을 넘기는 행동과는 별개로 시선을 조심스럽게 옮기며 장영실의 표정을 살피는 중이었다.

장영실의 몸이 얼어붙은 듯 움직일 생각을 하지 않자 루스티커는 짐짓 태연한 목소리로 말했다.

"찻잔에 벌레라도 떨어진 겐가? 어서 하던 일이나 계속하도록 하지."

루스티커의 말을 시작으로 장영실의 입이 열리기 시작했다.

"그, 그렇다면 황궁에서 명신을 듀들란 제국으로 데리고 오기 위해 사람들을 파견했다는 말씀입니까?"

그의 되물음에 약간 머쓱한 감을 느낀 루스티커는 헛기침을 했다.

"흠흠, 이를테면 그런 말이지. 하지만 듀들란 제국에 이득이 될 뿐만 아니라 자네가 그 아이를 손쉽게 찾게 되니 더욱 좋은 일 아닌가? 그러니 너무 나쁘게 생각지는 말아주게나."

장영실은 잠시 복잡한 심정이 들었다. 루스티커의 말대로 그들이 명신을 듀들란 제국으로 데리고 온다면 계약이 끝난 이후에 애써 그를 찾아야 하는 수고를 덜 수 있는 것은 물론이고 설혹 그가 응하지 않거나 일이 잘못된다고 하더라도 자신의 존재를 명신에게 알릴 기회였지만, 장영실은 자신의 의지에 따라 이곳에 머물고 있는 것이 아니라 계약에 의한 것이었기에 이런 처지에 명신을 끌어들인다는 것이 마음에 걸렸다.

게다가 주변의 모든 이들이 호의를 보인다곤 하지만 국가 사이에서 일어나는 권력 다툼에 대한 이해가 깊은 장영실은 앞으로 어떠한 일이 일어날지 예측할 수 없었기에 더 더욱 불안할 뿐이었다. 그러나 이미 시위를 떠난 화살과 같은 상황이었고 자신이 어떻게 할 수 있는 상황이 아님을 절감하고 있었다.

"후우… 어차피 저에게 통보해 주시는 이상의 의미가 없지 않습니까. 제게 아무런 힘이 없다는 사실을 잠시 잊고 있었군요. 저 먼저 실례하겠습니다, 루스티커님."

깊은 한숨이 담긴 말을 남긴 장영실은 어두운 안색으로 루스티커의 연구실을 떠났다. 평소 같았더라면 연구하던 자료를 하나도 남김없이 챙겨 숙소로 갈 장영실이었지만, 오늘은 그러한 것들에 신경 쓸 여력이 없는 듯 빈손이었다. 그의 뒷모습을 안타까운 눈빛으로 응시하던 루스티커는 고개를 가로저으며 입을 열었다.

"흐흠… 괜히 저 친구의 심기만 어지럽혔군. 그 아이의 능력을 두 눈으로 보고 싶을 뿐 딴생각은 없다는 것을 알아줬으면 좋겠는데……"

평생 친우로 인정한 몇 안 되는 인물 중 한 명이 자신의 조그마한 욕심으로 인해 기분이 상한 듯하자 루스티커 역시 기분이 침울해짐을 느꼈다. 그러나 마법 연구에 평생을 바친 마법사로서 호기심에 대한 욕구는 그 무엇보다 큰 것이었기에 그로서는 지극히 당연한 행동이었다. 장영실이 떠나고 루스티커 홀로 적막감이 흐르고 있는 연구실에 남게 되자 눈에 익숙한 연구실을 한번 둘러보며 말했다.

"그러고 보니 이곳에 혼자 남은 것도 참 오래간만이군."

　　혼잣말을 하던 그 역시 더 이상 책이 눈에 들어올 것 같지가 않자 무
겁게 처진 어깨를 일으키며 장영실과 자신이 모으고 있던 자료들을 천
천히 정리하기 시작했다.

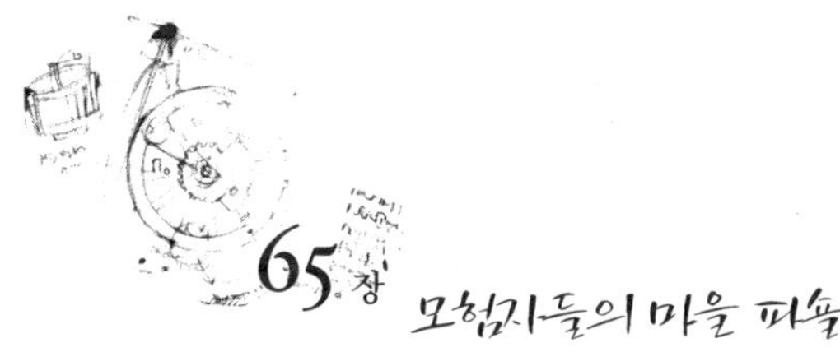

65장 모험자들의 마을 피쉘

진녹색의 잎을 가진 나무들이 싱그러움을 뿜내며 서슴없이 하늘로 뻗었고 그 아래 깔려 있는 나뭇잎과 풀들 위로 이슬이 내려앉아 태양이 전해준 빛을 반사하고 있었다. 비록 드러나지는 않았지만 숲의 어디인가에서 약동하고 있을 생명체들은 아침을 맞아 부산하게 움직였다. 또 방향조차 잡기 힘들 만치 수많은 나무들 사이로 좁다란 길이 나 있었는데, 사람들이 다니는 길이라고 보기에는 너무나 좁고 희미했기에 동물들이 이동하는 길임을 쉽사리 알 수 있었다.

푸드드득!

고요한 아침을 준비하는 숲의 땅으로부터 야생조가 한 마리 비상했다. 그것은 무엇인가에 크게 놀랐는지 깃털이 흩날릴 정도로 바쁜 날갯짓을 하고 있었다. 그렇게 조금을 날아오르던 야생조는 이제 안전하다 싶었는지 얼마 떨어지지 않은 나뭇가지에 내려앉았다. 그리곤 자신을 놀라게 한 존재를 확인하듯 발 아래를 내려다보았다.

부스럭.

마른 나뭇가지를 밟는 소리와 함께 한 인영이 숲길에 나타났다.

보통 키에 조금은 유약한 듯한 몸매, 그리고 어깨까지 늘어뜨린 검은 머리칼을 가진 청년이었다. 그의 발걸음은 전혀 서두르는 기색 없이 천천히 움직였다. 어깨에서부터 무릎까지 늘어뜨린 망토의 틈새를 가르며 질긴 천으로 만들어진 바지가 장단을 맞추며 드러났고, 그 아래 여러 겹의 가죽으로 밑창을 댄 튼튼한 부츠가 보였다. 또 움직일 때마다 팔 아래로 작은 가방이 간혹 보였는데, 그 작은 가방만이 그의 유일한 짐인 듯했다.

청년의 여유로운 발걸음은 한참이나 계속되고 있었다. 게다가 그의 눈은 떨어진 동전이라도 찾는 듯 주변을 살피고 있었다. 그러던 중 한쪽 어깨로 흘러내린 망토를 팔 위로 걷은 청년은 허리를 숙여 땅을 살폈다. 그곳에는 여러 종류의 동물 발자국들이 찍혀 있었으며 하나같이 길을 따라 이어져 있었다.

"흠, 이 길 역시 동물들이 오가면서 만들어졌나 보군. 도이첸 제국의 국경을 넘은 이후로 한 달 동안이나 사람을 못 만났으니… 하긴 그러니 미개척지라고 불리겠지."

흙을 매만져 보며 나름대로 결론을 내린 청년은 고개를 끄덕이며 흙이 묻은 손을 털었다.

"음?"

찰나 그는 빠른 몸짓으로 고개를 들었다. 어떤 기척이라도 느낀 것일까? 짧은 시간 동안 마치 석상이라도 된 듯 움직이지 않고 있던 그는 갑자기 어떠한 확신이라도 생긴 듯 어디론가 급히 뛰기 시작하는 것이었다.

타다다닥!

그는 지금껏 걷던 속도의 수배는 빠르게 달리고 있었는데, 길이 좋지 않은 숲 속임에도 불구하고 보통의 사람들이 평지를 뛰는 것에 필적할 속도였다. 당당히 버티고 서 있던 나무들이 그의 시야 밖으로 빠르게 지나치며 상당한 거리를 달렸고, 동물들이 만든 좁은 길은 등 뒤로 사라진 지 오래였다. 약 200멜리가량을 달렸을 때쯤 그의 발소리에 가려져 희미하던 말발굽 소리가 또렷하게 들리기 시작했다.

"저쪽이군!"

다시 말발굽 소리를 들으며 방향을 잡은 청년은 더욱 힘을 내어 달렸다. 그리곤 너무나 급한 나머지 길이라고 짐작 가는 구릉을 향해 확인도 하지 않은 채 몸을 날렸다.

"여차!"

단발의 기합 소리와 함께 뛰어오른 청년의 다리는 금세 구릉의 내리막에 닿았다. 하지만 앞으로 나가는 힘을 이기지 못하고서 몸의 중심을 조금 잃게 되었고, 엎친 데 덮친 격으로 땅마저 고르지 않아 제대로 된 착지를 할 수 없었다. 결국 청년은 볼썽사나운 모습으로 나뒹굴게 되었고 평지에 닿고 나서야 겨우 몸을 멈출 수 있었다.

나뒹굴던 어지러움 때문인지 청년이 몸을 쉽사리 일으키지 못하고 있을 때, 그의 맞은편에서는 요란한 말 울음소리가 울려 퍼지기 시작했다. 아무래도 갑작스럽게 길로 뛰어든 청년의 모습에 말들이 놀란 듯했다.

히이이잉! 히이잉! 푸득!

말의 울음소리를 듣고서야 말을 타고 이동하던 이들을 제대로 가로

막았다는 것을 깨달은 청년은 행색을 제대로 추스를 생각도 없이 그들에게 반가움의 시선을 돌렸다.

"실례하겠습니다! 저는……?!"

말이 끝나기도 전에 청년은 입을 다물 수밖에 없었다. 바로 네 쌍의 눈이 심상치 않은 분위기로 자신을 바라보고 있었기 때문이고, 그들 중 세 명의 손에는 서슬이 시퍼런 병장기들이 살기를 뿜으며 들려 있었다. 가장 앞의 말에 타고 있던 사내가 갑자기 자신들의 길로 뛰어든 이 불청객의 신색을 살피며 싸늘하게 외쳤다.

"웬 놈이냐!"

고함을 지른 사내는 30대 초반 정도로 보였는데, 갈색의 짧은 머리에 입 주변을 뒤덮을 정도로 수염을 기르고 있었다. 그리고 그의 뒤로 세 명의 인물들이 더 있었는데, 눈초리가 날카로워 성격이 사나워 보이는 젊은 여성과 그녀와 놀랍게도 닮아 있는 사내, 그리고 얼굴을 알아볼 수 없을 만큼 깊이 후드를 덮어쓴 인물이 말을 타고 있었다. 사내의 일행을 살펴보던 청년은 머리를 긁적이며 말했다.

"제가 사람을 만난 지 오래되어 반가운 마음에 이렇게 뛰어들게 되었습니다. 놀라셨다면 사과드리겠습니다."

생각 외로 이 청년의 태도가 예의 바르자 적대감이 조금 풀리는 듯했지만 미개척지에서 상대를 한 번 보고 믿는다는 것은 우둔한 짓이었기에 긴장을 늦출 수는 없었다.

"누가 그런 것을 듣고 싶다고 했나! 신분을 밝혀라!"

사내가 다그치듯 묻자 청년은 자신도 모르게 대답하고 있었다.

"뮤스 드라켄. 도이첸 제국에서 왔습니다."

그의 말대로 이 청년은 도이첸 제국에서 추방을 당한 뮤스였다. 그는 지난 한 달 동안 발이 닿는 대로 움직여 어딘지도 알지 못할 이곳까지 온 것이었다. 뮤스가 자신의 이름과 출신을 밝히자 사내의 뒤에 서 있던 여인이 그를 향해 무시하듯 낭랑한 목소리로 입을 열었다.

"흥! 꼴을 보아하니 당신도 추방자군. 아직까지 살아 있는 것이 용하군 그래?"

뮤스가 추방자라는 것을 한눈에 알아볼 수 있었던 것은 그가 아무런 짐과 무기를 가지고 있지 않았기 때문이다. 미개척지를 떠도는 모험자라면 최소한 자신의 몸을 지킬 만한 병장기를 몸에 지니는 것이 보통이었고, 어디서든 야영을 하거나 식사를 해결할 수 있는 짐을 지니는 것이 보통이었다. 하지만 뮤스는 아무리 살펴보아도 빈 몸이었고 다른 일행이 있는 것도 아니었다. 이러한 경우는 추방자 외에는 없었던 것이다. 여인과 똑 닮은 얼굴을 가진 사내 역시 그녀의 의견에 동의하듯 고개를 끄덕였다.

"대장, 누나의 말대로 추방자인 듯하군요. 저런 추방자 따위에게 동정을 베풀 필요는 없습니다. 어떠한 더러운 짓을 했을지도 모르는데."

대장이라고 불린 사내는 동료들의 의견을 들어보고 판단을 내릴 듯했다. 하지만 아직까지도 어떠한 결단을 내리지 못하고 있었는데, 추방자들의 대부분이 용서받지 못할 죄를 지어 추방을 당하기에 구제할 필요가 없는 것이 당연했지만, 지금 자신들의 앞을 가로막은 뮤스라는 청년에게서 보통의 추방자들과는 전혀 다른 분위기를 느낄 수 있었기 때문이다.

"너는 추방자가 틀림없나?"

그들의 대화를 잠시 듣고 있던 뮤스는 추방자라는 자신의 신분을 떠올리며 고개를 끄덕였다.

"그렇습니다."

"추방을 당한 지는 얼마나 되었지?"

"약 한 달 정도 되었습니다."

뮤스의 대답을 들은 사내는 깜짝 놀라며 되물었다.

"한 달?! 그렇다면 미개척지에서 한 달이나 혼자 지냈다는 말인가? 보아하니 길을 전혀 모르는 듯한데… 그간 함께 움직이던 동료들이라도 있었나?"

얼핏 들어도 뮤스의 말을 도저히 믿지 못하겠다는 말투였다. 또 한 번 날카로운 눈매의 여인이 끼어들었다.

"대장, 이 녀석은 거짓말을 하고 있는 거예요. 웬만한 경험이나 능력을 가진 모험자들도 한 달 동안이나 미개척지를 여행한다는 것은 불가능에 가깝다는 것을 알잖아요? 게다가 길도 모른다면 숲을 이용했을 텐데……."

여인의 이야기가 끝나자 대장이라고 불린 사내는 어깨를 으쓱이며 뮤스를 향해 말했다.

"잘 들었겠지? 네가 한 말을 우리는 전혀 믿을 수 없어. 설마 미개척지에 우글대던 마물들 사이를 운 좋게 피해왔다는 것은 말이 안 되잖아? 그건 행운의 여신을 모시는 신관들도 불가능하단 말이지. 레이멜, 자네는 어떻게 생각하나?"

사내는 후드를 깊이 덮어쓴 인물을 향해 몸까지 돌리며 물었지만, 그는 아무런 대답도 하지 않고 있었다. 어이가 없는 표정으로 한숨을 내쉰 사내는 어깨를 으쓱거리며 투덜거렸다.

"이런! 또 주무시고 있군. 아무튼 마법사라고 해도 같이 다녀봐야 잠만 자고 있으니… 마법사가 필요하기도 하니 자를 수도 없고… 이럴 때는 정말 아는 사이가 더 무섭다니까."

사내가 한탄이 섞인 불평을 하고 있을 때 얼굴을 덮은 후드 사이로 젊은 남성의 장난기 섞인 목소리가 흘러나왔다.

"이봐, 대장. 난 그저 명상을 하는 것뿐이라고. 아무튼 어릴 적 친구라서 따라다녀 줬더니 가는 곳마다 잔소리가 많군. 쳇."

둘의 대화를 듣고 있던 뮤스는 레이멜이라는 이름이 낯설지 않다는 것을 느꼈다. 게다가 빈정거리는 듯한 그의 말투는 그 느낌을 더욱 강하게 만들고 있었다. 후드를 덮어쓰고 있던 레이멜은 기지개를 켜듯 팔을 들어 후드를 뒤로 젖혔다. 그러자 후드가 넘어가며 그의 얼굴이 드러났는데, 과연 눈에 익은 얼굴이었기에 뮤스는 반갑게 소리쳤다.

"당신은 율리아나 일행과 함께 있던 마법사 맞죠?"

레이멜 역시 자신을 보고 아는 척을 하는 뮤스를 향해 그의 얼굴이 기억나는 듯 외쳤다.

"아니, 이게 누구야! 라이부크에서 만났던 그 신기한 청년이잖아? 이런 곳에는 어떻게 있는 거야?"

갑자기 자다 깨어난 레이멜이 뮤스를 향해 반가운 듯 외치자 그의 동료들과 대장으로 불리우는 사내는 얼떨떨한 기분이 되었다.

"뭐야, 레이멜? 아는 사이인가?"

"뭐 안다면 아는 사이지. 예전에 우리 일행이 한번 신세를 진 적이 있었거든."

잠시 생각을 해보던 대장은 손에 들고 있던 검을 다시 검집에 꽂아 넣었다.

"그렇다면 일단 신분은 확인된 것이군."

그가 무기를 회수하자 다른 동료들은 조금 주춤하는 듯했지만 대장인 그를 따르는 것이 당연했기에 자신들의 병장기들을 회수했다. 최소한 뮤스가 적이 아님을 확인한 대장은 지금까지와는 다르게 부드러운 목소리로 말했다.

"나는 이 파티를 책임지고 있는 아드리안이라고 하지. 그리고 내 뒤에 서 있는 성격 나빠 보이는 여자는 세실프, 옆에 있는 남자는 그녀의 쌍둥이 동생인 유겐이네."

아드리안이 간단한 소개를 하자 세실프라는 이름을 가진 여자가 발끈하며 외쳤다.

"누가 성격 나쁜 여자라는 거예요!"

하지만 늘상 이러는지 그녀의 말을 귓가로 흘린 아드리안은 뮤스를 향해 물었다.

"이런 곳에서 긴 이야기를 하기에는 무리가 있겠군. 우리는 지금 파솔이라고 불리는 모험자들의 마을로 가는 길인데 함께 갈 텐가?"

레이멜이 말고삐를 당기며 뮤스 쪽으로 말을 몰았다.

"무슨 일로 추방자 신세가 되었는지는 모르겠지만, 파솔까지만이라도 함께 가도록 하지. 지금까지 아무 일 없었다고 해서 앞으로도 그리리라는 법은 없으니까."

운 좋게 만난 레이멜 덕분에 원하던 쪽으로 이야기가 풀려 나가자 뮤스는 마음속으로 안도의 한숨을 내쉬었다.

"고마워요, 레이멜 씨."

"뭐, 고마울 것까지야. 내 뒤에 올라타라고."

그가 말안장의 앞쪽으로 당겨 앉자 뒤에는 뮤스가 올라탈 만큼의 충분한 공간이 생겼다. 조선에서 말을 한번 타본 이후로 처음이었던 뮤스였지만 별다른 무리 없이 가벼운 몸놀림으로 말에 올라탈 수 있었다.

그의 행동을 주시하던 아드리안은 의외라는 표정이었는데, 자신들이 타고 있는 남부 지방의 말은 그 몸집이 북부 지방의 말에 비해 크기 때문에 발 받침 없이 오르는 것은 극히 힘들었기 때문이다. 하지만 그에 대해 별말없이 아드리안은 말고삐를 고쳐 잡으며 말했다.

“어서 서두르자고. 아침도 먹지 못해서 벌써 배가 고프니. 이랴!”

아드리안의 말이 먼저 뛰쳐나가자 그 뒤를 세실프와 유겐이 따랐다. 그런 와중에도 세실프는 뮤스가 마음에 들지 않는지 날카로운 눈초리로 흘기는 것을 잊지 않았다. 동료들이 달리는 뒷모습을 본 레이멜은 뮤스의 상태를 확인했다.

“자, 꽉 잡으라고. 알다시피 난 마법사라서 기마술에는 약하니까 말이야.”

뮤스가 예나 지금이나 변함없이 능청스러운 레이멜의 성격에 미소를 지으며 그의 허리를 꽉 잡자 레이멜은 힘껏 말의 배를 차며 고삐를 흔들었다.

“이랴!”

과연 힘이 좋은 남부의 말답게 장정을 둘이나 태웠음에도 전혀 힘든 기색 없었다. 그리곤 얼마 있지 않아 다른 동료들과 말머리를 나란히 하며 속도를 맞추었다.

타가닥! 타가닥!

네 마리의 준마들이 숲을 가르며 나 있는 좁은 길을 달리고 있었다. 비록 인위적으로 만든 길이 아니었기에 가로로 뻗은 나뭇가지들이 행로를 방해하긴 했지만 말을 타고 달리기에는 큰 무리가 없었고, 땅은 이슬에 촉촉이 젖어 있어 먼지도 나지 않아 그럭저럭 괜찮았다. 그중

말 한 마리에 함께 올라탄 두 명의 남자는 달리는 와중에도 이야기를 나누고 있었는데, 바로 뮤스와 레이멜이었다.

"이봐! 그나저나 어쩌다가 추방당하게 된 거야? 종신 추방인가?"

레이멜의 물음을 들은 뮤스는 바람에 날리는 머리카락을 바로잡으며 대답했다.

"이야기를 하자면 길어요. 다행스럽게 종신은 아니고 3년 기한이에요."

"어쨌든 3년 동안은 도이첸 제국으로 돌아갈 수 없다는 것이군. 그때 함께 다니던 일행들은 도이첸 제국에 있는 건가?"

"네, 라이델베르크에서 머무르고 있어요. 그나저나 레이멜 씨는 아주 투트가르를 떠난 건가요?"

어깨를 으쓱거린 레이멜은 피식 웃으며 답했다.

"뭐, 나야 어디나 갈 수 있는 용병이니 떠났다고 할 수는 없지. 그저 이번엔 다른 사람에게 고용됐을 뿐이야. 옛친구라 일하기도 편하고 보수도 훨씬 좋으니 나에게는 당연한 선택이었지."

"그런데 저 사람들은 무엇을 하는 사람들이죠? 그냥 여행만을 목적으로 하는 사람들은 아닌 듯한데……."

"당연히 위험천만한 미개척지를 재미 삼아 유람 다니는 사람이 있을 리는 없지. 이곳에서 모험을 하는 사람들은 다들 어떤 목적을 가지고 있는 것이 보통이야. 하지만 우리가 하는 일에 대해서는 뭐라고 말해 주기 난처한걸? 그저 아드리안은 스윈 제국에서 제법 잘 나가는 집안의 아들이고, 쌍둥이 남매들은 스윈 제국에서 꽤나 알아주는 용병들이라는 것은 말해 줄 수 있지. 나야 알다시피 떠돌이 마법사고."

조금은 아쉬운 생각이 들긴 했지만 그들에게도 사정이 있다고 생각한 뮤스는 더 이상 묻지 않았다.

그때 그들보다 앞서 달리던 아드리안이 무엇을 발견한 듯 자신을 뒤따르는 동료들을 향해 외쳤다.

"파솔의 외벽에 다 왔다! 속도를 줄여!"

아드리안의 말을 들은 쌍둥이 남매와 레이멜이 고삐를 늦추자 말은 달리던 속도를 줄였고, 그들의 앞으로 굵직한 통나무로 만든 높은 벽이 보이기 시작했다. 레이멜은 이곳을 잘 모르는 뮤스에게 설명하기 위해 입을 열었다.

"이곳이 파솔이라는 마을로 들어가는 입구야. 처음에는 모험자 파티 몇 개가 모여 쉬어갈 만한 통나무집을 만든 데서 시작됐지만, 그 이후로 다른 모험자들이 그 통나무집을 보수하고 또 장소가 모자라면 새로운 통나무집을 만들면서 마을로 변하게 되었지. 그러니 이 마을에 있는 집은 따로 주인이 있는 것이 아니라 이곳을 찾는 모험자들이 모두 주인인 것이지. 이곳 이외에도 미개척지를 모험하는 자들을 위한 마을이 여러 곳에 존재하고 있어서 필요한 물건들을 다른 모험자들과 교환하거나 쉼터로 쓰이는 것이 보통이야. 하지만 추방자에 대해서는 민감하니까 웬만하면 추방자라는 사실을 밝히지 않는 것이 좋아."

뮤스는 레이멜의 설명을 들으며 가까워지고 있는 통나무 벽으로 시선을 맞추었다. 그곳으로 다가갈수록 통나무 벽 위에서 조그만하게 움직이는 사람들의 그림자를 볼 수 있었다. 레이멜의 설명이 계속되었다.

"벽 위에서 보초를 서고 있는 사람들 역시 모험자들인데 장기 체류를 하는 모험자들이 돌아가면서 보초를 서고 있는 거야. 언제 마물들이 습격해 올지 모르는 일이니까."

레이멜의 설명을 듣고 있는 중에 일행은 파솔의 벽 앞에 서게 되었는데, 멀리서 보았을 때도 상당히 높아 보였지만 막상 가까이 다가가보니 멀리서 보던 것보다도 더욱 높아 보였다. 벽 위에서 일행들을 내려다보던 한 사내가 외쳤다.

"책임자의 이름을 밝히시오!"

그의 물음에 아드리안은 허리에 꽂은 칼을 뽑아 거꾸로 들어 올리며 대답했다.

"스윈 제국에서 온 아드리안이오!"

칼을 뽑아 거꾸로 든다는 것은 적의가 없다는 것을 의미하는 것이었고 동시에 상대방에 대한 예우였다. 아드리안이 예의 바르게 나오자 사내의 목소리가 더욱 호의적으로 변했다.

"파솔에 온 것을 환영하네! 혹시 일행 중에 추방자가 있는가?"

추방자에 대해서 물어오자 세실프와 유겐은 동시에 뮤스에게 시선을 맞추었지만 아드리안은 뮤스를 감싸주려 하는지 고개를 가로저었다.

"우리는 모험자들이오. 일행 중에 추방자는 없소!"

잠시 동안 아드리안을 위시한 그의 일행을 살펴보던 사내는 멀리 떨어진 동료에게 손짓을 했다. 얼마 후 벽을 가로막고 있던 문이 기음을 내며 양 옆으로 열리기 시작하자 넓어지는 문의 틈으로 마을 안의 전경이 펼쳐졌다. 통나무로 이루어진 높은 장벽으로 둘러싸인 넓은 터에 아침 식사를 준비하는 듯 연기를 모락모락 피우고 있는 집들이 십여채 들어서 있었다. 마을이라고 하기에는 너무나 작은 규모였지만 인간이 적은 미개척지에서는 이 정도만으로도 제법 큰 규모의 마을이라 할 수 있었다. 마을에 대한 상념을 떠올리고 있던 뮤스는 말이 움직이는 흔들림에 의해 정신을 차렸다.

타가닥… 타가닥…….

마을로 들어가자 분주히 하루를 준비하는 사람들로 웅성거리고 있었다. 물론 평범한 마을이 아닌 만큼 분위기 역시 보통의 마을과는 달랐는데, 대부분이 아침부터 두터운 갑옷을 생활복마냥 입고 있거나 병장기를 몸의 일부나 다름없이 항상 휴대하고 있는 이들이었다. 그것은 간혹 보이고 있는 여자들 또한 예외가 아니었다.

마을의 중심부 쪽으로 말을 몰아간 일행들은 각자의 말에서 뛰어내렸다. 그곳에서 떠나기 위해 짐을 싸고 있던 모험자들은 자연스럽게 뮤스 일행들을 바라보았는데, 그저 반사적인 행동인 양 아무런 의도도 실리지 않은 눈빛이었다. 아드리안은 그런 모험자들 중 한 명에게 다가가 말을 걸었다.

"말 좀 묻지. 지금 비어 있는 집이 어디인지 아나?"

그의 물음에 배낭의 주둥이를 끈으로 묶던 사내는 잠시 하던 일을 멈추며 대답했다.

"글쎄… 우리가 묵던 집에 자리가 있을 걸세. 마을 입구의 바로 왼쪽에 있는 집이지. 지금 그곳에서 머물고 있는 여행자들은 아는 것이 많으니 좋은 정보를 얻을 수 있을 거야."

사내가 가리킨 집을 확인한 아드리안은 고개를 끄덕였다.

"고맙군. 그럼 몸 조심히 여행하게."

"자네에게도 행운이 있기를."

손을 들어 올리며 도움을 준 사내에게 작별 인사를 한 아드리안은 말에서 짐을 내리며 동료들에게 말했다.

"다들 들었겠지? 일단은 저 집에 짐을 풀도록 한다. 뮤스, 자네도 우리와 함께 지낼 텐가?"

　일행의 시선이 자신에게 꽂히자 뮤스는 어떻게 말을 해야 할지 모르고 있었다. 아드리안과 레이멜이야 상관없다 치더라도 자신에게 좋지 않은 시선을 주는 쌍둥이 남매가 조금 마음에 걸렸기 때문이다. 그런 뮤스의 난처함을 알기라도 하는 듯 레이멜이 끼어들며 그의 대답을 대신해 주었다.

　"당연하잖아, 대장! 뮤스는 나의 손님이니 나와 함께 지내야지. 어떻게 생각해, 유겐, 세실프?"

　능글맞은 얼굴로 남매를 보며 묻자 조금 당황한 그들은 레이멜의 얼굴을 외면하며 냉랭한 목소리로 대답했다.

　"쳇, 나는 상관없어요! 어차피 다른 모험자라고 생각하면 되니까."

　"나도 누나랑 같은 생각이에요. 별로 저 녀석이 마음에 들지는 않지만 여행 중에 흔히 겪는 일이니 신경 쓰지 않으면 되니까."

　못마땅한 표정으로 토라져 있는 둘을 보며 피식 웃은 레이멜은 뮤스의 어깨에 손을 올렸다.

　"이제 됐지? 뮤스, 너는 짐이 없는 것 같으니까 내 짐을 나르는 것 좀 도와줘."

　"네? 네!"

　레이멜의 몇 마디로 일이 해결되자 뮤스의 마음은 조금 가벼워졌고, 이런 곳에서 레이멜을 만난 것에 대해 새삼 하늘에 감사하고 있었다.

　장인의 손을 거치지 않은 듯 투박하게 만들어진 실내였지만 비나 바람을 막아주는 역할은 톡톡히 했기에 그곳은 몸과 마음이 고단한 모험자들에게는 더없이 훌륭한 공간이었다.

그리 크지 않은 그 공간에서는 모험자의 그것과는 조금 다른 행색을 한 두 명의 인물이 간이 침대에 기대어 피곤을 풀고 있었다. 백발에 백염을 길게 기른 노인과 순백색의 수도복을 입은 여성으로, 전신으로부터 심상치 않은 기운이 흘러나왔다. 문득 눈을 감은 채 쉬고 있던 여인은 몸을 일으키며 문 쪽을 바라보았다.

"또 다른 모험자들이 들어오나 보군요. 모두 다섯 명이고 그중에 두 명은 마법사인 듯한걸요?"

부드러운 억양을 가진 그녀의 말에 백발의 노인 역시 살며시 실눈을 뜨며 조용한 목소리로 말했다.

"흠… 요즘 같은 세상에 마법사가 둘이나 속한 파티라니 특이하군. 마법사가 많다면 우리가 할 일에도 도움을 크게 받을 수 있을 텐데……."

여인은 무엇인가를 느끼는 듯 다시금 눈을 감았다. 그리곤 뭔가 이해가 되지 않는 듯 아미를 찡그리며 말했다.

"둘 중 한 명이 풍기는 마나의 기운은 엄청나요. 도저히 저로서도 추정을 할 수 없을 정도인걸요?"

노인은 그녀의 말이 전혀 의외라는 듯 몸을 일으켰다.

"음? 쥬라스 사제가 그렇게 말할 정도라면 보통이 아니겠군."

둘의 대화 도중 방문이 열리는 소리와 함께 아드리안의 모습이 그들의 시야에 잡혔다. 그의 뒤를 따라 일행들 역시 안으로 들어서고 있었는데, 모두들 양손에 짐을 잔뜩 든 채였고 옷에 배어든 얼룩이 먼 거리를 왔음을 보여주고 있었다.

아드리안은 자신들보다 먼저 자리 잡고 있는 노인과 여인을 발견하고선 의아한 표정을 지었다. 사실 이 집을 알려준 사내의 말을 듣고선 노련한 모험가들로만 상상하고 있었는데, 막상 눈으로 확인해 보니 아무런 힘도 없어 보이는 노인과 젊은 여사제가 있었기 때문이다. 하지만 겉으로 내색은 하지 않은 채 인사를 건넸다.

"반갑습니다. 저희는 스윈 제국에서 온 모험자들입니다."

아드리안의 인사에 노인은 손을 살짝 들어주며 그들을 반겼다.

"허헛, 반갑네. 나 역시 그저 떠돌이 모험자이고 여행을 하는 중이지. 그라프라고 부르게나. 이 옆은 나와 함께 여행하고 있는 쥬라스 사제일세."

그라프라는 이름을 지닌 노인이 소개를 하자 그의 옆에 있던 여사제 역시 부드러운 미소를 지으며 고개를 살짝 숙였다.

"만나서 반가워요. 행운과 여행의 여신 로슈아드의 가호가 함께하시길."

행운을 빌어주는 여사제를 향해 감사의 미소를 지은 아드리안은 짐을 내려놓기 시작한 동료들과 뮤스를 가리키며 한 명씩 소개를 했다.

"저는 아드리안이라고 합니다. 그리고 제 옆의 닮은 얼굴은 세실프와 유겐, 쌍둥이 남매고, 그 뒤는 레이멜이라 하는 마법사지요. 그리고 제일 뒤는 뮤스라는 청년인데 이곳까지 오는 길에 동행하게 되었습니다."

그의 소개를 듣던 그라프는 이미 들은 바가 있었기에 고개를 갸웃거리며 되물었다.

"흠… 마법사는 레이멜이라는 저 젊은이 한 명인가?"

"네, 그렇습니다. 젊은 나이에 4클래스까지 마스터한 실력자죠."

"그렇군."

또 다른 마법사가 있다는 쥬라스의 말이 빗나가자 의아한 감이 들었지만, 처음 만난 사람들에게 그런 것을 캐묻는다는 것은 좋은 일이 아니었기에 더 이상 묻지 않았다.

"어쨌든 피곤할 테니 짐부터 풀게나."

"그렇게 하겠습니다."

그라프와 아드리안이 대화를 나누는 동안 쥬라스의 시선은 짐을 풀고 있는 뮤스의 옆얼굴에 고정되어 있었다.

'분명 엄청난 마나의 기운이 느껴지고 있는데… 정체를 숨기고 있는 것일까, 아니면 나의 착각일까?'

혼자 뮤스에게서 풍기는 마나의 기운에 대해 고심을 하던 그녀는 고개를 가로저었다.

'아무래도 내가 너무 민감해 있었던 것 같아. 폴리모프를 한 드래곤이 아닌 이상에야 그런 엄청난 마나의 존재감을 가질 리는 없어. 만일 드래곤이라면 내가 모를 리가 없지.'

결국 자신의 착각으로 인정한 쥬라스는 더 이상 그에 대한 생각을 애써 지우며 다시금 눈을 붙였지만 마음 한구석이 개운치 않음은 어쩔 수 없었다.

모험자들의 마을인 파숄의 중심부는 넓은 공터였다. 그곳은 여러 가지 용도로 쓰이는 곳이었는데, 보통은 모험자들이 굳은 몸을 풀기 위해 운동을 하거나 다른 모험자들과 겨루기를 하는 데 쓰여졌고 식사 시간이면 음식을 준비하는 곳으로도 쓰였다.

지금은 아침 식사를 할 시간이었기에 여러 모험자들이 자신의 동료들과 둘러앉아 준비해 온 건량 등을 나누어 먹거나 직접 식사를 준비하고 있었다. 그런 모험자들 중 레이멜을 포함한 아드리안의 동료들과 뮤스의 모습도 보였다. 그들은 따뜻한 아침 식사를 원했기에 직접 요리를 하는 중이었는데, 식사 담당은 파티의 홍일점인 세실프인 듯했다. 하지만 뭔가 마음대로 안 되는지 인상을 찌푸리고 있었고 레이멜은 그녀를 탓하듯 혀를 찼다.

"쯔쯧! 이봐, 감자 스튜 하나 제대로 못 만들어서 시집이나 제대로 가겠어?"

그의 말에 신경이 팽팽하게 당겨진 세실프는 그렇지 않아도 날카로운 눈을 더욱 얇게 뜨며 레이멜을 흘겼다.

"흥! 그럼 직접 해봐요! 매일 음식 투정하는 남자는 정말 꼴불견이라니까!"

"하핫! 걱정 말라고. 나는 요리 잘하는 부인을 얻어서 음식 투정을 하고 싶어도 못하게 될 테니. 그나저나 이 안 익은 감자는 어떻게 할 거야? 계속 익히다가는 소스가 타버릴 테고, 소스만 먹자니 감자를 못 먹을 테고."

계속되는 레이멜의 투정에 결국 참지 못한 세실프는 손에 든 국자를 땅바닥에 팽개쳤다.

"제길! 차라리 나가서 마물들과 싸우는 편이 더 마음 편하겠어요! 식사 때마다 이런 불평을 들어야 하니!"

그들의 말다툼을 보다 못한 아드리안은 둘 사이를 가로막았다.

"이봐, 그만들 하라고. 둘 중 한 명만 참으면 되잖아? 레이멜, 자네는 세실프가 요리해 주는 것만으로도 감사하게. 그리고 소스는 그럭저럭 괜찮잖아?"

하지만 아드리안의 입을 다물게 하는 유겐의 목소리가 들려왔다.

"누나… 지금까지 잠자코 있었지만 이제 사실을 밝혀야겠어. 소스가 맛있으면 뭐 해. 어차피 감자 스튜는 감자를 먹어서 배를 채우는 거라고. 그런데 감자를 못 먹으니 무슨 소용이 있겠어.”

평소 자신의 편을 들어주던 쌍둥이 동생마저 이런 소리를 하자 세실프는 더 이상 뭐라고 할 수 없었다.

“저 먼저 들어가서 쉴게요.”

기가 죽은 그녀가 자리를 털고 일어나 숙소로 들어가 버리자 좋지 않은 분위기가 일행들 사이로 감돌았고 그들의 책임자인 아드리안은 골치가 아파왔다.

그때 자신이 끼어들 자리가 아니었기에 잠자코 보고만 있던 뮤스는 무슨 생각이 들었는지 급히 몸을 일으켰다.

“저도 먼저 들어갈게요. 그럼……..”

일행들은 그에게 대답해 줄 기분이 아니었기에 고개만 끄덕일 뿐이었다.

뮤스가 숙소로 들어서자 그라프와 쥬라스는 바람을 쐬기 위해 나갔는지 보이지 않았고, 세실프는 자신의 간이 침대에 누워 멍하니 천장을 올려다보고 있었다. 잠시 머뭇거리던 뮤스는 세실프에게 다가가 입을 열었다.

“저… 세실프 씨.”

뮤스의 목소리를 들은 세실프는 몸을 돌려 누우며 언제나 그랬던 것처럼 차가운 목소리로 말했다.

“너까지 나를 비웃을 참이야? 더러운 추방자 주제에.”

좋지 않은 소리를 들을 것을 뻔히 알고 있었기에 뮤스는 별 신경을 쓰지 않으며 말을 이었다.

“그런 것이 아니라 제게 세실프 씨를 도울 수 있는 좋은 방법이 있는

데……."

뮤스를 등지고 누운 세실프는 그의 말에 귀가 솔깃했다. 하지만 평소 혐오해 마지않던 추방자의 도움을 받는다는 것은 그녀의 자존심이 허락하지 않았다.

"네까짓 게 나를 돕겠다니, 전직이 요리사라도 되었던 거야? 아니라면 제발 조용히 좀 하고 있어. 너와는 말도 하기 싫으니."

그녀의 태도가 너무나 완강하자 뮤스는 어깨를 으쓱거렸다.

"뭐, 말하기 싫으시면 듣고만 있으세요. 저는 벽에 대고 이야기한다고 생각할 테니."

이렇게 말한 뮤스 역시 세실프의 침대에서 멀리 떨어진 자신의 침대에 팔을 베고 누웠다. 그리곤 정말 벽을 보고 말하듯이 중얼거리기 시작했다.

"물은 산소라는 것을 상당량 포함하고 있죠. 이 산소라는 것은 어떠한 물체를 물에 넣고 끓일 때 열이 전달되는 것을 방해하게 되는데, 그 때문에 감자가 효율적으로 익지 않는 거예요. 하지만 이 산소는 한번 끓이면 대부분이 물에서 사라지기 때문에 한번 끓였던 물로 감자를 삶으면 아주 효율적으로 익게 되죠. 아주 간단하죠?"

세실프는 자신도 모르느 사이에 뮤스의 말을 머리에 되새기는 중이었는데, 생각해 보니 아주 간단한 방법이었기에 절로 고개가 끄덕여지는 것이었다. 그러나 세실프는 자신도 모르게 수긍한 것을 들킬까 걱정이 되는지 소리를 빽 질렀다.

"그런 걸 가르쳐 줬다고 우쭐대지 마! 그렇다고 네가 마음에 들어진 건 아니니까."

곁눈질로 그녀의 행동을 살피던 뮤스는 가벼운 미소를 지으며 눈을 감았다.

"뭐, 상관없어요. 저는 피곤해서 조금 자야겠으니 나중에 보죠."

뮤스가 이불을 덮으며 뒤돌아 눕자 실내는 정적이 감돌기 시작했다.

잠시 후 벽을 보고 누워 있던 세실프는 이불 소리조차 내지 않으려는 듯 조심스러운 동작으로 몸을 일으켰다. 그리곤 고개를 살짝 돌려 뮤스를 살폈는데, 잠이 들었는지 규칙적인 숨소리만 날 뿐 아무런 움직임도 보이지 않았다. 이에 안심한 세실프는 천천히 문밖으로 나가고 있었다.

66장 이상한 죽음

　붉게 달아오른 냄비 속에서 노르스름한 색깔의 스튜가 끓고 있었고 그 속에는 굵직하게 썰어 넣은 감자가 맛깔스럽게 떠다니고 있었다. 소스가 냄비의 벽에 눌어붙을 즈음 해서 나무로 만든 국자가 스튜를 한 번 휘젓자 떠 있던 감자는 이리저리 휩쓸려 다녔다.

　침울한 표정으로 숙소로 들어간 세실프가 갑자기 나오더니 다시 요리를 해본다고 나섰고 지금 이렇게 감자 스튜를 다시 만들게 되었는데, 세실프를 달래주기 위해서라도 그녀의 행동을 말릴 수 없었던 동료들은 재료만 축낼 것이라는 것을 뻔히 알면서도 그저 보고만 있는 중이었다. 그러나 레이멜은 영 보고만 있기가 힘든지 여전히 삐딱한 목소리로 말했다.

　"갑자기 무슨 심경의 변화가 있었기에 다신 요리를 안 할 것처럼 들어가더니 다시 나온 거지? 알 수 없는 일이군."

평소 같았더라면 그의 말을 험하게 되받아칠 세실프였지만 자신감 넘치는 표정으로 가볍게 대답했다.

"잠깐만 기다리고 있어봐요, 이제 거의 다 됐으니."

스튜를 젓던 국자를 내려놓은 그녀는 손을 한번 비비며 포크를 집어 들었다. 그리곤 기대에 찬 눈으로 스튜 속에서 떠다니고 있는 감자를 살짝 찔러보았는데, 그녀의 기대에 호응이라도 하듯 거침없이 들어가는 것이었다.

"어머나! 됐어! 호호호홋!"

비록 그녀는 사선을 넘나드는 것을 밥 먹듯 하는 용병이었지만 기뻐하는 모습은 의심할 바 없는 여자의 모습이었다. 그녀의 행동에 이상함을 느낀 동료들이 뭐라고 물어보려 했으나 감자 스튜가 가득 담긴 그릇을 받으며 질문은 잠시 미루어야 했다.

손을 허리에 얹은 세실프는 자신만만한 표정으로 말했다.

"자, 다들 한번씩 맛을 봐요!"

오히려 너무나 자신감 넘치는 그녀의 모습이 불안했던 동료들은 서로의 눈치를 살피며 어쩔 수 없이 스푼을 들었지만 누구 하나 선뜻 먹어보려는 사람이 없었다. 그들을 바라보며 답답한 듯 가슴을 친 세실프는 발로 땅을 구르며 외쳤다.

"나참, 한 번만 믿어보라니까요! 아까처럼 생감자는 아니니까!"

세실프가 강력하게 독촉하자 더 이상 뺄 수 없었던 아드리안은 대장이라는 위치인만큼 솔선수범하기로 했는지 스푼으로 감자 한 덩어리를 퍼 올리며 입 안으로 넣었다. 그리곤 몇 번 씹어보더니 고개를 갸웃거렸다.

"어라? 이번에는 감자가 완전히 익었는걸? 자네들도 먹어보라고."

그다지 믿겨지지가 않는 사실이었지만 아드리안이 일부러 거짓말을 할 이유도 없었기에 유겐과 레이멜도 스튜에 들어 있던 감자 조각을 입에 넣어 씹어보았다.

"이게 어떻게 된 일이야? 정말 감자가 다 익었잖아?"

"누나, 드디어 해냈구나! 소스가 감자에 잘 스며들어서 맛이 정말 좋은걸?"

동료들이 자신의 요리를 인정해 주자 기분이 좋아진 세실프는 팔짱을 끼며 거만한 태도를 취했다.

"호호훗! 뭐가 어떻게 된 일이겠어요? 이 세실프님이 요리사로서의 각성을 한 것이지. 이번 기회에 용병 때려치우고 요리의 세계로 진출해 볼까나?"

레이멜은 감자 스튜 하나에 우쭐거리는 세실프를 보며 고개를 저었다.

"이봐, 고작 감자 스튜 가지고 너무 거만해진 것 아냐? 어서 식사나 하자고."

"원래 시작이 반이에요! 쳇, 동료에게 힘이 되는 소리는 못할망정 침을 뱉지는 말아야지. 아무튼 정이 안 간다니까."

하지만 기분이 나쁘지는 않은지 냄비에서 스튜를 한 그릇 가득 퍼 동료들에게 더 나눠 주고 있었다.

터벅! 츠즈즉… 터벅! 츠즈즉…….

작렬하는 태양의 화살을 몸으로 받아내며 걷고 있는 한 인영이 있었다. 아니, 걷고 있다기보다는 몸을 끌고 있다는 표현이 더 올바를 듯했다. 그의 몸에 걸쳐 있는 옷은 이미 걸레나 다름없었고 갑옷으로 보이는 금속 조각은 이미 그 효용성을 잃은 채 옷 위에 매달려 있었다. 군데군데 벌어진 상처에서 흘러나온 피들은 이미 응고되어 검은 덩어리가 되어 있었는데 이렇게 움직이고 있는 것조차 신기할 정도로 처참한 모습이었다. 이 와중에도 그의 늘어뜨린 양손은 무엇인가를 끌고 있었다. 그것은 마치 사람의 형상을 한 가죽 포대처럼 보였는데 코가 썩을 듯한 악취를 풍기고 있어 주변으로는 벌레들이 들끓고 있었다.

그는 힘겹게 고개를 들어 앞을 바라보았다. 어지러울 정도로 아른거리는 시야에 갈색의 거대한 벽이 보이기 시작하자 메마른 입술을 들썩였다.

"이… 이봐, 친구. 이제… 겨우 파솔로 돌아왔군……."

인영이 겨우 말을 마치자 눈앞이 아득해지며 그를 지탱하던 모든 힘이 몸 밖으로 빠져나가는 것을 느꼈다.

"이제… 됐어……."

안도하는 마지막 말과 함께 그의 머리는 땅으로 곤두박질쳐졌다.

파솔의 외벽은 지름이 30셀리 이상 되는 통나무만을 3중으로 엮어 만든 벽이었다. 그만큼 그 강도는 엄청났는데 오우거 등의 대형 마물조차 부술 수 없을 정도였다. 그렇기에 파솔에서 머무는 이들은 이 외벽을 믿고 마음 편히 쉴 수 있는 것이었다. 외벽의 뒤에는 세 개의 초소가 나무로 만들어져 있었다. 이들은 파솔로 들어오는 이들에게 문을 열어주는 일과 마물들의 움직임을 살피는 일을 하는데, 이 주변은 마물들의 서식처에서 조금 벗어난 곳이기에 후자 쪽의 일은 거의 드물었다.

오늘 초소에서 보초를 서는 사람들은 큐리컬드의 파티였다. 보통 고대의 숨겨진 보물들을 사냥하는 이들은 미개척지에서 살아간다고 해도 과언이 아니었고 그중 큐리컬드의 파티는 파솔을 거점으로 움직이는 이들이었다.

이 모험자 파티를 이끌고 있는 큐리컬드라는 인물은 원래 도적이었지만 도적의 일로는 위험을 즐기는 자신의 욕구를 채우는 데 한계를 느꼈기에 동료들을 모아 보물 사냥을 시작한 것이었다.

큐리컬드는 이글거리는 해가 걸려 있는 하늘을 보며 허리에 빼곡히 꽂혀 있는 단검들을 버릇처럼 쓰다듬었다. 그는 장검이나 다른 병장기를 쓰는 것보다 휴대가 편리한 단검 쓰는 것을 좋아했는데, 이것은 그가 예전에 도적이었다는 것을 보여주는 유일한 흔적이었다. 문득 무료함을 느낀 큐리컬드는 단검 하나를 뽑아 초소의 난간에 무엇인가를 새기기 시작했다.

무흔의 단검 큐리컬드.

"후훗, 아무리 생각해도 멋있는 별명이라니까."

그는 흐뭇한 웃음을 지으며 자신의 이름 주변을 기형적인 문양으로 꾸며 나갔고 얼마 지나지 않아 멋들어진 문양이 생겨나자 입 바람을 불어 나무 티끌을 날려 마감하고 있었다. 나무 티끌이 그의 입 바람을 타고 파솔의 외벽 밖으로 날리는 것을 유심히 보던 그의 눈에 무엇인가가 잡혔다.

"응? 저건 뭐지?"

분명 방금 전만 해도 아무것도 없었던 곳에 무엇인가가 길에 늘어져 있자 이상함을 느낀 큐리컬드는 안력을 돋웠다. 하지만 그것이 무엇인지 인지하는 데에는 그리 긴 시간이 걸리지는 않았기에 그의 반응은 금방 나타났다.

"외벽 앞에 사람이 쓰러져 있다! 문을 열어!"

동료들은 급박하게 외치는 그의 목소리에 깜짝 놀라며 문을 담당하는 동료에게 긴밀하게 신호를 보냈다. 잠시 후 둔중한 소리와 함께 문이 열리기 시작했다.

쿠구구궁!

사람이 충분히 빠져나갈 만큼의 틈이 생기자 문이 열리기를 기다리고 있던 모험자들이 큐리컬드가 가리킨 곳으로 달려나가기 시작했고, 무슨 일인지 잘 모르는 다른 모험자들 역시 분주히 움직이는 그들의 모습을 보며 웅성거렸다.

오랜만에 음식다운 음식을 행복하게 먹고 있던 아드리안의 일행 역시 그에 속해 있었다. 스푼을 입에 문 채 우물거리던 레이멜은 음식물을 삼키며 말했다.

"뭐야, 마물들이 습격이라도 해온 건가?"

레이멜의 말에 음식을 그릇으로 더 퍼 담던 유겐은 한심하다는 듯 말했다.

"마물들이 습격하면 비상종이 울렸을 겁니다. 조용한 걸 봐서는 그냥 사고가 난 듯한데요?"

"그래, 너 잘났다. 쳇!"

어떤 일인지는 확실히 모르지만 분명 무슨 일이 생겼다는 것을 직감한 아드리안은 이미 비운 그릇을 땅에 내려놓으며 자리에서 일어났다.

"다들 식사나 계속하고 있어, 내가 가서 확인하고 올 테니까."

그렇지 않아도 식사 시간을 방해받고 싶지 않았던 레이멜은 한 스푼의 감자 스튜를 입으로 넣으며 고개를 끄덕였다.

엉덩이에 묻은 먼지를 가죽 장갑으로 털어낸 아드리안은 벨트에 장갑을 끼워 넣으며 마을의 입구 쪽으로 걸어가기 시작했다. 그곳은 이미 모여든 모험자들의 무리가 입구를 둘러싸고 있었다. 그들은 하나같이 못 볼 것을 봤다는 양 인상을 찡그리고 있었다.

"정말 끔찍하군."

"대체 어떤 일을 당했기에 저렇게 된 것이지? 죽은 영혼도 괴로워할 것 같은걸."

"제길! 금방 식사를 했는데 다시 게워낼 것 같아."

아드리안은 고개를 저으며 한마디씩 내뱉고 있는 사람들의 사이를 헤치며 들어갔다. 그러자 그들이 보고 있던 참상을 그 역시 목격할 수 있었는데 순간적으로 숨이 턱 막힘을 느꼈다. 그가 본 것은 두 구의 시체. 그중 하나는 전투 중에 목숨을 잃은 보통의 시체와 비슷한 모습을 하고 있었는데 숨이 끊어진 지 얼마 되지 않은 듯 아무런 부패가 일어나지 않고 있었다. 하지만 또 다른 하나는 차마 뵈줄 수 없을 정도로 처참한 모습이었다. 뼈의 구조를 그대로 보여주는 듯 살가죽은 뼈에 달라붙어 있는 데다가 휑하게 패인 눈에서는 구더기가 들끓고 있었고 살가죽과 뼈 사이에 존재해야 할 근육들은 다 어디 갔는지 알 수 없었다. 부패가 시작된 시체에서 나는 악취에 코를 쥔 아드리안은 입 안이 찜찜함을 느끼며 한쪽으로 침을 뱉었다.

"퉤! 최악의 모습이군."

시체의 처참함에 모두들 다가가기를 꺼려하고 있을 때 아드리안은 허리에 끼워 넣었던 장갑을 손에 끼며 시체 가까이 다가갔다. 시체의 옆에는 이 시체들을 가장 먼저 발견한 큐리컬드가 그것들을 살피고 있었는데 상당한 경험을 가진 큐리컬드는 처참한 몰골의 시체들 앞에서도 평소와 같은 모습을 유지하고 있었다. 그의 옆에서 발걸음을 멈춘 아드리안이 입을 열었다.

"나는 아드리안, 스윈 제국에서 왔네. 자네가 알고 있던 자들인가?"

그의 목소리에 고개를 돌려 아드리안을 올려다본 큐리컬드는 손을 털며 대답했다.

"닷새 전에 이곳을 떠난 모험자들이지. 다른 일행도 더 있었던 걸로 기억하는데 이들만 돌아왔군. 비록 이 세상 사람은 아니지만. 나는 이곳에서 자주 신세를 지고 있는 큐리컬드라고 한다네."

이렇게 아드리안과 큐리컬드는 서로 인사와 대화를 주고받으며 악수를 했다. 간단한 인사를 마치자 허리를 굽히며 시체를 내려다본 아드리안이 다시 물었다.

"시체들의 모습을 보아하니 조금 이상한데, 짐작 가는 사인이라도 있나?"

그러나 큐리컬드는 사인을 밝히기 포기한 듯 두 손을 가볍게 들어 올리며 자리를 비켜주었다.

"아무리 내가 알고 있는 것들을 대조시켜 봐도 도무지 모르겠더군. 시체의 등 쪽을 한번 살펴보게나. 더욱 끔찍하지."

아드리안은 큐리컬드가 비켜준 자리로 다가가 뼈와 가죽만 남은 시체의 어깨를 손으로 잡았다. 가죽 장갑을 낀 상태였지만 이질적인 뼈의 느낌이 손으로 전해졌고 조금 힘을 가하니 손쉽게 시체를 돌려 눕힐 수 있었다.

드드득.

하지만 뼈가 어긋나는 소리가 동시에 들렸는데, 근육이 없는 상태여서인지 묵직한 골반 뼈를 시작으로 하체는 그대로 있었고 상체만이 이질적으로 뒤집어졌다.

"이런… 이해해 주게, 친구. 별다른 감정이 있는 것은 아니야."

시체에게 측은한 눈빛으로 농담 반 진담 반의 사과의 말을 던진 아드리안은 시선을 옮겨 시체의 등에 나 있는 상처를 주시했다. 시체의 등에는 큐리컬드가 말한 대로 이해가 되지 않는 상처가 남아 있었다. 마치 굵은 대롱을 꽂았다 빼기라도 한 듯한 시커먼 구멍이 여러 군데 있었다. 만약 창이나 여타의 병장기에 의한 상흔이라면 그것들이 상처에서 빠져나간 후 살이 다시 수축되어 흔적만 남기 마련이었지만, 이 시체가 가진 상처는 말 그대로 검은 구멍이라 할 만큼 커다란 구멍이었다. 그리고 사라진 근육들에 대해서는 도무지 설명할 길이 보이지 않았다. 아드리안 역시 이러한 시체를 본 적도, 들어본 적도 없었기에 고개를 내저을 수밖에 없었다.

"정말 이상한 상흔이군. 하지만 인간이 사용하는 무기에 당한 것이 아니라는 것은 확신할 수 있어."

"대장, 무슨 일이길래 그래요?"

아침 식사를 마치고 아드리안이 있는 쪽으로 걸어오고 있는 세실프의 목소리였다. 그녀는 성공적인 아침 준비에 기분이 좋은 표정이었다. 그러나 그 기분은 그리 오래가지 못했다.

"꺄악! 이 시체들은 도대체 뭐예요!"

높은 톤의 비명성이 터지자 아드리안은 한쪽 눈살을 찡그리며 말했다.

"세실프! 소리 좀 지르지 않으면 안 될까? 명색이 용병이면서 이런 것에 비명까지 지르다니. 쯔쯧."

입을 삐죽 내민 세실프는 볼을 부풀리며 변명을 해댔다.

"용병이랑 징그러운 것을 보고 놀라는 것이 무슨 상관이 있어요? 아무리 용병이라지만 저도 여자인데!"

"오히려 너의 그 날카로운 눈매를 보면 이 시체들이 더 놀랄 거다."

세실프의 가슴에 비수를 꽂는 아드리안의 한마디에 주변의 모험자들은 시체 앞임에도 불구하고 킥킥거리는 웃음을 터뜨렸다.

"씩씩… 어디 한번 다시 말해 봐요!"

세실프는 이에 큰 수치심을 느낀 듯 안색을 딱딱하게 굳혔고 그녀의 손은 천천히 허리춤에 있는 기형도의 손잡이로 옮겨가고 있었다. 이쯤 되니 더욱 당황한 것은 아무런 생각 없이 농담을 던진 아드리안이었다. 그는 안색을 크게 바꾸며 그녀의 팔을 붙들었다.

"세, 세실프! 그건 그저 농담이었을 뿐이라고. 설마 이런 일에 '샤디올'을 빼 들 생각은 아니겠지?"

하나 그의 말이 들리지도 않는지 세실프는 아무런 대답도 하지 않고 있었고, 아드리안은 자신도 모르는 사이 등으로 식은땀이 흐르는 것을 느꼈다. 문득 아드리안의 눈을 태워 버릴 듯 강렬하게 마주 보던 세실프가 입을 열었다.

"대장, 물어볼 게 있어요."

"뭐, 뭔데?"

아드리안이 말을 더듬으며 되물어오자 딱딱한 표정을 하고 있던 세실프가 갑자기 재미있어 죽겠다는 듯이 웃기 시작하는 것이었다.

"호호홋! 대장, 겁먹었죠?! 그렇죠?"

이제야 세실프의 농간에 넘어갔다는 것을 깨달은 아드리안은 똥 씹은 표정이 되었다.

"누가 겁을 먹었다는 거야?! 이런 진지한 분위기에서 장난치지 말라고!"

"흥! 먼저 장난친 것이 누군데 그래요!"

“아무튼 곧 죽어도 남한테 지지는 않으려고 드는군.”

말은 이렇게 하고 있었지만 그녀의 행동이 장난으로 그친 것에 대해 정말 다행이라고 생각하는 아드리안이었다. 그들의 행동을 지켜보던 유겐과 레이멜은 약속이라도 한 듯 혀를 차고 있었다.

“쯔쯧, 어쩌면 저렇게 나잇값을 못하는지 모르겠군요.”

“쯔쯧, 나이 차이가 10살이나 나면서도 저렇게 잘 노는 걸 보면 둘 사이에는 세대 차이가 전혀 없나 보군.”

유겐의 말을 거들던 레이멜은 뒤늦게서야 시체들을 볼 수 있었다. 잠시 턱을 쓸던 그는 세실프와의 다툼을 끝내고 다시 시신을 살피고 있는 아드리안에게 물었다.

“정말 처참하게도 죽었군. 사인이 뭔지 알겠나?”

“그건 나도 잘 모르겠지만 인간들이 쓰는 무기에 당한 것은 아니야. 자네가 한번 살펴보겠나?”

“뭐, 그렇게 하지. 좀 본다고 해서 눈이 닳는 것도 아니니.”

시시껄렁한 우스갯소리를 한마디 한 레이멜은 고개를 끄덕이며 사람들 사이에서 나섰다. 그리곤 뻣뻣한 자세로 시체 주변을 이리저리 둘러보았는데 아무리 봐도 시장으로 구경 나온 사람 이상의 성의는 아니었다. 레이멜이 하는 양을 보던 큐리컬드는 저런 미덥지 못한 사내에게 부탁을 한 아드리안이 이해가 안 간다는 듯 물었다.

“뭔가 제대로 알기는 아는 친군가? 저렇게 대충 살펴보는 것으로 사인을 어떻게 조사한다는 건지…….”

“하는 짓은 좀 건들거려서 미덥지 못해 보여도 상당히 능력있는 친구지. 서른을 갓 넘긴 나이에 4클래스 마법사가 되는 것은 아무나 하는 것이 아니잖나?”

"4클래스?"

마법이 몰락의 길에 들어선 요즘 세상에 4클래스의 마법사가 얼마나 대단한지 잘 알고 있는 큐리컬드는 또 다른 눈으로 레이멜을 바라보기 시작했다.

"저런 친구가 4클래스의 마법사라니……."

큐리컬드의 눈에 비친 레이멜은 가죽만 남은 시체에게는 관심이 없는 듯 죽은 지 얼마 되지 않은 시체의 옆으로 자리를 옮겼고, 소매를 조금 걷으며 남들이 들을 수 없을 정도의 희미한 목소리로 말했다.

"마나여, 나에 속하지 않은 모든 것들이 나를 해하고 탐하려 하니 이로부터 주인을 보호하라. 프로텍트 쉴드!"

마법 시동어를 외친 그는 아무런 변화도 없는 자신의 손을 내려다보며 만족한 표정을 지었다. 이것은 레이멜이 직접 만든 마법이었기에 고대어를 사용하지 않았는데, 방어 마법을 손에만 한정적으로 걸어놓은 것으로 무형이라 타인의 눈에 띄지 않는 데다가 마나의 소모도 비교적 적었고 가죽 장갑에 비해 이물질에 대한 방어가 확실했기에 그가 자주 쓰는 마법 중의 하나였다. 마법이 제대로 시동된 것을 확인한 레이멜은 시체의 상처 부위를 조금씩 만지더니 불현듯 검은 피가 엉겨붙은 상처 안으로 손을 푹 찔러 넣는 것이었다. 한동안 시체의 뱃속을 주물럭거리던 그는 뭔가 찾아낸 것이 있는 듯 고개를 끄덕거렸다.

"이것 참, 속이 야들야들한걸? 이런 몸으로 이곳까지 온 것이 이해가 안 갈 정도야."

맨손(?)으로 시체의 뱃속에 손을 쑤셔 넣는 레이멜의 상상을 초월하는 행동과 말은 절묘하게 어울려 지켜보고 있는 사람들의 인상을 최대한 찌푸리게 만들었다. 이것은 그의 동료들 역시 마찬가지였는데, 그를 조금 알고 있다고 생각하던 동료들조차 맨손을 시체의 몸에 쑤셔 넣을 것이라고는 생각지도 못했기 때문이다.

이때 큐리컬드는 미심쩍은 눈초리로 아드리안을 보며 다시 한 번 물었다.

"저런 미친 녀석이 정말 4클래스의 마법사란 말인가?"

머리를 긁적이던 아드리안 역시 어색한 웃음을 띠며 말했다.

"저 친구에게 저런 과격한 면이 있는 줄은 몰랐는걸? 원래 마법사들은 엉뚱한 데가 있다고 하지 않나. 저 친구도 마법사인데 그런 성격이 없진 않겠지."

아드리안은 될 수 있으면 좋게 생각하기로 했는지 다른 이들처럼 찌푸린 인상은 아니었다. 그는 시체의 옆에서 손에 묻은 핏물을 주물럭거리고 있는 레이멜에게 다가갔다.

"이봐, 계속 장난만 칠 건가?"

하지만 레이멜의 표정은 장난을 치던 그의 표정과는 상당한 거리가 있어 보였다.

"누가 이런 시체의 몸에 손을 넣고 싶어서 넣었는 줄 알아? 자네도 이걸 한번 만져 보고 말하라고!"

레이멜의 손에 들려 있는 것은 질척한 고깃덩어리같이 보였다. 하지만 그것이 죽은 시체의 내장이라는 생각에 그다지 만져 보고 싶은 마음은 없었으나 많은 사람들이 지켜보고 있는 상황에서 거절을 하는 것 역시 보기에 좋지 않다고 생각했기에 장갑을 낀 채로 그 일부분을 만져 보았다.

"뭐야! 도대체 무슨 장기길래 이렇게 물컹한 거야?"

그의 되물음에 레이멜은 손에 든 핏덩이를 털어내며 말했다.

"이건 내장이 아니야. 이 시체의 복근이지."

분명 아드리안이 느끼기에 그가 건넨 핏덩이는 물컹물컹한 내장의 감촉이었다. 그런데 그것을 꺼낸 당사자가 그것이 근육의 일부분이라고 하니 이상하기 짝이 없는 노릇이었다.

"시체의 근육이라면 당연히 단단해져야 하는 것 아닌가?"

"그렇지. 자네의 말대로 사람이 죽게 되면 그 근육은 천천히 경직되는 것이 정상이지. 하지만 무슨 일인지 이 시체는 근육이 천천히 녹아내리고 있어."

그리고 그는 가죽만 남은 시체 쪽으로 시선을 한번 던지며 말을 이었다.

"먼저 죽은 시체는 어쩐 일인지 시신에 근육이 아예 없는 상태이고……. 이건 어디까지나 나의 추측인데, 어떠한 마물의 독소에 몸속이 모두 녹아내린 것 같아. 그것이 어떠한 마물인지는 모르겠지만. 그리고 자네의 그 장갑은 이제 버리는 것이 좋을 것 같은데?"

"응? 내 장갑?"

뜬금없이 내뱉은 레이멜의 말에 자신의 장갑 낀 손을 내려다본 아드리안은 깜짝 놀라며 급히 장갑을 벗었다.

"제기랄! 조금씩 녹고 있잖아?! 이게 무슨 일이야?"

"아까 말하지 않았나? 마물의 독소가 몸속을 녹이는 작용을 하니 그것이 묻어버린 자네의 가죽 장갑도 녹는 것이 당연하지."

레이멜의 말과 함께 장갑을 멀찌감치 던져 놓은 아드리안은 붉은 피가 묻은 그의 손을 보며 의아한 듯 물었다.

"그럼 자네는 맨손으로 만졌는데 괜찮은 건가?"

아드리안의 물음에 피식 웃은 레이멜은 자랑하듯이 손을 이리저리 보였다.

"이런 둔한 친구 같으니. 당연히 그전에 프로텍트 마법을 걸어놨지. 나를 그렇게 멍청하게 생각하고 있었다니 조금 섭섭한걸?"

"하긴."

보일 듯 말 듯 고개를 끄덕인 아드리안은 아직도 찜찜한 듯 손의 냄새를 맡고 있었다.

그들의 대화를 듣던 사람들은 그 마물의 정체에 대해 의견을 주고받으며 동요하기 시작했다. 이 주변에서 모험을 하는 모험자들에게는 이 정체를 알 수 없는 마물의 출현이 남의 일이 아니었기 때문인데, 그것에 대한 방비책을 세우지 않는 것은 자신들의 목숨과 직결되는 문제라는 것을 잘 알고 있는 모험자들이었다.

"정말이지 끔찍하군. 저 모습만 봐도 더 이상 모험을 할 맛이 달아나는걸?"

"아무래도 이 지역은 또다시 모험의 불모지가 될지도 모르겠군. 최소한 저 마물에 대한 대비책이 생기지 않는 한."

"하지만 대비책을 알아내기 위해서는 수많은 목숨들이 희생되어야 하지 않겠나? 새로운 마물들이 출현할 때마다 수많은 모험자들이 목숨을 잃어야 했는데 또 이런 일이 생기다니……."

한 모험자의 답답한 탄식이 이어지고 있을 때 그들의 등 뒤에서부터 누군가의 목소리가 들려왔다.

"카일락스. 그 마물의 이름일세."

그 목소리에 놀란 모험자들이 자신의 뒤를 바라보며 양 옆으로 갈라지자 그곳으로부터 긴 챙이 달린 모자를 눌러쓴 그라프와 흰색 사제복을 입은 쥬라스의 모습이 보였다. 머리까지 올라오는 지팡이로 땅을

짚으며 걸어오고 있는 그라프의 모습은 너무나 자연스러워 보였는데,
그의 말을 들은 레이멜이 놀란 표정을 지으며 중얼거렸다.

"카일락스… 그럴 리가……."

사람들의 시선을 받으며 시체의 옆까지 걸어온 그라프는 침중한 목
소리로 계속 말을 이었다.

"아마도 대부분의 사람들이 이 이름에 대해서 들어본 적이 없을 걸
세. 카일락스라는 이름이 세상에서 사라진 것은 아주 오래전의 일이니
말이야."

그라프의 이야기를 듣고 있던 아드리안은 자신의 옆에서 어떠한 생
각에 빠져 있는 레이멜의 옆구리를 찌르며 물었다.

"자네는 그런 이름을 가진 마물에 대해 알고 있다는 건가?"

레이멜은 천천히 고개를 끄덕이고 있었는데 심상치 않은 그의 표정
이 아드리안을 불안하게 만들고 있었다.

"마법사 수업을 할 때 스승님 아래서 고대의 마물에 대해 공부한 적
이 있었는데, 고대에 존재하던 마물에 대해 정리해 놓은 서적에서 한번
스쳐 지나가듯 본 이름이야."

"과연 천재 마법사다운걸? 한번 스쳐 본 것을 기억하고 있다니."

쓴웃음을 지은 레이멜은 무릎을 짚고 일어나며 말했다.

"내가 기억할 수 있었던 것은 그런 이유에서가 아니야."

"그렇다면?"

"책에 적힌 내용을 읽었을 때 아무것도 모르는 상태였는데도 불구하
고 카일락스에 대해서는 너무나 강렬한 인상을 받았거든."

아드리안이 아는 한 레이멜이 마물에 대해 강렬한 인상을 받는 것은
단 두 가지의 경우 중 하나였다. 그중 좋은 쪽으로 따지자면 스스로의

능력으로 상대할 수 있는 마물에 대해 느끼는 자신감이었고, 나쁜 쪽으로 따지자면 상상을 초월하는 마물의 공포에 대한 인상이었다. 여기까지 생각이 미친 아드리안은 은근한 목소리로 물었다.

"좋은 쪽인가, 아니면 나쁜 쪽인가?"

그의 질문에 대해 대답을 하지 않은 레이멜은 그답지 않게 걱정스러운 표정으로 그라프가 서 있는 쪽을 보며 말했다.

"그라프님께서 설명을 해주실 듯하니 자네가 직접 듣고 판단해 보라고. 어쩌면 우리의 '일'을 포기해야 할 만큼 큰 영향을 끼칠 수도 있으니까."

"흐음……."

대답을 그라프에게 떠넘기려는 레이멜의 생각에 호응이라도 해주듯 아드리안의 귀로 사람들을 향한 그라프의 낮은 음성이 파고들기 시작했다.

"카일락스라는 것은 숲 속에 살면서 주로 사람이나 동물의 체액을 빨아먹고 사는 저주받을 곤충의 이름이라네. 이것은 고대의 한 미치광이 마법사가 사람의 피를 빼는 모기의 형태와 습성을 본떠 마법을 이용하여 만든 데서 탄생했다고 전해지는데, 모기의 행태와 습성을 그대로 가진 만큼 야행성이기 때문에 낮에는 거의 움직이지 않다가 어두워지기 시작하면 먹이를 찾기 위한 활동을 시작하게 된다네. 또 먹이 사냥 시에는 주로 입의 역할을 하는 날카로운 대롱 침을 목표한 먹이에 찔러 넣는데, 그와 동시에 그곳에서 방출되는 독물은 먹이의 내부를 모두 액체로 녹여 버릴 만큼 독성이 강하지. 한마디로 한 번 찔리기라도 하는 날이면 오장육부가 녹으면서 목숨을 잃게 되는 것이지. 시체들의 상흔이나 죽어 있는 모습으로 봐서는 아마도 카일락스의 짓이 틀림없을 것일세."

그라프의 설명이 대충 끝나자 진지한 표정으로 이야기를 듣고 있던 아드리안은 이해가 안 가는 부분이 있는 듯 레이멜에게 물었다.

"그렇다면 특별히 대단할 것도 없는 마물이 아닌가? 다른 마물들 역시 그 정도의 위협을 사람에게 주는 것이 보통이니까."

하지만 레이멜은 그라프의 이야기가 아직 끝나지 않은 것임을 알기라도 하는 듯 아드리안을 향해 손가락으로 입을 막는 시늉을 했다. 그리고 잠시 후, 그렇게 낙천적이던 레이멜이 카일락스의 위협을 걱정하고 있는 진정한 이유를 그라프의 입을 통해 들을 수 있었다.

"마지막으로 카일락스가 진정으로 무서운 이유는… 그것이 눈에 보이지 않는다는 것과 엄청난 번식력에 있네."

거의 동시에 그의 이야기를 듣고 있는 사람들의 입에서 놀람의 소리가 터져 나오고 있었는데, 그것은 아드리안과 그의 일행인 유겐, 세실프로부터 시작하여 큐리컬드와 그의 동료들, 그리고 이 자리에 모인 모든 모험자들에게 해당되었다. 아드리안은 급히 레이멜의 얼굴을 바라보았는데 그는 역시 예상했던 일인 듯 담담한 얼굴이었다.

"눈에 보이지 않는다는 게 대체 무슨 말이지?"

레이멜은 살며시 눈을 감으며 조용한 목소리로 말했다.

"말 그대로 눈에 보이지 않는 존재라는 거야. 카일락스에 당한 피해자들은 자신이 무엇에 죽었는지도 모르고 목숨을 잃게 되지. 그렇기 때문에 고대에는 암살용으로 사용되어졌었어. 그리고 더 대단한 것은 번식력이야. 성충이 된 카일락스는 한 마리당 약 700마리의 유충을 번식시킨다네. 그리고 그 유충들이 다시 성충이 되어 번식한다면 정말 끔찍한 일이 생기고 말지."

잠시 그의 말을 생각해 보던 아드리안이 마른침을 삼키며 되물었다.

"정말 엄청나겠군. 그렇다면 누군가가 의도적으로 카일락스를 기르고 있다는 말인가?"

과연 경험이 풍부한 모험자다운 예리한 질문이었다. 감고 있던 눈을 천천히 뜬 레이멜은 고개를 저었다.

"어디까지나 고대에 있었던 일일 뿐이야. 그 이후로는 종적을 감추었기 때문에 어떻게 번식을 하게 되었고, 어떻게 이곳에 나타나게 되었는지는 알 수 없지."

이때 둘의 대화에 끼어드는 여성의 목소리가 있었다.

"레이멜 씨는 카일락스에 대해 상당히 잘 알고 계시는군요?"

그들이 고개를 돌려보니 대화에 끼어든 사람은 자신들과 함께 숙소를 쓰는 여사제인 쥬라스였다. 그라프의 설명을 사람들 사이에서 듣고 있던 그녀는 아드리안과 레이멜의 대화를 듣게 되었는데, 카일락스에 대해서 제법 잘 알고 있는 레이멜에게 호기심을 느끼며 다가온 것이었다. 레이멜은 코를 쓸며 말했다.

"그저 대충 옛날에 공부하던 기억이 떠오른 것뿐이죠. 저보다 오히려 그라프님이나 쥬라스 사제님께서 그렇게 잘 알고 계시는 것이 더욱 신기할 따름입니다."

그의 말에 잠시 주변을 살피던 쥬라스는 목소리를 조금 낮추며 말했다.

"우선 이곳은 사람들이 너무 많으니 숙소로 들어가서 이야기를 해도 될까요? 많은 사람이 알아서 좋을 것이 없는 이야기이니 이해해 주시길."

쥬라스의 제의에 서로의 얼굴을 바라보던 아드리안과 레이멜은 고

개를 끄덕였다. 그들이 동의를 하자 쥬라스는 사람들 앞에서 카일락스
에 대해 설명해 주던 그라프에게 눈짓을 하며 숙소 쪽으로 걸었고, 아
드리안 역시 사람들 사이에서 그라프의 설명을 듣고 있던 세실프 남매
에게 숙소로 들어오라는 신호를 하며 레이멜과 함께 자리에서 사라졌
다.

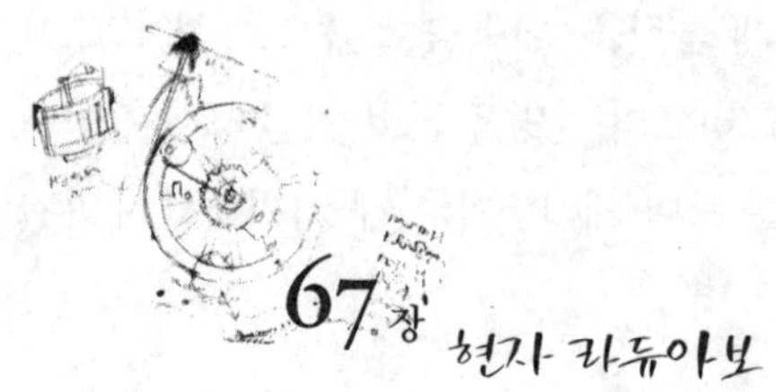

67장 현자 라듀아보

　나무의 향이 진하게 배어 나오는 숙소. 오후가 되면서 해가 창의 반대 편으로 넘어가면서 시원한 그늘이 져 있었다. 숙소의 한가운데 아드리안의 일행과 여사제인 쥬라스가 탁자를 사이에 두고 앉아 있었다. 이곳으로 들어온 이유를 아직까지도 알지 못하고 있던 세실프는 아드리안을 보며 물었다.

　"무슨 할 이야기라도 있는 거예요?"

　그녀의 물음에 자신도 모른다는 듯 어깨를 한번 으쓱거린 아드리안은 쥬라스를 바라보며 대답했다.

　"글쎄, 쥬라스 사제님께서 할 이야기가 있으시다는군."

　자연스럽게 세실프의 시선은 쥬라스에게 옮겨졌고, 그녀와 눈이 마주친 쥬라스는 엷은 미소를 지으며 말했다.

　"자세한 이야기는 그라프님께서 들어오신 후에 직접 하시겠지만 대충이라도 말해 드리는 것이 예의일 것 같네요. 약 두 달 전쯤 그라프님은 곤경에 빠진 친구 분께 도움 요청을 받게 되었고, 그 친구 분을 돕기 위해 가는 도중 함께 동행할 파티도 물색할 겸 이곳에서 며칠 동안 묵게 되었습니다. 하지만 지금까지 마땅한 모험자들이 나타나지 않아 이렇게 떠나지 못하고 있었던 것이죠."

잠시 그녀의 이야기를 듣던 아드리안은 조금 곤란한 표정을 짓고 있었다.

"가만가만… 그렇다면 저희가 그 대상에 올랐다는 것입니까?"

"간단히 말씀드리면 그렇습니다. 그라프님과 제가 처리해야 할 일에 여러분들이 가장 적합하다고 생각했기 때문에 말씀드리는 것이죠."

"하지만 저희도 다른 목적이 있어 여행을 하는 중이기 때문에 도와 드리기가 조금 곤란할 듯합니다만."

아드리안이 난처한 표정으로 그녀의 제의를 거절하려 할 때 문이 열리는 소리와 함께 대화에 끼어드는 그라프의 목소리가 들려왔다.

"그 점은 염려하지 말게나. 우리도 어차피 '엘프의 숲' 으로 가는 중이니 특별히 방해가 되지는 않을 거야. 다만 가는 길까지만 조금 도와 달라는 것일 뿐이네."

그의 목소리를 들은 아드리안과 일행들은 놀란 표정을 지으며 문 쪽으로 몸을 돌렸다. 그곳에는 지팡이를 한쪽에 기대어놓으며 모자를 벗고 있는 그라프가 있었는데, 조금 피곤한 듯 손으로 얼굴을 쓸어 내리고 있었다. 자신에게 시선이 모두 모아진 것을 느낀 그라프는 잔잔한 미소를 지으며 말했다.

"이런, 늙은이가 주책스럽게 아무런 기척도 없이 이야기에 끼어든 듯하군. 내 사과하도록 하지."

얼떨떨한 표정을 짓고 있던 아드리안이 물었다.

"저희가 엘프의 숲으로 가려 한다는 것을 어떻게 알고 계십니까?"

그라프는 느긋한 자세로 헝클어진 백발을 정리하며 대답했다.

"아드리안 지그너스, 스윈 제국의 유일한 공작가인 지그너스 가의 장남 아닌가? 게다가 이렇게 동료들과 함께 여행하는 모습을 보아하니 '마지막 시련' 을 위한 여행을 하는 중이라는 것을 쉽게 알 수 있었지."

잠시 말을 끊으며 탁자 쪽으로 다가온 그라프는 길게 늘어진 옷을 뒤로 젖히며 남아 있는 의자에 앉았다.

"마지막 시련을 위한 여행을 할 만한 가장 가까운 곳이 3대 마역 중 한곳인 엘프의 숲일 테니, 자네 일행이 그곳으로 간다는 계산쯤이야 간단하게 나온다네."

아드리안은 그라프의 정확한 추론에 혀를 내두르지 않을 수 없었는데, 말로야 간단하겠지만 이름과 행색만을 가지고 생전 처음 보는 이의 배경을 알아낸다는 것은 보통 사람이라면 꿈도 꾸지 못할 일이었다. 미간을 조금 찌푸린 아드리안은 불만스러운 목소리로 말했다.

"지금까지 애써 정체를 숨기고 있었는데 그렇게 쉽게 알아내셨다니… 또 그라프님께서는 저에 대해 잘 아시지만 저는 그라프님께서 어떤 분이신지 모르니 조금 불공평하다는 생각도 드는군요."

투정과도 같은 그의 불평에 너털웃음을 지은 그라프는 턱의 수염을 쓸었다.

"허헛, 자네의 정체에 대해서는 내 스스로의 힘으로 알아냈고 자네는 자네의 힘으로 나에 대해 알아내지 못했으니 이것은 절대 불공평한 것이 아닐세."

장난스럽게 들리는 그라프의 반박이었지만 그의 말도 틀린 것이 없었기에 아드리안은 더 이상 아무런 말도 하지 못했다. 옆에서 그들의 대화를 듣고 있던 쥬라스는 고개를 가로저으며 아드리안을 향해 말했다.

"그라프님께서 장난기가 조금 있으시니 이해해 주세요. 다들 한 번쯤은 들어보셨을 거예요. '대현자 라듀아보' 라는 이름을. 그라프님께서 그 본인이시죠."

얼핏 그녀의 말을 들은 세실프와 유겐은 잘 모르겠다는 듯이 머리를 긁적였다.

"대현자 라듀아보라… 그런 사람도 있었나? 유겐, 너는 알고 있어?"

"글쎄… 나도 들어본 적이 없는걸?"

그러나 라듀아보라는 이름을 들은 아드리안과 레이멜의 모습은 세실프 남매의 그것과는 전혀 다른 것이었는데, 그들은 각각 분위기를 파악하지 못하고 있는 세실프와 유겐의 머리에 꿀밤을 먹이며 외쳤다.

"너희들은 역사 공부도 안 했냐? 대현자 라듀아보라는 이름을 모르다니!"

"싸움만 잘하면 뭐 해! 눈앞에 전설과 같은 분이 있는데도 못 알아보는걸."

이유도 모른 채 꿀밤을 얻어맞은 세실프와 유겐은 머리를 부여잡으며 씩씩거려 보았지만 아드리안과 레이멜의 관심은 이미 그들을 떠나 있었다.

이들의 반응과 같이 쥬라스가 말한 라듀아보라는 이름은 사람들을 경악하게 만드는 충분한 위력을 가지고 있었는데, 듀들란 제국에 대마법사 루스티커가 있다면 도이첸 제국에는 대현자 라듀아보가 있다고 말할 수 있었다.

약 100년 전, 20대 초반의 나이로 홀연히 도이첸 제국에 나타난 라듀아보라는 청년은 각 대학교를 돌며 그곳의 현자들과 각 분야에 걸쳐 지혜를 겨루기 시작했고 그와 대면한 모든 현자들에게 자신들의 학식이 얼마나 짧았는지 깨닫게 만들어주었다. 또 시간이 흘러 30대의 나이가 되자 인간 세상에서 일어나는 일에 대해서는 모르는 것이 없을 만큼의 혜지를 가진 현자라 인정받아 대현자의 칭호를 받게 되었고, 40대에는 도이첸 제국 황제의 간절한 부탁을 받아 15년간 황실의 고문으로 지낸 적도 있었다. 그리고 그가 62세가 되는 해 인간의 세상을 등지고 은거하겠다는 의사를 밝히자 그 소식을 들은 도이첸 제국의 황제가 크게 놀라 직접 그의 거처까지 찾아와 말렸지만 그 뜻을 굽히지 않은 채 어디론가 사라진 인물이다.

그 이후 도이첸 제국뿐만 아니라 대륙 전역의 현자들 사이에서는 한 시대를 풍미한 인물로서 전설로 남게 되었고 마법사들 사이에서도 그가 남긴 저서들을 연구하기 시작했다. 이렇게 화려한 기록들을 남기고 40여 년 전 홀연히 사라진 그를 이런 외진 곳에서 만나게 되었으니 아드리안과 레이멜이 놀라는 것도 당연한 것이었다. 그중 레이멜의 감흥이 특히 남다른 듯 떨리는 목소리로 입을 열었다.

"저 역시 마법사 수업 중 대현자님께서 남기신 저서를 토대로 마법 공부를 한 적이 있습니다. 그중 '만물에 대한 귀감'과 '무형의 원론'은 현재에도 모든 마법사들에게 필독서로 통하고 있죠."

특유의 너털웃음을 지은 그라프는 손을 내저었다.

"허허, 대현자라는 말은 듣기가 좀 거북하군. 그렇지 않아도 은거한 이후에 여러 곳에서 날 찾아 골치가 아팠다네."

"그… 그렇다면 칭호는 생략하도록 하겠습니다, 그라프님."

아드리안은 옆에서 더듬거리며 대답하는 레이멜을 보며 낯설음을 느끼고 있었다. 어려서부터 봐온 레이멜의 모습 중 지금같이 긴장하고 있던 적은 없었기 때문이다. 어찌 되었든, 일이 이쯤 되니 그라프와 쥬라스의 부탁을 모른 척할 수는 없다고 생각한 아드리안은 그들을 번갈아 보며 물었다.

"그라프님과 쥬라스 사제님께서 목적지가 엘프의 숲이라고 하셨는데, 대체 무슨 일인지 여쭈어봐도 되겠습니까?"

그의 물음에 중요한 이야기를 하려는지 탁자 위로 손을 모아 쥔 그라프는 아드리안과 동료들을 둘러보며 입을 열기 시작했다.

"자네들 역시 목적지로 하는 곳인만큼 엘프의 숲에 대해서는 잘 알고 있겠지?"

그의 물음에 순한 양처럼 바른 자세로 앉아 있던 레이멜이 깍듯이 대답했다.

"네, 대륙 서쪽의 미개척지에 위치한 신비의 숲으로서 인간들이 접근하지 못하는 3대 마역 중 한곳이라고 알고 있습니다. 사실 마역이라고 하기보다는 엘프들이 살고 있기에 들어갈 수 없는 금역이라는 말이 더 옳겠지만 편의상 드베인 숲, 마룡의 호수와 함께 3대 마역으로 일컬어지고 있죠."

엘프들은 자신들이 살고 있는 숲을 성스럽게 생각했기에 인간이나 여타의 종족들이 접근하는 것을 극히 싫어하는 게 보통이었다. 그러한 이유로 엘프들은 자신들의 영역을 둘러싸는 거대한 결계를 쳐놓고서 인간이나 그 외의 종족들이 접근하는 것을 막아왔는데, 그것이 3대 마역이라고 불리우고 있는 엘프의 숲의 정체였다. 그라프는 레이멜의 정확한 대답에 만족한 웃음을 지으며 말을 이었다.

"정확히 알고 있군. 지금부터는 자네들에게 조금 생소한 이야기들일세. 사실 나에게 도움을 요청한 친구는 다름 아닌 엘프의 숲에서 살고 있는 엘프라네. 도이첸 제국을 떠나 여행을 하는 도중 우연한 기회에 만난 친구인데, 난처한 상황에 빠진 그를 도와주면서 서로 친해지게 되었고 몇 번인가 금지로 알려진 엘프의 숲으로 초대를 받아 가본 적도 있었다네. 또 헤어진 후에는 일 년에 한 번 정도 짧은 시간이나마 이 옆에 있는 쥬라스 사제의 신성력을 빌려 소식을 나누곤 했지. 그러던 중 얼마 전 급박하게 도움을 청하는 연락이 온 것이야. 무슨 이유에서인지 카일락스가 엘프의 숲에 들끓고 있다는 소식이었지. 그래서 나는 자세한 이야기를 듣지도 못한 채 급히 짐을 챙겨 길을 나섰고 쥬라스 사제 또한 나를 돕기 위해서 동행한 것이라네."

그의 말을 듣고 있던 레이멜이 문득 필요 이상 흥분한 표정으로 말했다.

"저희 역시 돕겠습니다! 어차피 저희 역시 엘프의 숲으로 가는 중이었으니 저희의 일도 되는 것이죠! 그렇지 않나, 아드리안?"

레이멜이 뜨겁게 타오르는 눈으로 아드리안을 바라보자 그는 얼떨결에 고개를 끄덕이고 말았다.

"그, 그래야지. 그런데 자네, 너무 열 내는 것 아닌가?"

"무슨 소리야! 대현자님께서 우리에게 도움을 청하시는데 당연히 도와드려야지!"

그의 태도에 어이가 없어진 아드리안은 식은땀을 흘렸다.

"이런… 우리 일은 완전히 머리 속에서 사라진 것 같군."

대화를 가만히 듣고 있던 그라프는 가벼운 웃음을 터뜨렸다.

"허헛, 만약 자네들이 우리를 도와줘서 일이 잘 해결된다면 더욱 쉽게 엘프들로부터 원하는 것을 얻지 않겠는가? 예를 들어 '영원의 열매'라든지……."

그라프가 말한 영원의 열매라는 것은 엘프들이 주로 먹는 나무 열매의 이름이었는데, 그것을 주식으로 먹는 엘프들의 평균 수명이 인간에 비해 몇 배나 길어 엘프들의 생명력이 영원의 열매에서 나온다고 믿은 인간들이 지은 이름이었다. 하지만 인간들 중에서 엘프의 숲에서만 난다는 영원의 열매를 먹어본 자가 없어 그 열매가 정말 그러한 효과를 가지고 있는지에 대해서는 밝혀진 바가 없었다.

"그, 그것을 어떻게……?"

되물음을 던진 아드리안을 보며 어느새 그라프의 충실한 추종자가 되어버린 듯한 레이멜이 혀를 찼다.

"쯔쯧, 대현자님이신 그라프님께서 겨우 우리가 하려는 일을 모르시겠나? 그렇지 않습니까, 그라프님?"

레이멜이 조금 부담스러운 눈빛을 던지며 물어오자 그의 눈빛을 차마 받아주지 못한 그라프는 애써 시선을 돌리며 아드리안의 질문에 답했다.

"자네에게 주어진 마지막 시련에서 가문으로부터 자네의 능력과 용기를 인정받으려면 3대 마역 중 한곳을 탐험했다는 증표가 있어야 할 테고, 엘프의 숲을 목적지로 선택한 만큼 영원의 열매만큼 확실히 증명해 줄 수 있는 것도 없지."

아드리안과 일행들이 감탄해 마지않는 동안 잠시 말을 끊은 그라프는 다시금 그들을 둘러보며 말했다.

"아무튼 이것은 계약이라고 생각해도 될 것일세. 자네들이 우리를 도와주면 영원의 열매를 구할 수 있도록 해주지."

잠시 생각해 보던 아드리안은 그의 말대로 자신이 손해 볼 일은 아니라는 결론을 내렸다. 사실 그라프에게 도움을 주지 않더라도 자신들의 목적지가 엘프의 숲인만큼 필연적으로 카일락스의 위협을 받을 것이고, 또 엘프들의 방해를 받으며 영원의 열매를 찾는 것 또한 만만치 않은 일이었는데 그럴 바에는 그라프와 함께 쉽게 일을 해결하는 편이 훨씬 편할 것이라 생각했기 때문이다.

"좋습니다. 저희 일행이 그라프님의 일을 돕기로 하죠. 그렇다면 언제 떠날 생각이신지……."

긍정적인 결론에 그라프는 흡족한 표정을 지었다.

"내일이라도 당장 떠나야 할 것 같네. 아무래도 그 시체를 보아하니 엘프의 숲의 결계가 이미 열렸고, 카일락스가 그곳을 빠져나온 듯하니 더 이상 그들이 번식하기 전에 막아야 할 것일세."

"그렇다면 내일 오전에 출발을 하도록 하죠. 그리고 저희 일행 4명은 모두 말을 이용하고 있습니다. 그라프님과 쥬라스님께서는?"

"아! 우리 역시 말을 가지고 있으니 그 점은 걱정 말게. 가만… 그런데 지금 4명이라고 했나? 분명 5명이 아닌가?"

의아한 표정을 지으며 물어오는 그라프를 보며 잠시 생각을 하던 아드리안은 그가 묻는 바를 깨달은 듯 침대에서 자고 있는 뮤스를 가리켰다.

"아! 뮤스를 말하시는군요. 그는 저희 일행이 아니라 이곳으로 오는 도중에 만나 함께 온 것입니다. 이제부터 함께 움직이지는 않을 듯합니다만."

아드리안의 말에 문득 허탈한 표정을 지은 그라프는 쥬라스를 바라보며 대답을 구했다.

"허헛… 이것 참 난처하게 되었군. 이왕이면 마법사가 두 명이었으면 했는데……."

쥬라스 역시 그의 말에 동의하는 듯 고개를 끄덕였다. 하지만 아드리안과 레이멜은 그들이 무슨 말을 하고 있는지 모르는 표정이었다.

침대에 바른 자세로 누워 잠을 자고 있는 뮤스는 평온한 얼굴이었다. 그에게는 도이첸 제국의 국경을 넘은 이후로 이렇게 마음 편히 잠을 자본 기억이 없었고, 또 언제 다시 이런 시간이 올지 몰랐기에 이 기회를 이용해 최대한 즐기려는 듯했다. 하지만 세상의 일이 원하는 대로 될 수만도 없는 법. 세실프의 높은 음성이 오랜만의 휴식을 즐기고 있던 뮤스를 깨우고야 말았다.

"뭐라구요?! 저렇게 어벙해 보이는 녀석이 대단한 마법사라고요?"

무슨 이야기인지는 알 수 없었으나 자신의 단잠을 방해한 목소리에 짜증을 느낀 뮤스는 이불을 끌어당기며 목소리가 들려오는 반대 편으로 등을 돌렸다. 그러나 그것만으로는 역부족인 듯 레이멜의 목소리마저 똑똑히 들려오고 있었다.

"하핫! 쥬라스 사제님께서 농담이 심하시군요. 뮤스 군이 마법사라니요? 그는 그저 현자 수업을 하고 있는 청년일 뿐입니다."

인상을 찌푸리며 휴식을 방해하는 그들을 원망하던 중 문득 사람들 사이에서 자신의 이름이 거론되는 것을 들은 뮤스는 더 이상 무심하지 못했다. 애써 정신을 차린 뮤스는 귀를 세워 그들의 대화를 듣기 시작했다. 이번에는 쥬라스의 목소리가 들렸다.

"하지만 뮤스 군에게서 흐르는 마나의 기운은 보통의 그것이 아니에요. 처음에는 제가 잘못 생각한 줄로만 알았는데 다른 곳에 있어도 그

의 몸에서 흐르는 마나의 기운이 저에게 전해오더군요. 정 의심이 가
시면 레이멜 씨가 직접 알아보는 것도 좋을 것 같군요. 마나 탐지 마법
을 쓰면 금세 알 수 있을 테니까요."

그녀의 말이 끝나자 뮤스는 자신의 등에 모든 이들의 시선이 꽂히는
것을 느낄 수 있었다. 그들의 대화가 자신의 몸에 흐르고 있는 뇌공력
에 대한 이야기라는 것 역시 알 수 있었던 뮤스는 그녀가 어떻게 자신
의 몸에 흐르고 있는 뇌공력의 존재를 알 수 있었는지 의문이 생겼다.
그 점에 대해 생각하고 있을 때 뮤스의 기슴을 찌르는 쥬라스의 목소
리가 들려왔다.

"뮤스 군, 이미 깨어 있는 것을 알고 있으니 대화에 함께 참여해 주
시는 것이 어떨까요?"

자신이 깨어 있다는 것을 쥬라스가 눈치 채자 놀람에 눈을 한번 질
끈 감은 뮤스는 천천히 몸을 일으키며 머리를 긁적였다.

"하… 방금 전에 일어났을 뿐입니다."

뮤스가 어색한 말로 변명을 하며 주변을 둘러보니 예상대로 모든 일
행들이 자신을 바라보고 있었다. 세실프와 유겐은 팔짱을 낀 채 여전
히 경멸의 눈초리로 바라보고 있었고 아드리안과 레이멜은 설마 하는
눈치였다. 그들의 뒤로 보이는 그라프는 뮤스를 향해 조용한 미소를
건네며 물었다.

"이미 우리의 대화를 들은 듯하니 괜찮다면 자네의 정체에 대해 대
답해 주는 것이 어떻겠나? 자네는 정말 마법사가 아닌가?"

아드리안과 동료들을 둘러보며 표정을 살피던 뮤스는 마침 잘 물었
다는 듯 서슴없이 고개를 내저었다.

"음… 저는 그라프님과 쥬라스님께서 말씀하시는 마법사가 아닙니

다. 그저 공학원이라는 곳을 책임지고 있던 일개 공학도이고, 제 몸에 흐르고 있는 기운은 마나의 그것과는 성질이 조금 다른 뇌공력이라는 것이죠. 그리고 이것은……."

"잠깐! 지금 공학원이라고 했나?"

뮤스는 자신의 말을 끊으며 재차 확인하는 그라프를 향해 긍정의 표시를 했다.

"네, 그렇습니다만 무슨 문제라도……."

그의 말을 들은 그라프는 갑자기 큰 소리로 웃기 시작했고, 그의 주변에 서서 뮤스를 바라보던 일행들은 웃음소리에 놀라며 시선을 그라프에게로 옮겼다.

"껄껄껄! 그렇다면 자네가 도이첸 제국에서 추방을 당했다는 공학원의 원장이었단 말인가?"

순식간에 바뀐 분위기에 얼떨떨해진 뮤스는 자신도 모르게 고개를 끄덕였다.

"저를 알고 계셨나요?"

"그렇지 않아도 언젠가 자네를 꼭 만나봐야겠다 생각하고 있었는데 이런 곳에서 만나다니 정말 기가 막힌 인연이야! 시간이 날 때마다 자네가 만들어놓은 전뇌거나 다른 물건들을 모두 모아놓고 뜯어보고 연구해 봤지만 대현자라 불리는 나도 막히는 부분이 많더군. 한데 이제 속 시원하게 이해가 될 수 있을 테니 정말 기쁘기 짝이 없어!"

소탈한 표정으로 웃고 있는 그라프를 보던 뮤스는 대충의 상황을 이해했고 쑥스러운 듯 머리를 긁적였다. 아드리안과 그의 일행들은 공학원의 존재를 잘 몰랐기에 그라프가 뮤스에 대해 상당한 대우를 해주는 것을 이해할 수 없었다. 그도 당연한 것이 대륙 전체를 통틀어 가장 위대한 현자라 불리는 라듀아보가 추방자 한 명을 만난 것에 대해 이렇게 반가워하고 있다는 것이 좀처럼 실감이 나지 않았기 때문이다. 잠시 흥분을 가라앉힌 그라프는 손짓을 하며 말했다.

"자네도 이쪽으로 와서 앉게나. 이들의 이야기를 들어보니 자네는 일행이 아니라고 하더군. 그래, 다음 목적지는 어디인가?"

침대에 앉아 있던 뮤스는 그들이 모여 있는 곳으로 다가가며 대답했다.

"목적지 같은 것은 없습니다. 그저 발길이 닿는 곳으로 다닐 뿐이죠."

"그렇다면 혹시 우리들과 함께 엘프의 숲으로 갈 생각은 없나? 물론 위험한 일이겠지만 혼자서 미개척지를 여행하는 것보다는 괜찮을 듯한데… 게다가 신비에 싸인 엘프의 숲을 구경하는 것도 젊은 나이에 아주 좋은 경험 아니겠는가?"

"글쎄요, 생각을 좀 해봐야겠습니다. 게다가 저는 이분들의 일행도 아니니 계속해서 신세를 진다는 것이……."

한편에서 조용히 대화를 듣고 있던 세실프는 대현자라는 사람이 무슨 이유로 뮤스를 높이 평가하는지 이해할 수 없었기에 불만이 이만저만이 아니었다. 이에 참지 못한 세실프는 둘의 대화를 자르며 그라프를 향해 물었다.

"왜 이런 추방자를 데리고 가려는 것이죠? 저는 이 녀석을 아직 믿을 수가 없어요!"

불같이 화를 내는 세실프를 향해 그라프는 할아버지가 손녀를 타이르는 듯한 말투로 입을 열었다.

"허헛, 자네들은 스윈 제국에서 왔으니 공학원과 뮤스 군에 대해 잘 모르는 것이 당연하겠군. 작년 가을 도이첸 제국에 얼핏 듣기에도 낮선 공학원이라는 곳이 생겼지."

이렇게 해서 공학원과 뮤스에 대한 그라프의 설명이 시작되었고, 아드리안과 레이멜 역시 잘 모르는 이야기였기에 그의 말을 유심히 듣기 시작했다. 그런데 뮤스가 지금까지 해왔던 일들을 놀라울 정도로 상세하게 알고 있었기에 당사자인 뮤스조차도 놀랄 정도였다.

그라프의 이야기는 한동안 계속되었다. 그럴수록 아드리안과 일행들이 뮤스를 바라보는 시각이 변하고 있었는데, 만약 다른 이가 이러한 이야기들을 했다면 쉽게 믿을 수 없었겠지만 이야기를 하는 당사자가 다른 이도 아닌 그라프였기에 믿을 수밖에 없었다.

"…아무튼 도이첸 제국의 상인들을 통해 뮤스 군이 황실로 갔다는 소식까지 전해 들었는데 그 후 얼마 안 있어 도이첸 제국에서 추방을 당했다고 하더군. 이런 젊은이를 내쫓은 것을 보고 어이가 없어 기가 막혔지만, 이미 인간 세상을 떠나온 내가 상관할 바 아니라는 생각에 잠자코 있었다네. 한데 뮤스 군을 이런 곳에서 만나게 되었으니 어찌 인연이라 하지 않겠나?"

말을 마치며 자신의 이야기를 듣고 있던 아드리안과 그의 일행들을 둘러본 그라프는 은근한 표정을 지으며 물었다.

"흠, 그러니 이렇게 능력있는 사람이 우리의 일행에 끼어 있는 것도 상당한 전력이 되리라고 생각하는데… 다들 어떤가?"

그라프의 말대로라면 뮤스가 대단한 능력을 가졌음이 확실했고 최소한 그들이 하려는 일에 방해는 되지 않을 것이라고 판단한 아드리안이 고개를 끄덕이며 대답했다.

"흠… 뮤스 군이 괜찮다면 저희들도 좋습니다. 든든한 아군은 많을

수록 좋죠.”

처음부터 뮤스에게 호의적이었고 그라프의 추종자이기도 한 레이멜 역시 아드리안의 말에 크게 동의하고 나섰다.

“하핫! 뮤스가 똑똑한 젊은이라고 생각은 했지만 그렇게 대단한 인물이었을 줄이야… 게다가 그라프님께서 이렇게까지 말씀하신다면 당연히 일행으로 맞이해도 손해날 것은 없겠죠. 너도 그렇게 생각하지, 세실프?”

지금 세실프는 자존심이 크게 상해 있는 상태였다. 그녀가 그라프의 말을 믿지 못하는 것은 아니었지만 자신이 깔보던 뮤스가 대단한 인물이었다고 생각하니 화가 나지 않을 수가 없었던 것이다. 날카로운 눈빛으로 뮤스를 한번 흘긴 세실프는 자리에서 일어나며 말했다.

“저는 잘 모르겠어요. 어차피 다른 파티를 맞아들이는 것은 대장이 해야 할 일이니 대장의 결정에 맡기도록 하죠. 저는 피곤해서 잠을 좀 자야겠어요.”

간단한 말을 남기며 뒤돌아선 세실프는 성큼 걸음으로 자신의 침대로 걸어가 이불을 덮어쓰며 누워버렸다. 그녀의 행동에 어깨를 으쓱거린 레이멜은 유겐을 바라보며 물었다.

“흠, 그렇다면 어쩔 수 없지. 유겐, 네 생각은 어때?”

다행스럽게도 유겐은 그의 누나와는 다른 생각을 가진 듯했다. 처음에는 추방자라는 이름 때문에 뮤스를 깔보기도 했지만 그라프의 이야기를 들어보니 인정할 수밖에 없는 능력을 가진 데다가 나쁜 짓을 저지를 만한 인품이 아니라고 느꼈기 때문이었다.

“저도 찬성이에요. 저보다 어린 나이에 그만한 능력이 있다는 것은 본받을 만한 일이니 함께 움직이는 것도 도움이 될 것 같은데요?”

“하핫, 역시 유겐은 생각이 깊은걸? 괜한 자존심 때문에 침대에 누워 지는 척하는 사람보다는 백배 나아!”

문득 세실프가 누워 있는 침대가 움찔하는 듯했으나 이내 잠잠해졌다.

이제 모든 이들의 시선이 뮤스에게 모아지자 그들의 시선을 받은 뮤스는 어떻게 해야 할지 고심하는 표정이었다. 하지만 오랜 시간을 두고 생각할 수도 없는 일이었기에 이내 마음을 굳히며 입을 열었다.

“보잘것없는 능력이지만 짐이 되지는 않도록 노력하겠습니다.”

뮤스의 결정과 함께 파티에 합류하게 되자 그라프는 아주 만족한 웃음을 지으며 말했다.

“허헛, 이제 뮤스 군도 함께 움직이기로 했으니 내일 떠나는 일만 남았군. 그럼 앞으로 잘 부탁하네, 아드리안 대장.”

그라프에게 대장이라고 불린 아드리안은 쑥스러운 듯 머리를 긁적였다.

“대장이라는 말은 감당하기 힘드니 그냥 아드리안이라고 불러주십시오.”

“으음, 그럴 수는 없는 법이지. 쥬라스 사제와 내가 자네의 파티에 신세를 지는 셈이 되었으니 대장이라고 칭하는 것은 당연한 것이야. 그렇지 않나, 쥬라스 사제?”

쥬라스 역시 그의 말에 동의하는 듯 빙그레 웃으며 고개를 끄덕였다.

“그라프님의 말씀이 맞습니다. 저희가 신세를 지게 되었으니 앞으로 잘 부탁드립니다, 아드리안 대장님.”

“이것 참… 그렇다면 어쩔 수 없죠. 저희 역시 잘 부탁드리겠습니다,

그라프님, 쥬라스 사제님."

　아드리안에게 대장이라고 칭한 그라프의 행동은 큰 의미를 담고 있었다. 보통 하나의 모험자 파티에서 두 개의 우두머리가 존재한다는 것은 조직이 분열될 가능성을 내포하는데, 긴박한 상황에 두 개의 의견이 생겨 대립하게 된다면 그만큼 위험한 것이 없었다. 이 점을 잘 알고 있는 그라프였기에 자연스럽게 아드리안이 파티의 우두머리임을 인정한 것이고 아드리안 역시 그의 뜻을 고맙게 생각하며 받아들인 것이다. 이렇게 해서 아드리안과 그의 일행들은 새로운 동료들을 맞이하게 되었다.

　반쯤 열린 창문 사이로 여름 밤의 스산한 바람이 들어왔다. 비록 창문이라고 부르기에도 무리가 있어 보이는 투박한 나무 창이었지만 숯칠을 해놓은 듯 까맣게 물든 하늘에서 빛을 발하고 있는 달과 별을 볼 수 있었기에 팔베개를 베고 누워 있는 뮤스에게는 더할 나위 없이 멋진 창문이었다.

　뮤스는 낮에 충분히 잠을 자서인지 잠자리에 들고 얼마 안 있어 자연스럽게 눈을 떴다. 내일 또다시 힘든 길을 떠나야 함을 알고 있었지만 좀처럼 잠이 오지 않았기에 어쩔 수 없는 상황이었고, 뇌공력의 신묘함 덕분에 이미 피곤함을 모르는 그에게 있어서 잠이란 그저 정신적인 만족 이상의 의미는 없었다.

　단전에서부터 전해지는 음률의 움직임을 느끼며 밤하늘을 바라보던 뮤스는 다른 동료들의 침대 쪽으로 시선을 돌리며 나직한 목소리를 흘렸다.

　"흠… 이렇게 해서 또 다른 인연을 만났군. 이곳에 왔을 때만 해도 장영실 아저씨를 빨리 만나서 조선으로 돌아가야겠다는 생각밖에 없었는데. 내 주변에서 일어나는 일들은 점점 꼬여 의도하지 않은 곳으로 흘러가니… 흠, 어찌해야 할지 모르겠군.”

여행을 하기 시작한 이후 이래저래 생각이 많아질 수밖에 없었던 뮤스였다. 그것이 여행이 주는 좋은 점이라 할 수도 있었고 나쁜 점이라 할 수도 있었는데, 지금 뮤스에게는 앞으로의 일에 대해 생각해 볼 중요한 시기였으며, 어쩌면 이것이 크라이츠가 의도했던 바였을지도 모르는 일이었다.

“과연 내가 이곳을 버리고 조선으로 돌아갈 수 있을까? 누님, 아저씨들, 그리고 카타리나와 친구들을 서슴없이 버리고 조선으로?”

지금껏 이러한 질문을 스스로에게 몇 번이나 던졌는지 셀 수도 없었지만 그에 대한 답을 내릴 수 있었던 적 또한 한 번도 없었다. 머리를 한 번 도리질 친 뮤스는 가슴으로 시작되는 답답함을 느끼며 침대에서 일어나 숙소 밖으로 걸음을 옮겼다.

밖으로 나온 뮤스는 큰 숨을 한번 들이키며 마을을 둘러보았다. 밤이 늦어서인지 그리 넓지 않은 마을에는 정적이 흐르고 있었는데, 마을의 외벽 위에서 망을 보고 있는 모험자들의 일정한 발자국 소리만이 마을의 정적을 가끔씩 일깨우고 있었다.

또각. 또각.

뮤스는 서늘한 밤 공기가 피부 위로 스치는 것을 느끼며 멍한 표정으로 계단에 앉았다. 이럴 때 누군가 옆에 있었으면 좋겠다고 생각한 그는 주머니에 손을 넣어 무엇인가를 꺼냈다. 그의 손에 올려진 작은 종이 한 장, 그 안에는 카타리나가 뮤스를 향해 밝게 웃고 있었다. 조금은 슬픈 미소를 지은 그는 사진 속의 카타리나를 향해 입을 열었다.

"카타리나는 잘 지내고 있겠지? 나 때문에 걱정하지는 않아야 할 텐데……."

뮤스가 카타리나의 사진을 보며 정신을 팔고 있을 때 그의 얼굴 옆으로 누군가의 얼굴이 불쑥 들이밀어졌고 능청스러운 목소리로 말했다.

"뮤스, 이런 야밤에 청승맞게 뭐 하는 거야?"

그 목소리에 혼비백산하며 놀란 뮤스는 급히 몸을 옆으로 젖히며 외쳤다.

"으악! 누, 누구? 레이멜 씨?"

뮤스의 말대로 달빛에 비친 얼굴은 분명 레이멜이었는데, 언제부터 그의 뒤에 앉아 있었는지 팔짱을 낀 채 느긋한 자세로 놀란 표정을 짓고 있는 뮤스를 내려다보고 있었다. 한심하다는 얼굴을 한 레이멜은 혀를 차며 말했다.

"쯔쯧… 정신을 어디다가 팔고 있었기에 뒤에 누가 오는 것도 못 느낀 거야?"

그의 목소리에 놀란 가슴을 쓸어 내린 뮤스는 고개를 저으며 대답했다.

"휴우… 간 떨어질 뻔했다고요."

"그건 그렇고 그 그림의 주인공은 누구야? 상당한 미인인데… 혹시 여자 친구야?"

깊은 한숨을 내쉰 뮤스는 사진을 주머니에 넣으며 말했다.

"흠… 라이델베르크에 있는 여자 친구예요. 이미 못 본 지가 두 달이나 되어가죠."

휘파람을 한 번 분 레이멜은 대단하다는 듯 고개를 저으며 말했다.

"휘유! 그래도 생각보다 능력이 좋은걸? 어떤 눈매 무서운 여자처럼 싸움만 배우다가 좋은 시절 다 보내지 않아서 다행이군."

레이멜의 농담 반 진담 반의 이야기를 들으며 웃던 뮤스가 되물었다.

"그런데 레이멜 씨는 아직까지 안 주무셨나요?"

"흠, 오늘처럼 달빛이 좋은 날은 마나를 모으기에 최적이지. 그래서 저 뒤의 공터에서 마법 수련 하다가 들어오는 길에 네가 있길래 뭘 하나 지켜보고 있었던 거야."

레이멜의 말을 듣던 뮤스는 고대 유적에 갇혀 있을 때 황제에게서 들은 이야기를 떠올렸다.

"아! 그러고 보니 마법사들이 달빛을 받으면서 수련을 한다는 소리를 들어본 적이 있어요."

"후훗! 그건 마법에 대해 모르는 사람도 다 알고 있는 기본 상식이라고."

조금 머쓱해진 뮤스는 머리를 긁적였고 볼수록 순진하게만 느껴지는 뮤스를 향해 피식 웃은 레이멜이 말했다.

"그런데 한 가지 물어보고 싶은 것이 있군."

"네? 뭐, 제가 알고 있는 것이라면……."

"다른 게 아니고 말이야, 아무리 봐도 미개척지의 길조차 모르는 것 같아 보이는데 어떻게 혼자서 한 달 동안이나 아무 일 없이 지낼 수 있었던 것이지? 그동안 마물들을 한 번도 만나지 않았다는 것은 상식적으로 말이 안 돼."

뮤스는 레이멜이 궁금해하는 것을 충분히 이해할 수 있었는데, 상당한 능력을 가진 사람들로 파티를 이루어 다닌다 해도 충분히 위험한

곳에서 한 달 동안이나 혼자서 생존했으니 이상할 수밖에 없는 일이었
다. 가볍게 미소를 지은 뮤스는 허리 쪽에 매달려 있는 가방에서 금속
으로 된 건틀렛(손에 끼는 갑옷) 한 쌍을 꺼내며 말했다.

　"그건 이것 덕분이에요."

　"에? 이 건틀렛이 뭐가 어떻기에?"

　"아… 이런 것을 건틀렛이라고 하는군요."

　뮤스는 손에 들린 건틀렛을 새삼스럽게 바라보며 말을 이었다.

　"막상 추방을 당해 미개척지로 쫓겨나게 되었는데 제가 검이나 다른
병장기를 제대로 다룰 수 있는 것도 아니고, 그렇다고 마법사도 아니니
몸을 보호할 방법이 없더군요. 그저 맨손으로 하는 격투술을 약간 익
혔을 뿐이었는데, 그렇다고 맨손으로 흉포한 마물들과 싸우는 것은 말
이 안 되구요. 그래서 이 건틀렛이라는 것을 고심 끝에 만들게 되었어
요."

　레이멜은 도저히 이해할 수 없다는 듯 뮤스가 들고 있던 건틀렛 한
짝을 주워 들며 살펴보았다.

　"과연 굉장히 정교하게 만든 건틀렛임은 확실해. 금속이 맞물리는
부분도 부드럽고 광택으로 봐서는 놀라운 기술로 금속을 제련한 듯하
고… 이 정도면 드워프들이 만든 최상급에 버금갈 정도야. 하지만 이
런 건틀렛이 어떻다는 거지?"

　그의 말을 들으며 의미있는 웃음을 지은 뮤스는 건틀렛을 손수 레이
멜의 손에 끼워주며 말했다.

　"한 번 보는 것이 백 번 듣는 것보다 낫다라고 했으니 이 건틀렛으로
힘껏 난간을 격타해 보세요."

　"뭔가가 있는 거야? 마나가 느껴지지 않는 것으로 봐서는 마법 용구

는 아닐 텐데."

"그건 직접 확인해 보는 수밖에 없죠."

끝까지 대답을 하지 않는 뮤스를 향해 고개를 한번 갸웃거린 레이멜은 속는 셈치고 시키는 대로 할 수밖에 없었다. 자리에서 몸을 일으킨 레이멜은 건틀렛을 낀 손을 풀며 이리저리 움직였다.

"이대로 때리면 되는 거야? 설마 내 손의 뼈들이 다 부스러지는 건 아니겠지?"

"그건 염려 마세요. 그리고 부스러진다고 해도 회복 마법을 쓰면 되잖아요."

할 말을 잃은 레이멜은 숨을 한번 내쉬며 두꺼운 통나무로 만들어진 난간을 바라보곤 주먹을 말아 쥐었다. 그리곤 짤막한 기합 소리와 함께 난간으로 주먹을 날렸다.

"후우… 좋아, 한번 때려보지 뭐. 하앗!"

그렇지만 레이멜의 자신없는 모습은 여전했는데, 평소 마법사임에도 불구하고 상당한 체력을 가졌다고 스스로 자부하긴 했지만 그의 전문 분야는 마법이었지 주먹질이 아니었기 때문이다. 하나 그 다음에 이어진 격타음과 상황은 그의 입을 벌어지게 만들기 충분했는데…

퍽! 빠직!

놀랍게도 건틀렛이 끼워진 주먹에 격타당한 나무 난간은 마치 거대한 망치에 두들겨 맞은 듯 산산이 부서지며 비산해 버렸고, 그곳에는 멀쩡한 레이멜의 손만이 부르르 떨리고 있는 것이었다. 도저히 믿을 수 없는 눈앞의 일에 정신을 못 차리고 있을 때 마을의 외벽에서 보초를 서고 있던 모험자들의 목소리가 들려왔다.

"무슨 소리지?! 거기 무슨 일이야!"

"누가 싸우기라도 한 건가!"

순간 멍청한 표정을 짓고 있던 레이멜은 그들의 외침에 정신을 차리며 손을 내저었다.

"아, 아무것도 아니야! 발이 걸려 넘어졌어! 계속 수고들하라고!"

레이멜의 말을 들은 모험자들은 그의 행동이 조금 이상하다는 듯 살펴보더니 이내 몸을 돌려 버렸다. 레이멜은 자신의 손과 뮤스의 얼굴을 번갈아 보며 물었다.

"이, 이게 도대체 어떻게 된 일이지?"

뮤스는 이러한 레이멜의 반응을 미리 알기라도 했는지 자신의 손에 들린 다른 한 짝의 건틀렛을 들어 보이며 설명했다.

"보통 주먹이 어떠한 물체를 격타할 때에는 작용과 반작용이 일어나죠. 즉, 주먹이 물체를 때리는 만큼 격타당한 물체가 주먹을 미는 힘이 발생한다는 뜻이에요. 여기까지 이해가 되나요?"

"흠… 그렇기 때문에 주먹으로 돌을 때리면 돌이 내 주먹을 때리는 것과 똑같다는 것인가?"

"하하! 아주 적절한 비유네요. 그런데 이 건틀렛은 가격한 물체로부터 반발력을 받으면 그 반발력의 상당 부분을 다시 가격한 물체로 되돌려주는 역할을 하죠. 그러니 건틀렛과 물체 사이에 수십 번의 반발력이 생기게 되고 그것이 더해질수록 더욱 큰 파괴력이 가격한 물체 쪽으로 전해지는 거예요."

"호오! 그렇다면 내 힘보다 수십 배에 달하는 파괴력을 낼 수 있다는 것이군!"

"바로 그거예요. 이 건틀렛 덕분에 마물들과 몇 번 마주친 적이 있었지만 손쉽게 그들을 물리칠 수 있었죠. 그렇지만 한계를 벗어나는 강도의 물체를 때렸다간 물체가 부서지기 전에 주먹이 먼저 부서질지도 모르는 일이니 무조건 좋은 것도 아니에요."

자신이 끼고 있던 건틀렛을 벗어 뮤스에게 건네준 레이멜은 혀를 내둘렀다.

"뮤스 너, 정말 멋진 무기를 가지고 있었군."

"제가 생각해도 이 건틀렛은 정말 저에게 딱 알맞는 무기인 것 같아요."

피식 웃은 레이멜은 그의 머리를 쓰다듬으며 말했다.

"아니, 건틀렛 말고 너의 그 머리 말이야. 그라프님께서 침이 마르도록 칭찬을 하시기에 예상은 하고 있었지만 이 정도일 줄은 정말 몰랐거든. 왠지 네 덕분에 이번 일은 잘 해결될 것 같은 기분이 드는걸?"

여전히 칭찬에 익숙하지 못한 뮤스가 얼굴을 붉히자 그 모습을 보며 친근한 미소를 지은 레이멜은 뮤스의 어깨를 두드렸다.

"내일 일찍 일어나 출발해야 하니까 우리도 들어가서 잠 좀 자자고. 아참! 내일 누가 이 난간을 부쉈냐고 물으면 절대 모른다고 해라. 그렇지 않으면 우리가 고쳐 주고 떠나야 한단 말이야."

"하핫! 알겠어요."

시원하게 대답한 뮤스는 웃으며 앞장서 가는 레이멜을 따라 숙소로 들어갔고 애꿎게 부서져 버린 난간의 조각들만이 그 자리에 남아 억울함을 하소연하는 듯했다.

새벽 일찍 일어난 아드리안과 일행들은 바삐 각자의 짐을 다시 꾸리고 있었다. 아직 해조차도 뜨기 전인 이른 시간이었기에 그들과 마을의 보초를 서는 모험자들 외에는 아무도 눈에 띄지 않았다.

다른 일행들이 짐을 챙기고 있을 때 뮤스는 그라프와 침을 튀겨가며 대화를 나누는 중이었다. 허리춤에 메고 있는 가방이 짐의 전부인만큼 다른 동료들에 비해 해야 할 일이 적었지만 눈을 뜨자마자 이것저것 물어오는 그라프 덕분에 그리 여유로워 보이지는 않았다. 그러나 이야기가 진행되어 갈수록 뮤스 역시 그라프를 통해 새로운 사실들을 접하게 되면서 대화에 빠져 있는 상태였다.

"…그렇다면 그 전뇌거 아랫부분에 붙은 마나구에서 나오는 기이한 마나의 힘이 자네가 말하는 전뇌라는 것이 되겠구먼. 그렇다면 마나구를 만들 때 쓰인 마나는 모두 자네의 몸에서 나온 것인가? 그 부분이 크게 걸리는구먼. 아무리 자네가 가진 마나의 양이 많다고 해도 지금까지 출시된 모든 제품에 사용되는 마나구를 만들기에는 무리일 텐데."

"음… 마나구에 들어 있는 것은 전뇌력이라는 것으로 마나와는 또 다른 성질을 가진 것이죠. 제가 가지고 있는 마나 역시 전뇌라는 성질의 힘을 만들기 위한 수단일 뿐이지 전뇌 그 자체는 아니에요. 우선 전뇌에 대해 말씀드리기 전에 그 기본 작용인 대전에 대해서 알아야 합니다. 세상의 모든 물체는 음전하를 가진 물체와 양전하를 가진 원자핵으로 구성되어 있는데, 보통 때에는 음전하와 양전하의 양이 같아서 전뇌적으로 중성인 상태를 유지하죠. 그렇지만 물체가 어떤 원인에 의해 음전하 또는 양전하의 양이 우세해지면 우세한 쪽의 전뇌적 성질을 띠게 되는데, 이를 대전이라 하고 여기에서 전뇌가 시작하니 완전한 이해를 위해서는 이 대전이라는 것을 잘 아셔야 합니다."

비록 생소한 설명 방법이었지만 그의 말을 듣고 있는 그라프 역시 대륙에서 둘째가라면 서러워할 현자였기에 이해하는 듯 고개를 끄덕이고 있었다.

"그 전뇌의 기본 원리라고 하는 대전은 어찌 보면 마나의 기본 원리와 비슷하군. 마나에도 두 가지의 속성을 가진 '마나원'이 있다네. 그 중 하나는 하늘의 기운을 가진 것이고 다른 하나는 땅의 기운을 가진 것이지. 이 두 개의 마나원을 통틀어 우리는 마나라고 부르는데, 이 마나원들을 여러 방법으로 조합하여 세상의 모든 움직임을 표현할 수 있고 그러한 능력을 가진 자들을 바로 마법사라고 일컫는 것이지. 어쩌면 자네가 말하는 양전하라는 것과 음전하라는 것이 이 마나원과 비슷한 것 같네만… 자네 생각은 어떠한가?"

잠시 그라프의 설명을 차근차근 이해해 나가던 뮤스는 그의 생각에도 일리가 있다고 생각하는지 고개를 끄덕이며 대답했다.

"지금까지 마법에 대한 공부를 한 적은 없었지만 그라프님의 말씀을 들어보니 상당히 유사한 원리군요. 저의 몸에 있는 뇌공력의 움직임 역시 그러한 원리를 사용하는 듯하는데, 몸속으로 흐르는 두 가지의 상반된 뇌공력이 일정한 움직임으로 합쳐지면서 전뇌력을 만들어내니까요."

뮤스과 그라프 사이에 진지하기 그지없는 대화들이 오가고 있을 때 그라프의 등 뒤로 쥬라스가 다가오며 차분한 목소리로 말했다.

"두 분 모두 아침부터 너무 열을 올리시는 것 아닌가요? 여행할 날이 아직 많이 남았는데 벌써부터 이러실 것까지는 없는 듯한데요?"

그녀의 말에 그라프는 너털웃음을 터뜨리며 수염을 쓸었다.

"허헛! 내가 너무 흥분했나 보군. 그나저나 모두들 짐은 다 꾸렸나?"

"그라프님의 짐만 말 위에 실으시면 일행들의 짐은 모두 챙긴 것이랍니다."

쥬라스의 조용한 목소리 속에 숨은 꾸짖음을 느낀 그라프는 멋쩍은 미소를 지으며 손을 내저었다.

"알겠네, 알겠어. 내 어서 짐을 챙기도록 하겠네."

그라프가 휘적거리며 자신의 짐이 있는 곳으로 걸어가자 이번에는 뮤스를 향해 물었다.

"뮤스 군은 다른 짐이 없으신가요? 어제 숙소에 오실 때 보니 큰 짐을 지고 들어오시던데……."

그라프가 걸어가는 뒷모습을 보던 뮤스는 그녀의 물음에 작은 가방을 보였다.

"어제 그 짐은 레이멜 씨의 짐이었죠. 저의 짐은 이 작은 가방밖에 없습니다."

뮤스의 허리춤에 걸려 있는 작은 가방을 바라본 쥬라스는 조금 놀라는 듯한 표정을 지었는데, 이것이 평범한 가방이 아니라는 것을 눈치챈 듯한 모습이었다.

"대단하군요. 느껴지는 마나의 힘이 보통이 아닌 걸 봐서는 상당히 귀한 물건인데 이런 물건을 어디에서 얻으셨는지……."

뮤스는 한눈에 마법 가방의 정체를 알아본 쥬라스의 얼굴을 신기한 듯 바라보았다.

"이것이 마법 가방이라는 것을 아시는군요? 어제는 제 몸에 흐르는 뇌공력도 느끼셨는데 어떻게 그런 능력을 가질 수 있는 것이죠?"

하지만 뮤스의 되물음을 받은 쥬라스는 오히려 뮤스의 질문이 의외라는 듯 말했다.

"당연히 제가 주신을 모시는 신관이니 신성력을 통해 물질의 본질에 대해서 알 수 있답니다. 그것이 사제가 이용할 수 있는 신성력 중 하나죠. 설마 그것을 모르셨나요?”

머리를 긁적인 뮤스는 어색한 미소를 지으며 대답했다.

“부끄럽지만 사제님을 만난 것은 이번이 처음인지라 전혀 모르고 있었습니다. 그렇다면 또 다른 신성력도 가지고 계시나요?”

쥬라스는 눈앞의 청년을 이해할 수 없었는데, 최소한 이 대륙 안에서 태어나고 자라난 사람이라면 국적에 상관없이 신관의 신성력에 대해서는 알고 있는 게 보통이었기 때문이다. 하지만 뮤스가 거짓말을 하거나 장난을 치려는 것 같지도 않았기에 그녀는 신관에 대해 상세히 가르쳐 줄 수밖에 없었다.

“그 외에도 상처 입은 자를 치유하거나 행운을 내려주는 신성력을 가지고 있어요. 때로는 모시는 신의 권능에 따라 또 다른 신성력을 발휘할 수도 있답니다. 이번에 그라프님과 함께 온 이유도 눈에 보이지 않는 카일락스의 위치를 저만이 파악할 수 있기 때문이에요.”

그녀의 이야기를 듣고 있던 뮤스는 새삼스럽게 이곳이 조선과는 다른 세상임을 느끼고 있었다. 그가 지금까지 살아오면서 신이라는 존재에 대해 생각해 본 적이 있다면 그저 무당들이 굿을 하는 모습뿐이었고, 그것마저 효과가 확실히 드러나는 것이 아니었기에 그저 풍습쯤으로 치부해 온 것이 사실이었다. 반면 이곳에서는 실제 신의 능력을 받아 사용하는 사람들이 존재한다고 하니 신기하지 않을 수가 없었던 것이다.

“흠, 그렇다면 정말 이 세상에 신이 존재하는 건가?”

잠시 혼잣말을 하고 있던 뮤스는 쥬라스의 물음에 대해서는 아직 대답조차 하지 않았다는 것을 깨달았다.

“이런⋯ 죄송합니다, 쥬라스 사제님. 제가 궁금한 것이 생기면 참지 못하는 성격이어서……."

막상 뮤스의 사과를 받은 쥬라스는 그에 전혀 개의치 않는지 웃으며 대답했다.

"호홋, 그렇게 사과하실 필요는 없답니다. 그라프님과 대화를 할 때에도 자주 이런 일이 있다 보니 익숙해져 있답니다."

"그렇다면 다행이네요. 이 가방은 저희 누님께 선물받은 것이죠. 출처는 저도 잘 모르겠지만 가방에 걸려 있는 마법 덕분에 굉장히 유용하게 쓰고 있답니다."

"음… 누님께서도 대단하시군요. 이렇게 귀한 물건을 구할 수 있으셨다니."

문득 크라이츠를 떠올린 뮤스는 가볍게 웃으며 대답했다.

"후훗, 정말 대단한 분이시죠. 그 점은 저도 인정하고 있어요."

뮤스와 대화를 나누던 쥬라스는 문득 깜빡하고 있던 생각이 떠올랐는지 서둘러 일행들이 있는 곳을 바라보았다.

"아차! 출발 준비가 다 되었다고 뮤스 군과 그라프님께 알리기 위해 왔는데 이렇게 엉뚱한 소리를 하고 있었군요."

그녀의 말에 일행들이 있는 곳을 바라보니 과연 모두들 자신의 말에 올라타 있었고 레이멜이 뮤스에게 어서 오라는 듯 자신의 뒷자리를 툭툭 치고 있었다. 다시 한 번 쥬라스와 얼굴을 마주 본 뮤스는 어깨를 으쓱거리며 말했다.

"출발부터 미움받기 싫으니 어서 가도록 하죠."

"그렇게 하는 것이 좋겠군요."

대화를 마친 뮤스와 쥬라스는 빠른 걸음으로 일행들에게 다가가 각자 말에 올라탔는데, 뮤스는 자신의 말이 없었기에 또다시 레이멜의 뒷

자리에 타게 되었다. 하지만 그들이 타고 있는 말은 여전히 튼튼했고 뮤스의 몸무게 역시 많이 나가는 편은 아니었기에 별 무리는 없어 보였다. 레이멜이 몸을 돌려 자신의 뒤에 앉은 뮤스를 보며 섭섭하다는 투로 말했다.

"아침부터 그라프님과 무슨 이야기를 그렇게 하고 있었던 거야? 내가 바쁜 틈을 타서 둘만 이야기를 나누다니 너무하는군."

"레이멜 씨야 짐을 싸느라 바빴으니 어쩔 수 없었잖아요. 다음번에 기회가 많을 테니 너무 서운해하지 마세요."

"흠… 하긴 그렇군. 다음번에는 꼭 나를 부르도록 해."

대충 레이멜의 섭섭함을 달래주고 있을 때 가장 앞에 있는 아드리안이 일행들을 한 번씩 돌아보며 말했다.

"자, 준비가 다 되었으면 이제 출발하도록 하지."

신호를 한 아드리안이 먼저 출발하자 레이멜과 뮤스를 포함한 일행들 역시 그를 따라 마을의 입구 쪽으로 천천히 말을 몰아가기 시작했고, 외벽 위에서 아드리안과 일행들이 출발하는 모습을 본 보초들은 여행에 행운을 빌어주듯 손을 한 번 흔든 후 문을 열어주었다.

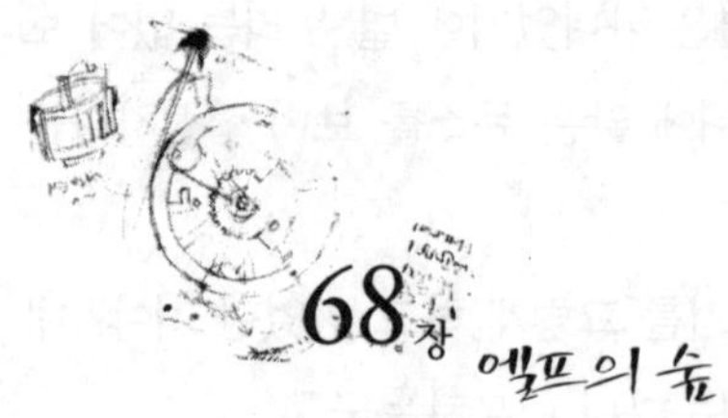

68장 엘프의 숲

　여름의 대지를 달구며 이글거리던 태양이 천천히 지평선으로 몸을 숨기기 시작하면서 숲을 이루는 나뭇가지들 사이로 불꽃들이 튀어들 듯 붉은 태양 빛이 스며들고 있었다. 이렇게 밤의 세계가 시작되려는 낌새가 나타나자 새끼를 가진 짐승들은 어둠 속에서 다가올 위험으로 부터 새끼들을 보호하기 위해 피할 곳을 찾았고 어둠을 즐기는 짐승들은 주린 배를 채우기 위한 움직임을 보이고 있었다.

　파스르르륵.

　미미한 소리와 함께 나무의 잔가지들이 떨렸다. 하지만 금세 처음과 같은 모습으로 돌아왔고 그 무성한 나뭇가지는 아무 일도 없었던 듯 원래의 상태를 유지했다. 다른 짐승들과 같이 밤을 맞이하고 있는 날짐승들의 움직임이었을까? 그러나 나뭇가지 사이로 언뜻 비치는 사람 형태의 그림자들은 그것이 아님을 말해 주고 있었다.

두 개의 그림자들 중 하나가 가벼운 몸짓으로 나뭇가지에서 뛰어내렸다. 상당한 높이의 나뭇가지였기에 땅으로 내려서는 발자국 소리 정도는 날 법했지만 마치 솜 뭉치가 떨어지기라도 한 듯 아무런 소리도 들리지 않았다. 주변을 살펴보던 그림자는 아직도 나무 위에 서 있는 그림자를 향해 말했다.

"루시아스님, 카일락스들이 활동을 시작하기 전에 마을로 돌아가는 것이 좋겠습니다. 더 늦었다가는 로드께서 걱정하십니다."

루시아스라 불린 나무 위의 그림자 역시 그의 옆으로 뛰어내렸는데, 마찬가지로 발자국 소리는 들리지 않았다. 돌아가자는 말에 아무런 대답 없이 숲의 먼발치를 바라보던 루시아스의 입에서 걱정 어린 목소리가 흘러나왔다.

"오늘도 그 친구가 오지 않았군. 이곳까지 오는 동안 아무 일도 없어야 할 텐데……."

"걱정하지 않으셔도 될 겁니다. 루시아스님께서도 그라프님의 능력을 아시기에 도움을 청한 것 아닙니까?"

"물론 그의 능력이 대단한 것은 알고 있지만 친구이기 때문에 걱정되는 것은 어쩔 수 없는 일이지."

둘 사이에 조용한 정적이 흐르고 있을 때 어디선가 푸르고 작은 빛의 덩어리가 나무 사이로 유연하게 움직이며 그들을 향해 날아오고 있었다. 이를 발견한 루시아스가 자연스럽게 손을 내밀자 그 빛덩어리는 순종하듯 그의 손 위로 날아와 앉았다. 그 빛으로 인해 그림자에 숨겨진 이들의 외모가 드러났는데, 유난히 하얀 살결과 가녀린 몸매, 그리고 길게 흘러내린 은발의 머리칼 사이로 나와 있는 뾰족한 귀가 그들이 숲 속의 요정족인 엘프임을 증명해 주고 있었다. 손 위의 작은 빛을 응시하던 루시아스는 옆에 서 있던 엘프를 향해 말했다.

"바슈, 카일락스들이 움직이기 시작했다. 서둘러 마을로 돌아가도록 하지."

"네, 루시아스님."

말을 마친 루시아스는 손 위의 빛을 다시 허공으로 날리며 가볍게 숲 속을 향해 뛰어들었고 바슈라 불린 엘프 청년 또한 오른손을 허리에 찬 얇은 검의 손잡이에 올리며 그의 뒤를 따르기 시작했다.

히이이잉!

거친 말의 울음소리가 숨을 죽이며 밤을 기다리는 숲 속을 울렸고 적막이 깨지며 놀란 동물들은 잠시 부산을 떨었다. 어둠이 찾아들어 불과 몇 발자국 앞도 분간하기 어려워진 숲 속에 한 무리의 인영들이 말에서 내려 고삐를 이끌고 있었다. 그들 중의 한 청년이 땅을 차며 화풀이를 하는 듯 불만에 가득 찬 목소리로 외쳤다.

"이런, 제기랄! 겨우 이 정도밖에 못 와서 벌써 지쳐 버리다니 허우대만 멀쩡한 말이었군! 그 얄삽맞게 생긴 말 장수 녀석이 어째 못 미더워 보이더라니!"

그때 그가 하는 행동을 바라보고 있던 일행 중 노인의 목소리가 들렸는데 철없는 손자의 어리광을 달래는 그것과 별다를 바가 없었다.

"허헛! 이보게, 레이멜. 이 말도 꽤나 튼튼한 말이지만 하루 종일 두 명의 장정을 태우고 달리느라 이만큼 지친 것이네. 그리고 어차피 밤이 어두워지고 있으니 이 말의 힘이 남았더라도 더 갈 수는 없었을 게야."

과연 그의 달램이 효과가 있었는지 더 이상 말에 대해서 화풀이하는 목소리는 들리지 않았다.

"헤유… 그라프님께서 그렇게 말씀하신다면 할 말이 없군요. 그나저나 벌써 이렇게 어두워진 건가?"

문득 주변을 한차례 둘러보던 그는 오른손을 들어 올리며 의미 모를 도형들을 그렸고 이어 혼잣말을 하듯이 중얼거렸다.

"게벤 지 아인 리흐트스탈. 라이팅!"

마법 사동어와 함께 그의 오른손에서 구 모양의 밝은 빛덩어리가 떠오르며 주변을 밝혔는데, 레이멜을 중심으로 말의 고삐를 잡고 있는 일행들이 서 있었고 그의 뒤에 서 있던 뮤스는 거친 숨을 몰아쉬며 힘들어하는 말의 상태를 살피고 있었다. 하지만 어둠 속에서 빛을 만들어 낸 그는 칭찬을 듣기는커녕 인상을 잔뜩 찌푸린 그라프에게 호통을 들어야만 했다.

"이런! 자네, 이 주변에 있는 카일락스들에게 우리가 여기 있다고 말해 주고 싶은가! 당장에 빛을 거두어들이게나!"

레이멜은 자신이 무슨 잘못을 했는지 깨닫기도 전에 오른손으로 모아진 마나를 흩뜨렸다. 이로 인해 다시금 주변이 어둠으로 물들자 그라프는 쥬라스를 향해 나직한 목소리로 물었다.

"쥬라스 사제, 주변의 움직임을 살펴주게."

대답 대신 고개를 끄덕인 쥬라스가 눈을 감으며 양손을 올리자 일행들은 영문을 알지도 못한 채 숨을 죽이고 있었다.

"주신께서는 전능하시고 만물의 주인이시니 그분의 앞에서 거짓될 것은 없을지어다."

짤막한 기도문과 동시에 들어 올려져 있던 쥬라스의 손으로부터 오색영롱한 오로라가 발산되기 시작했는데, 레이멜의 손에서 발산되던 마나의 빛과는 엄연한 차이가 있는 것이었다. 얼떨결에 그 모습을 바라보고 있던 뮤스는 자신도 모르는 사이 고개를 갸웃거렸다. 그녀에게서 발산되는 오로라의 느낌을 어디선가 경험해 본 적이 있었던 것 같았기 때문인데, 그 느낌은 너무나도 희미했던 것이기에 금세 잊을 수밖에 없었다.

조금의 시간이 흐르자 쥬라스의 두 손에서 발산되던 오로라는 사라졌고 손을 내리며 눈을 뜬 그녀는 한숨을 내쉬며 그라프를 향해 말했다.

"다행스럽게도 500멜리 이내 영역에서는 카일락스의 움직임이 느껴지지 않아요. 하지만 이동 능력이 뛰어나니 조심하는 것이 좋겠는데요?"

그녀의 말을 듣고 안도한 그라프는 멀뚱히 자신들을 바라보고 있는 일행들을 향해 말했다.

"카일락스는 모기와 같이 야행성이긴 하지만 특이하게도 빛을 따라 움직이는 습성을 가지고 있다네. 고대인들은 빛을 매개로 녀석들을 다루기 위해 그 습성만은 변화시켰다고 하는데, 안타깝게도 지금까지 그 방법이 전해지지는 않았지. 그러니 안전해질 때까지 불을 피우지 못하게 될 게야. 이보게, 아드리안. 이제 어떻게 할 생각인가?"

그제야 정신을 차린 아드리안은 잠시 생각하더니 대답했다.

"아… 어차피 이런 숲에서의 야간 이동은 불가능하니 이 주변에서 짐을 푸는 것이 어떻겠습니까? 마침 조리하지 않아도 되는 건량들이 있으니 그것으로 끼니를 대충 때우면 될 듯하군요."

"흠… 그래, 그러는 것이 좋겠군."

해야 할 일이 결정된 이상 머뭇거릴 필요가 없었기에 세실프와 유겐을 바라본 아드리안은 턱짓을 하며 말했다.

"세실프와 유겐은 이 근처에 야영할 만한 곳을 찾아봐. 위험하니 멀리 가지 말고 서로 떨어지지도 말라고."

아드리안의 말에 입술을 삐죽 내민 세실프는 잡고 있던 말의 고삐를 아드리안에게 넘기며 투덜거렸다.

"그렇게 걱정이 되면 왜 우리한테 그런 일을 시키는 거예요?"

그녀에게 고삐를 건네받은 아드리안은 그녀를 상대하는 법을 잘 알고 있었기에 능청스러운 말투로 대답했다.

"후훗, 그야 이 중에서 너희 남매가 가장 강하니까 그런 것이지."

그의 말에 대해 잠시 생각해 보던 세실프는 자부심을 느끼는 듯 고개를 끄덕였다.

"하긴 이 중에 저희 남매만큼 전투에 능한 용병은 없죠. 그럼 다녀올 테니까 기다리고 계세요."

"조심해서 다녀오라고!"

아드리안의 칭찬에 그럭저럭 기분이 좋아진 세실프는 유겐의 팔을 잡아끌며 어둠 속으로 사라지고 있었다. 그들의 뒷모습을 바라보던 뮤스는 쉽게 이해가 안 가는지 레이멜에게 다가와 물었다.

"세실프 씨와 유겐 씨가 정말 그렇게 강한가요?"

레이멜 역시 그들이 사라진 곳을 바라보며 대답했다.

"흠… 저 둘은 용병계에서 꽤나 유명한 남매라고 들었는데, 실력을 직접 본 적은 없으니 뭐라고 말해 줄 수가 없군. 하지만 조금 있으면 실력을 직접 볼 수 있겠지."

그들이 대화를 하고 있는 사이에 등 뒤로 누군가의 발자국 소리가 들려왔다. 의아함에 뮤스와 레이멜이 뒤를 돌아보니 쥬라스가 지쳐 쓰러지기 일보 직전인 말의 상태를 살펴보고 있었다.

"이러한 상태로 이 말을 놔둔다면 내일 움직이는 데에도 지장이 생기겠군요."

그녀의 말에 할 말이 없었던 레이멜은 그저 어깨를 한 번 으쓱할 뿐이었다. 측은한 눈빛으로 말을 바라보던 그녀는 말의 볼을 매만지며 눈을 감았다.

"만물의 생명은 주신께 속한 것이고 그들의 존재 이유 또한 주신을 위한 것이니… 이 가여운 존재에게 한줄기의 빛을 내려주시길."

짧은 기도문이 그녀의 입에서 흘러나오고 얼마 지나지 않아서 어둠으로 가득 차 있던 숲 속에 힘찬 말의 울음소리가 또 한 번 울려 퍼졌다.

히이이잉! 푸드득!

전과 같은 말의 울음소리였지만 그에 비해 그 느낌은 전혀 다른 것이었는데, 더 이상 거칠고 지친 듯한 울음소리가 아닌 맑고 경쾌한 울음소리였던 것이다. 그 소리를 듣고서야 말의 몸에서 손을 뗀 쥬라스는 이마에 흐르는 식은땀을 소매로 닦아내며 미소를 지었다.

"이제 기운이 나는 모양이구나."

그녀의 신성력 덕분에 눈에 생기가 돌기 시작한 말은 쥬라스의 도움에 대해 감사의 표현이라도 하듯이 볼을 비비고 있었다.

그녀의 행동을 처음부터 지켜보던 뮤스 역시 다시금 익숙한 기분을 느끼고 있었는데, 사실 그는 기억할 수 없었지만 조선의 서낭당에서 그에게 전해진 서낭신의 정기 역시 엄밀히 따지면 신성력에 속했기에 쥬라스가 발산하는 오로라에서 익숙함을 느끼고 있는 것이었다.

'이런 것이 신성력이라는 것인가? 난생처음 보는 모습이지만 왠지

낯설지가 않다.'

하지만 그의 생각은 수풀이 들썩이는 소리로 인해 그렇게 끝날 수밖에 없었다.

파사사삭! 파삭!

뮤스는 생각을 접으며 소리가 들려오는 곳으로 시선을 돌렸고 다른 일행들 역시 숨을 죽이며 수풀이 움직이는 쪽을 바라보았다. 그러나 곧 익숙한 목소리가 이어졌기에 긴장 상태로까지 발전하지는 않았다. 세실프의 목소리임을 다들 알고 있었기 때문이다.

"대장, 조금 떨어진 곳에 공터는 아니지만 땅이 고른 곳이 있어요. 습기가 많지도 않으니 야영하기에 괜찮을 듯한걸요?"

수풀 사이를 헤치고 나온 세실프와 유겐은 어깨에 묻은 나뭇잎들과 먼지들을 털어냈다. 그들이 무사히 돌아왔음을 확인한 아드리안은 그들의 어깨를 두드려 주었고, 칭찬을 한마디 해주는 것도 잊지 않았다.

"거 보라고, 우리 중에 누가 너희들만큼 빠르게 그런 일을 하겠어? 아무튼 수고했어."

다시 고삐를 고쳐 쥔 아드리안이 일행들을 향해 가벼운 손짓으로 출발 신호를 보내자 세실프와 유겐은 자신들의 말고삐를 다시 쥐며 찾아낸 야영지로 안내하기 위해 앞장서기 시작했다.

그들이 도착한 곳에는 굵직한 나무들이 곳곳에 자리 잡고 있었고 바닥에는 푹신한 나뭇잎들이 깔려 있었다. 만일 습기가 많은 곳이었다면 바닥에 떨어진 나뭇잎들이 썩으며 독을 뿜기 때문에 위험했겠지만 세실프와 유겐 역시 젊은 나이임에도 인정받는 능숙한 용병들이었기에 그 정도는 살펴볼 수 있는 안목을 가지고 있었다.

뮤스와 일행들은 그곳에서 각자 야영 준비를 하기 시작했다. 일단 말은 그들의 중요한 이동 수단이었기에 가장 중심의 나무에 묶어놓은 상태였고, 다른 나무에 자리를 선택한 일행들은 나무의 밑동 쪽에 앉아서 수분이 올라오지 않도록 나뭇잎을 깐 후 그 위에 두터운 모포를 덮음으로써 잠자리를 마련했다.

자신의 잠자리 준비를 끝낸 레이멜이 손을 털며 뒤를 돌아보니 그곳에는 아직도 잠자리를 마련하지 않은 뮤스가 팔베개를 한 채 나무 밑동에 기대어 있었다.

"뮤스, 잠자리를 안 만들 거야? 혹시 잠자리 만드는 법을 모르는 것은 아니겠지?"

유유자적한 태도로 쉬고 있던 뮤스는 레이멜의 목소리를 듣고선 의아한 표정을 지었다.

"이미 준비는 다 했는데요?"

"응? 다 했다고?"

뮤스의 말을 확인하듯 되물은 그는 시력을 돋워 뮤스가 앉아 있는 바닥을 보았다. 그러고 보니 얇은 천 한 장이 깔려 있음을 알 수 있었는데, 워낙 어두운 데다가 천이 얇아 미처 볼 수가 없었던 것이다.

"그러고 보니 뭔가를 깔고 있었군. 그런데 그런 천으로는 무리가 있지 않을까? 아무리 습기가 없는 곳이라도 밤이 되면 땅에서 습기가 올라온다고. 그 상태에서 땅이 식으면 감기 걸리기 십상이야. 최소한 천 아래에 나뭇잎 정도는 두둑이 깔아놓는 게 좋을 것 같은데."

레이멜의 말을 듣던 뮤스는 자신이 깔고 있는 천의 아래쪽 면을 뒤집어 보이며 말했다.

"후훗, 이건 임시적으로 천과 천 사이에 극히 얇은 금속 막을 넣어 방수 처리를 한 거예요. 게다가 추운 곳에서도 사용할 수 있도록 열선을 넣어 따뜻한 온도를 유지하도록 만들었죠."

문득 그의 설명을 듣고 있던 레이멜이 감탄을 하며 말했다.

"호오… 정말 편리하겠군. 부피도 굉장히 작으니 여행을 하는 데 정말 유용하겠는걸? 나중에 나도 하나 만들어주면 안 될까?"

"네. 그렇게 어려운 것도 아니니 여행 도중 시간이 나면 만들어 드릴게요."

"하하핫, 정말 고마워!"

대화가 오가는 도중 뮤스와 레이멜은 등 뒤에서 자신들을 부르는 그라프의 목소리를 들었다.

"모두들 이쪽으로 와보게나. 자네들이 도와줘야 할 일이 있다네."

그들이 뒤를 돌아보니 그라프가 자신의 말에서 꽤나 큰 짐 하나를 내리고 있었다. 그것을 아드리안이 도와주고 있었는데, 짐은 크기에 비해 그다지 무겁지 않은 듯했다. 아드리안이 짐을 내려놓자 그라프는 그것을 풀며 일행들에게 설명하기 시작했다.

"일단 밤을 틈타 카일락스들이 습격할 수가 있으니 대비를 해야 하네."

말을 끊으며 짐 속으로 손을 넣은 그라프는 이것저것 뒤적이며 뭔가를 열심히 찾기 시작했다. 그리곤 뭔가가 그의 손에 잡혀 나왔는데, 유리로 만들어진 조그마한 병 하나와 실뭉치였다. 그것들을 한 손으로 옮겨 쥔 그라프는 짐을 대충 추스르며 말을 이었다.

"카일락스에 대한 소식을 접했을 때 그들을 어떻게 상대해야 할 것인가에 대해서 상당히 고심을 했다네. 고대의 서적에서도 카일락스의 존재에 대해서만 언급했을 뿐 그것들을 퇴치하는 방법은 언급되어 있지 않았기 때문이지."

말을 하다 말고 레이멜과 눈이 마주친 그라프는 빙그레 웃으며 물었다.

"레이멜, 자네는 곤충이 가장 위협을 느끼는 존재가 무엇이라고 생각하는가?"

갑작스러운 그라프의 질문에 그는 조금 당황하는 듯했지만 존경해 마지않는 대현자에게 잘 보이고 싶은 생각도 강했기에 금세 그의 물음에 대해 대답할 수 있었다.

"그것은 아마도 천적이겠죠. 어떠한 곤충이든지 천적은 있기 마련이니까요."

그라프는 그의 대답에 흡족한 표정을 지었다.

"허헛, 아주 제대로 짚었군. 하긴 그 나이에 4클래스를 마스터하려면 보통의 머리로는 안 될 테니까."

레이멜은 그의 칭찬에 한순간 어깨가 우쭐해졌다. 다음으로 그라프는 그의 옆에 앉아 있던 뮤스를 향해 고개를 돌리며 물었다.

"뮤스 군, 그렇다면 카일락스의 모태인 모기의 천적이 무엇인지 알고 있는가?"

잠시 턱을 매만지던 뮤스는 손을 꼽아 보며 대답했다.

"보통 송사리나 미꾸라지 등의 민물고기부터 시작해서 잠자리나 거미 역시 천적에 속하는 것으로 알고 있습니다."

그라프는 자신의 예상대로 만족할 만한 답변이 나오자 말하는 속도를 빨리하며 하고자 하던 이야기를 시작했다.

"잘 알고 있구먼. 그래서 나는 천적들에 대해서 생각하던 도중 가장 효과적으로 모기를 사냥하는 거미에게 초점을 맞추게 되었지. 그리고 그 결과물이 지금 내 손에 들려 있는 인공 거미줄일세.”

여기까지 설명을 듣자 뮤스는 그라프가 의도하는 바를 자연스럽게 알게 되었다.

“그렇다면 이 주변을 둘러쌀 인공 거미줄을 칠 것이라는 것이군요. 비록 카일락스를 잡아먹을 거미가 없더라도 거미줄에 한번 엉키게 되면 카일락스는 움직일 수 없게 되니 최소한 방어는 할 수 있을 테니까요.”

“허헛! 바로 그렇게 되는 것이지. 지금부터 이것을 설치해야 하니 좀 도와주겠나?”

그라프가 도움을 요청하자 뮤스와 레이멜, 그리고 그의 설명을 함께 듣고 있던 아드리안과 유겐 역시 돕기 위해 몸을 일으켰고, 원래 이런 류의 일은 남자가 하는 것이 당연하다고 생각한 세실프와 쥬라스는 잠자코 앉아 그들이 하는 일을 지켜보고 있었다.

일행들이 다가오는 것을 본 그라프는 손에 들고 있던 실뭉치의 한쪽 끝을 아드리안의 손에 쥐어주었다. 그것을 쥔 아드리안은 나직한 감탄성을 터뜨렸는데, 자세히 보니 촘촘히 짜여진 그물의 뭉치라는 것을 알 수 있었기 때문이다.

“호오, 얼핏 봤을 때는 실인 줄로만 알았는데 이제 보니 굉장히 촘촘한 그물이었군요. 한데 이렇게 얇은 실로 카일락스의 움직임을 봉쇄할 수 있을까요?”

그의 질문에 대한 대답은 그물의 반대 편을 잡고 있던 유겐의 입에서 흘러나왔다.

“대장, 이건 그냥 평범한 실이 아니에요. 나노이드잠사라고 하는 특수한 실인데, 이 정도의 두께라면 사람 두 명의 몸무게 정도는 우습게 버틸 수 있죠."

유겐의 대답을 듣고 있던 그라프는 전혀 의외라는 표정을 지으며 말했다.

"흠, 이 젊은이도 아는 것이 꽤나 많군. 자네는 어떻게 나노이드잠사를 알고 있나?"

유겐은 그라프에 대해 잘 알지 못했지만 아드리안과 레이멜의 행동을 보고 그가 얼마나 대단한 인물인지 짐작할 수 있었기에 최대한 예의 바른 태도로 대답했다.

"보통 나노이드잠사는 얇은 데다 그 질김이 대단하기 때문에 가끔 살인 도구로 쓰는 용병이 있습니다. 하지만 만드는 방법이 극히 어렵고 가격 또한 만만치 않기 때문에 흔하지 않은 것이 사실인데 이런 엄청난 양의 나노이드잠사를 가지고 계셨다니……."

"허헛! 이것을 마련하느라 꽤나 고생을 했지만 목숨이 걸린 일이니 하지 않을 수도 없었지."

씁쓸한 웃음을 지은 그라프는 주변에 자라나 있는 아름드리 나무를 몇 개 가리키며 말했다.

"아드리안과 유겐은 저쪽 나무들로 가서 나노이드잠사 그물을 튼튼히 걸고, 우리가 머물 장소를 모두 덮게나. 그물의 크기는 충분할 테니 최대한 높이 덮는 것이 좋을걸세."

지시를 받은 둘은 그가 가리킨 나무를 향해 걸었다. 이제 뮤스와 레이멜을 바라본 그라프는 손에 든 유리병의 뚜껑을 따며 말했다.

"이것은 자부 지방에서 나는 특수 아교인데, 물과 닿는 순간 엄청난 접착력을 발휘하지. 이것을 저 그물망에 뿌려 거미줄로 만들 생각일세. 자네들은 저들이 그물을 치고 난 후에 이 아교를 뿌려주게나."

그라프의 설명을 듣고 있던 뮤스는 진심으로 감탄하고 있었는데, 이 세계에 있는 물질들의 성질에 대해 잘 이해하고 그것을 적당한 용도에 쓸 수 있는 그의 능력이 뮤스를 감탄하게 만들고 있는 것이었다.

시간이 조금 흐르자 그리 넓지 않던 공간을 나노이드잠사로 만들어진 그물망이 감싸게 되었다. 처음 해보는 일이었기에 아드리안과 유겐이 진땀을 빼고 있긴 했지만 조금씩 나름대로의 방법을 터득하면서 익숙해질 수 있었고 마지막 고리를 나뭇가지에 단단히 고정함으로써 그들의 일은 끝나게 되었다. 잠시 머리 위에 걸린 그물망을 바라보던 그라프는 나무들 사이를 살펴보며 고정된 상태를 점검했다.

"이 정도면 충분할 것 같네. 아무리 카일락스들이라 해도 나노이드잠사를 뚫고 들어올 재간은 없지."

할 일을 마치고 손을 털며 다가오던 아드리안이 물었다.

"이야기를 들어보니 그라프님께서 가지고 계신 특수 아교를 이 그물망에 뿌린다고 하셨는데, 이것만 가지고도 충분히 안전할 텐데 애써 그것까지 뿌려야 할 이유가 있을까요?"

질문을 받은 그라프는 손에 든 아교를 레이멜에게 넘겨주며 대답했다.

"카일락스가 비록 야행성이라고 하지만 숲은 그들이 활동하는 데 지장이 없을 만큼의 그늘을 가지고 있다네. 물론 자네 말대로 그물망만으로도 방어는 할 수 있을 테지만 우리가 그물을 걷어내고 이동을 할 때는 그때가 낮이라도 주변에 잠복하고 쉬던 카일락스가 우리의 움직임을 느끼고 공격해 올 것일세. 한마디로, 우리가 안전하려면 주변으로 접근한 카일락스는 무조건 잡아야 한다는 것이야."

그라프의 설명을 듣고서야 그의 의도를 완전히 이해할 수 있었던 아드리안은 고개를 끄덕이며 뮤스와 레이멜이 있는 쪽으로 시선을 돌렸다.

뮤스는 자신의 가방에서 뭔가를 꺼내고 있었다. 한참 동안 가방 안을 뒤적이고 있자 아직 그의 가방이 마법 가방이라는 사실을 모르고 있던 레이멜이 답답하다는 투로 물었다.

"뭘 그렇게 찾고 있는 거야? 차라리 다 뒤집어놓고 찾는 편이 더 빠르지 않을까?"

일반적인 상식으로는 바른 말이었지만, 뮤스의 가방 안에 들어 있는 물건들의 양을 아는 사람이 있었다면 누구든 이런 말을 하고 있는 레이멜을 비웃었을 것이다. 이제 뮤스는 자신이 원하는 것을 찾았는지 가방에서 손을 빼내었는데, 주먹 두 개만한 통이 달려 있는 대롱이 그의 손에 들려 있었다.

"에휴, 겨우 찾았다. 가방 정리를 좀 하든지 해야지 원."

레이멜은 아직도 호기심에 가득 찬 얼굴로 뮤스의 가방을 바라보며 물었다.

"이봐, 뮤스. 너의 건틀렛도 그 가방 안에서 꺼냈지?"

뮤스는 손에 들린 대롱을 살피며 대답했다.

"네. 그때 보셨잖아요."

"그럼 네가 깔아놓은 모포는?"

"물론 가방 안에서 꺼냈죠."

"흠… 그리고 네 손에 들려 있는 그것도 네 가방에서 꺼냈으렸다?"

도무지 의도를 알 수 없는 레이멜의 질문에 어깨를 으쓱거린 뮤스는 고개를 끄덕였다. 뮤스가 대답하는 모습을 보며 어떠한 결론에 닿은 레이멜은 그의 어깨를 흔들며 물었다.

“어떻게 그게 가능하지? 암만 봐도 작은 가방인 데다가 보기에도 빈 가방처럼 생겼잖아!”

고개가 앞뒤로 흔들리는 것을 느낀 뮤스는 애써 몸을 고정시키며 대답했다.

“에고! 이건 마법 가방이라고요. 얼마든지 넣어도 무게나 부피가 변하지 않아요.”

문득 뮤스의 어깨를 흔들던 손을 멈춘 레이멜은 믿기지 않는 표정을 지었고, 이러한 광경을 수도 없이 봐온 뮤스에게는 새삼스러울 것이 없었다. 하지만 모든 일에는 의외의 상황이 한두 번 생기기 마련. 가방의 정체를 알게 된 후로 눈이 뒤집힌 레이멜은 몇 번이나 그 가방을 자신에게 팔라고 어이없는 떼를 쓰게 되고, 뮤스는 그럴 수 없었기에 단호하게 거절을 하게 되었는데 한심한 표정으로 그들이 하는 양을 지켜보고 있던 그라프가 호통을 치고 나서야 겨우 마법 가방에 대한 문제는 일단락 지어지게 되었다. 그리하여 둘은 다시금 본래의 상태로 돌아올 수 있었지만 레이멜이 마법 가방에 대한 미련을 버렸다고는 말할 수 없었다.

그럭저럭 이성을 되찾은 레이멜이 뮤스의 손에 들린 대롱을 보며 말했다.

“그 이상하게 생긴 물건은 뭐지?”

대롱으로부터 통을 분리한 뮤스는 그것을 레이멜에게 건넸다.

“그냥 단순히 액체를 골고루 분사해 주는 거예요. 공학원에서 쓰던 건데 아교를 뿌려줄 때 써보려고요. 그 통에 아교를 부어주실래요?”

“응? 그러지 뭐.”

통을 건네받은 레이멜은 손에 들린 아교를 통의 입구로 흘려 넣었는데 아교라는 이름이 무색할 정도로 어떠한 접착성도 느껴지지 않고 있었다. 아교가 들어 있던 유리병이 텅 빈 것을 확인한 레이멜은 그것을 다시 건네며 물었다.

"자, 여기 있다. 그리고 이제 어떻게 할 참이지?"

레이멜의 목소리를 들으며 그물망을 바라본 뮤스는 손으로 그 주변을 가리키며 말했다.

"이제 레이멜 씨가 해주셔야 할 부분이에요. 저와 처음 만났을 때 쓰셨던 마법을 기억하고 계세요?"

턱을 매만지며 옛 기억을 떠올리던 레이멜은 뭔가 떠오른 듯 손가락을 튕기며 대답했다.

"아! 워터 스크린 말이냐?"

"네, 그 마법을 사용해서 물을 그물망을 향해서 뿌려주세요."

뮤스의 말을 들으며 자신도 모르는 사이 손뼉을 친 레이멜은 그가 하려는 일이 무엇인지 깨달은 듯 웃으며 물었다.

"하핫! 내가 워터 스크린을 써서 그물망을 적셔놓으면 젖은 그물망을 향해 그 아교를 뿌리려는 것이었군!"

"맞았어요. 그 방법이 가장 쉬울 것 같더군요."

자신이 뮤스의 생각을 한 번에 알아맞혔음에 의기양양한 미소를 지은 레이멜은 뜬금없이 뮤스의 앞으로 손을 내밀며 말했다.

"훗! 내가 맞혔으니 그 마법 가방을 나에게 넘기는 것이 어때?"

"음… 지렁이가 세 마리 기어가는군요."

얼렁뚱땅 기회를 틈타 다시 한 번 마법 가방에 대한 욕심을 부려봤지만 뮤스가 들은 척도 하지 않은 채 딴청을 하자 씨도 먹히지 않았음을 알 수 있었다.

“쳇! 쪼잔하게 가방 하나 가지고……”

“홋! 레이멜 씨야말로 쪼잔하게 남의 가방에 눈독 들이지 말고 할 일이나 하세요. 지금까지 여러 사람한테 이 가방을 보여줘 봤지만 레이멜 씨 같은 반응은 처음이에요.”

“쩝… 정말 아쉽군.”

아쉬움을 남기며 손을 휘휘 내저은 레이멜은 엉거주춤한 걸음으로 야영지의 중심으로 걸어갔다. 그리곤 허공을 향해 도형을 그리기 시작했다. 그 모습을 보던 일행들은 무슨 일인지 허겁지겁 그의 행동을 말리려 했고 그중 난감한 표정을 짓던 그라프와 쥬라스는 서둘러 나무의 뒤쪽으로 몸을 피했다.

“자, 잠깐, 레이멜!”

“기다려요, 레이멜!”

하지만 미처 일행들을 보지 못한 레이멜의 입에선 언제나처럼 마법의 시동어가 흘러나오기 시작했다.

“이히 뭬이크테 아인 바서… 워터 스크린!”

그와 거의 동시에 일행들의 눈은 질끈 감아졌고 레이멜이 그려놓은 도형에서는 거대한 물줄기가 뿜어져 나와 허공에 매달린 그물망을 향해 치달렸다.

촤아아악!

시원한 물소리를 들은 레이멜은 흐뭇한 미소를 짓고 있었는데, 스스로 생각을 해봐도 자신의 능력이 참 대단하다고 느껴졌기 때문이다. 그러나 그러한 기분은 그리 오래가지 못했다. 갑작스럽게 머리에서부터 발끝까지 싸늘해졌다고 느끼는 순간 주변은 소리 한 점 없이 조용해졌다. 이를 이상하게 여기던 레이멜은 고개를 내려 일행들을 살펴봄으로써 상황을 이해할 수 있었다. 그들의 눈빛과 마주칠 때마다 숨이 턱 막히는 것을 느낀 레이멜은 떨리는 목소리로 말했다.

"하… 하… 다, 다들 옷 입은 채로 목욕이라도 한 거야? 왜 그렇게들 젖어 있지?"

그 말이 끝나기가 무섭게 레이멜은 사방에서 날아오는 아드리안, 세실프, 그리고 유겐의 손길을 몸소 체험하기 시작했고, 다행스럽게 물세례를 피할 수 있었던 그라프와 쥬라스는 아드리안 일행들의 행동을 이해할 수 있었기에 방관만 할 뿐이었다. 차를 한 잔 다 마실 시간이 지나서야 엉망이 된 몰골로 용서받을 수 있었던 레이멜을 향해 아드리안이 말했다.

"자네, 일부러 그런 거지?"

쓰라린 볼을 문지르던 레이멜은 억울하다는 듯이 고개를 저으며 외쳤다.

"우씨! 자네 같으면 이런 결말을 맞이하게 될 것을 알면서도 그런 짓을 하겠나?"

"그래도 여름이라 다행이지 겨울이었으면 세실프가 자네를 싸늘한 땅에 묻었을지도 몰라."

흠칫한 레이멜이 세실프가 있는 쪽으로 시선을 돌리자 세실프는 그렇지 않아도 잡아먹을 듯 무서운 눈을 부라리고 있었다. 가슴이 서늘해짐을 느낀 레이멜은 시선을 다른 곳으로 피할 수밖에 없었다. 불쌍하게 앉아 있는 레이멜에게 다가온 뮤스는 그의 어깨를 두드려 주었다.

"그래도 수고하셨어요. 세상을 살다 보면 노력을 했음에도 욕먹는 경우가 허다하거든요. 제가 그 기분 이해해요."

뮤스의 위로(?)를 듣던 레이멜은 멀뚱히 그의 얼굴을 바라보았는데,

어림잡더라도 열 살 이상 어린 뮤스에게 그런 소리를 듣고 나니 머리가 멍해졌기 때문이다. 하지만 그의 기분이야 어찌 되었든 간에 해주고 싶던 이야기를 끝마친 뮤스는 분사기를 들고서 자신이 해야 할 일을 하기 위해 자리에서 일어날 뿐이었다.

밤이 되어버린 숲은 그 자체가 위험이라고 말할 수 있었다. 사나운 맹수나 마물들이 활동을 시작하는 것은 물론이요 자연이 이루어내는 함정은 더 더욱 위험천만한 것이었다. 날이 저물고 나면 우거진 나무에 가려져 달빛조차도 들지 않아 능숙한 모험자라도 길을 잃기 십상이었고, 도처에 즐비한 늪지대는 침묵을 지키며 자신에게 빠져들 희생자를 기다렸다.

한데 이러한 숲 속을 마치 대낮의 대로인 양 서슴없이 달리고 있는 두 개의 인영이 있었는데, 바로 이 숲에서 살고 있는 엘프인 루시아스와 바슈였다. 그들은 바닥이 평탄치 않음에도 불구하고 화살이 쏘아져 나가듯 재빨랐으며 나무 사이를 가로막고 있는 수풀의 위치를 손바닥 보듯이 피해 가고 있었다. 이것은 수없는 반복을 통해 몸에 익은 본능에 가까운 몸놀림이라 할 수 있었다.

한참 동안을 달리던 그들은 정면을 가로막고 있는 거대한 수풀의 벽 앞에 멈춰 섰고, 거의 동시에 빽빽하게 얽혀 있는 수풀의 벽으로 손을 넣었다. 그러자 놀랍게도 수풀의 벽에 구멍이 생기며 점점 양쪽으로 갈라지기 시작하는 것이었다.

스스스슥.

그렇게 갈라진 수풀의 벽 사이로 신비라고 말할 수밖에 없는 광경이 드러났다.

수풀의 장벽이 둘러싸고 있는 그곳, 어림잡아 수천 년은 묵었을 듯한 아름드리 나무들이 빽빽이 자라나 있었다. 그 나무들 위로는 건축 방법조차 추측할 수 없는 형태의 집들이 굵직한 가지마다 자리 잡고 있었는데, 못 따위를 써서 나무에 고정한 흔적은 전혀 찾아볼 수 없는 것은 물론, 집을 이루는 벽과 지붕에서 나뭇가지와 나뭇잎들이 자라고 있었기에 나무 스스로 이러한 집들을 만들어놓은 듯했다. 또 허공에는 정체를 알 수 없는 푸른 빛덩이들이 일렁이며 이곳저곳으로 돌아다녔기에 더욱 장관을 이루고 있었는데, 물속을 유영하는 푸른색의 열대어를 보고 있는 듯한 느낌이었다.

루시아스와 바슈가 그곳으로 들어서자 열려 있던 수풀의 벽은 어느새 다시 닫혔다. 그리고 몇 걸음을 더 걸어 들어가자 허공을 날아다니던 푸른 빛덩이 중 하나가 그들에게 날아와 반기듯이 주변을 맴돌았다. 그것 본 루시아스는 어루만지듯이 부드럽게 손짓을 하며 입을 열었다.

"실프, 로드께 우리가 왔다고 전해 드리렴."

그의 말이 끝나자 푸른 빛덩이는 마치 그의 말을 알아듣기라도 한 듯 루시아스의 주변을 한 바퀴 돌고 난 후 어디론가 사라져 버렸고, 루시아스와 바슈 역시 이제 마을로 돌아왔다는 안도감에 느긋한 발걸음을 옮기기 시작했다.

루시아스와 바슈의 발길이 멈춘 곳은 마을의 중심에 있는 나무의 앞이었다. 다른 나무들은 여러 채의 집을 가지에 얹고 있었지만 이 나무만은 오직 하나의 집만을 가지에 얹고 있었는데, 그 크기는 보통 집의 다섯 배 정도나 되었다. 나무의 중간쯤에 위치하고 있는 집을 올려다본 루시아스는 나직한 목소리로 중얼거렸다.

"나의 손과 발을 도와주는 나무여, 잠시 너의 몸을 빌리고자 하니 우리를 로드의 집까지만 올려주렴."

그의 말이 끝나기가 무섭게 나무의 몸을 감고 있던 굵직한 넝쿨이 스스로 움직이며 루시아스와 바슈의 몸을 조심스럽게 휘감곤 천천히 그들을 끌어 올려 집의 앞에서 내려놓았다. 넝쿨을 한 번 쓰다듬어 준 루시아스와 바슈는 영롱한 불빛이 새어 나오고 있는 집 안으로 걸어 들어갔다.

하나의 공간으로 되어 있어 넓게 느껴지는 실내에는 십여 명의 엘프들이 양 옆으로 앉아 있었다. 그들은 남녀 할 것 없이 20대의 외모를 가지고 있었기에 또래처럼 보였고 모두들 루시아스나 바슈와 같은 은발이었다. 그들과 시선이 마주친 루시아스와 바슈는 눈인사를 건네며 입구의 반대 편으로 발걸음을 옮기기 시작했다.

입구의 반대쪽으로 조금 걸어 들어가자 넝쿨들이 자연스럽게 엮이며 흘러내린 것을 볼 수 있었다. 이것을 자세히 본다면 거대한 안락의자의 형태를 이루고 있음을 알 수 있었는데, 인공으로 가공한 그 어떠한 의자보다 아름답고 우아해 보였다. 그리고 그 가운데에는 은백색의 수염을 무릎 아래까지 길게 늘어뜨린 엘프가 침중한 표정으로 앉아 있었다. 그의 앞에서 발걸음을 멈춘 루시아스와 바슈는 머리를 조아리며 정중한 태도로 말했다.

"루시아스, 엘프 로드를 뵙습니다."

"바슈, 엘프 로드를 뵙습니다."

엘프들의 우두머리를 뜻하는 엘프 로드라 불리운 노년의 엘프는 고개를 끄덕이며 따뜻하게 그들을 맞아주었다.

"무사히 돌아왔구나, 루시아스, 바슈. 오늘도 늦었기에 무슨 일이 생기지나 않았나 걱정을 했단다."

이미 자신의 실수를 알고 있었던 루시아스는 다시 한 번 고개를 조아렸다.

"심려를 끼쳐 드려서 죄송합니다, 로드."

신비한 미소를 지은 엘프 로드는 루시아스의 말에 고개를 내저었다.

"그래도 너희가 무사히 돌아왔으니 다행이구나. 오늘도 그는 오지 않았느냐?"

엘프 로드의 질문에 이곳에 모여 있던 모든 엘프들도 귀를 기울여 루시아스의 대답을 기다렸다. 그러나 지난 며칠 동안 그래 왔던 것과 같이 기대했던 대답은 들을 수 없었다.

"아직 그라프의 소식은 없습니다, 로드. 하지만 그 친구는 꼭 와줄 테니 조금만 더 기다려 주십시오."

그의 대답을 듣고 있던 엘프 중 한 명이 답답한 듯한 목소리로 입을 열었다.

"로드, 이대로 더 기다리기만 한다면 우리의 숲은 더 이상 회복이 불가능할 지경에 빠질지도 모릅니다."

또 다른 엘프 역시 고개를 끄덕이며 동조하고 나섰다.

"숲에서 서식하는 수많은 동물들이 카일락스에게 죽임을 당하고 있습니다. 그러니 우리에게 피해가 클지라도 정령들을 이끌고 나가 카일락스와 맞서야 합니다."

실내에 모인 다른 엘프들의 생각 역시 그들과 다를 바 없는지 고개를 끄덕였고, 엘프 로드를 바라보며 대답을 기다렸다. 이에 엘프들을 천천히 둘러본 엘프 로드의 입으로부터 무거운 목소리가 흘러나왔다.

"본 로드 역시 그러한 생각을 해보지 않은 것은 아니오. 하지만 숲의 결계를 풀기로 결정을 내렸을 때부터 우리의 힘으로는 어쩔 수 없는 상태였고, 그로부터 또 시간이 지났으니 지금은 더 더욱…….”

엘프 로드의 말끝이 흐려짐과 동시에 이곳에 있는 모든 엘프들의 안색이 어두워지기 시작했다. 그들을 바라보던 엘프 로드 역시 별다를 바 없는 심정이었지만, 이런 분위기가 계속되어 봤자 다른 엘프들의 사기만 떨어진다고 생각한 로드는 화제를 돌렸다.

“우리에게 아무런 희망이 없는 것도 아니니 다들 마음을 편하게들 가지게나. 그리고 그라프가 온 후에도 우리가 무슨 일을 해야 할지 모르니 될 수 있는 한 힘을 비축해 두는 것이 좋을 것 같군.”

엘프 로드의 말 한마디가 가지는 영향력은 엘프들에게 있어 절대적이었기에 더 이상 아무도 그에 대한 이야기는 꺼내지 않았고, 결국 엘프 로드의 결정은 흔들리지 않았다. 다시 루시아스를 바라본 엘프 로드는 천천히 손을 내저으며 말했다.

“루시아스, 너는 이브리엘에게 가보거라. 혼자서는 견디기 힘들 테니 너라도 곁에 있어주는 것이 좋겠구나.”

이브리엘이라는 이름을 들은 루시아스의 표정에는 안타까움이 묻어나고 있었다.

“알겠습니다, 로드.”

“그래… 오늘도 수고했으니 물러가서 쉬도록 하거라.”

“그럼 로드께서도 평안한 밤이 되시길…….”

인사를 올린 루시아스와 바슈는 들어왔을 때와 마찬가지로 머리를 한번 조아리며 몇 번의 뒷걸음을 쳤고, 이내 몸을 돌려 엘프 로드의 집에서 빠져나갔다.

“이브리엘, 그 아이가 이번 일로 상처를 받지는 않아야 할 텐데…….”

　루시아스와 바슈가 나간 문에서 시선을 거두지 못한 채 나직이 말하는 엘프 로드였다.

　작은 탁자 하나와 주변의 의자, 그리고 나무로 만들어진 침대가 전부인 좁다란 방 안. 한 명의 여자 엘프가 푹신한 침대에 몸을 파묻은 채 누워 있었다. 천장을 바라보는 눈빛은 왠지 서글퍼 보였고 입술은 굳게 다물어져 있었기에 그녀의 심정이 복잡함을 알 수 있었다. 천장을 응시한 채 미동조차 하지 않던 그녀는 한숨을 내쉬며 몸을 일으켰다. 그리곤 탁자 위에 올려져 있는 물잔을 입으로 가져가며 그 앞에 놓여 있던 의자에 앉았다. 물을 마셨음에도 갈증이 씻기지 않는다고 생각한 그녀는 다시 한 번 깊은 한숨을 내쉬었다.

　"후우… 모두 나 때문이야. 그것만 가지고 오지 않았어도 이런 일은 없었을 텐데……."

　수심에 가득 찬 말을 던진 그녀는 손으로 얼굴을 덮었고 조금씩 어깨가 들썩거리기 시작했다. 그때 문을 두드리는 소리와 함께 그녀의 귀에 익숙한 목소리가 들려왔다.

　"이브리엘, 안에 있니?"

　그 목소리를 들은 엘프 이브리엘은 눈가에 맺힌 눈물을 소매로 쓸며 대답했다.

　"네, 루시아스 오빠. 들어오세요."

　이브리엘의 가라앉은 목소리를 듣고 그녀가 흐느끼고 있었다는 것을 느낌으로 알 수 있었던 루시아스는 고개를 내저으며 문을 열었다.

　"이브리엘, 또 그 생각 하고 있었던 거로구나."

　자신을 걱정하는 루시아스의 말에 애써 웃음을 지은 이브리엘은 옆에 있는 의자를 끌어내며 말했다.

"아, 아니에요. 여기 앉으세요, 루시아스 오빠."

그녀의 얼굴을 물끄러미 바라본 루시아스는 천천히 걸음을 옮겨 의자에 앉았다. 허리에 차고 있던 검을 풀어내어 탁자에 기대어놓은 루시아스는 미소를 지으며 말했다.

"그건 네가 일부러 한 일도 아니니 그렇게 죄책감을 느끼지 않아도 된단다. 우리 부족에서 누구도 널 원망하지 않아."

루시아스의 말을 듣고 있던 이브리엘은 다시금 감정이 격해진 듯 눈가에 물기가 맺히고 있었다.

"하지만 이 모든 일이 저 때문에……."

"그만 하거라. 더 이상 그에 대해서 듣기는 싫구나."

루시아스가 말꼬리를 자르자 이브리엘은 고개를 숙일 수밖에 없었다.

"어차피 이렇게 된 이상 카일락스가 어떻게 이 숲으로 들어오게 되었는지는 중요한 것이 아니야. 그저 지금 이 상황을 어떻게 해결할 수 있을지가 관건인 것이지."

말을 하며 물끄러미 이브리엘의 모습을 바라보던 루시아스는 떨리고 있는 그녀의 손을 따뜻하게 잡아주었다.

"모두들 이번 일로 네가 잘못되지나 않을지 걱정하고 있고 나 역시 네가 힘들어하는 모습을 보기는 싫단다. 어떻게든 이번 일을 해결할 테니 이브리엘, 너는 마음 편안하게 있으렴."

루시아스의 목소리에 고개를 든 이브리엘은 떨리는 눈빛으로 고개를 끄덕였다.

"네… 고마워요, 루시아스 오빠."

"후훗, 내게 고마워할 것이 뭐가 있어? 나중에 해결 방법을 찾아올 그라프에게나……?!"

옷으며 말을 하던 루시아스는 순간적으로 입을 다물 수밖에 없었는데, 조용히 이야기를 듣고 있던 이브리엘이 갑작스레 자신의 품속으로 안겨들었기 때문이다. 조금 당황한 기색을 하던 루시아스는 안색을 되찾으며 그녀의 등을 두드려 주었고, 그의 품에서 안겨 있던 이브리엘은 왠지 마음이 평온해짐을 느꼈다.

같은 시간, 뮤스와 일행들은 잠자리 준비를 다시 하고 있었는데 레이멜 덕분에 미리 준비해 놓았던 잠자리가 모두 물에 의해 흩어졌기 때문이었다. 하지만 마나의 기운이 사라지면서 수분의 대부분이 공기 중으로 되돌아간 것이 그나마 다행이라면 다행이었다. 다시 쓸어 모은 나뭇잎 위로 모포를 덮던 아드리안이 동료들을 둘러보며 물었다.

"흠, 오늘 불침번을 서고 싶은 사람 있나? 새벽에 교대해 줄 테니까 너무 걱정 말라고."

나무 하나를 사이에 두고서 누워 있던 레이멜은 관심없다는 듯 몸을 돌리며 손을 저었다.

"그렇게 물으면 누가 하고 싶다고 손을 들겠어? 차라리 자네가 지목해서 시키는 것이 더 마음 편하다고."

"하긴 그렇겠군. 그렇다면……."

말이 끝나기도 전에 자신의 자리를 정리하던 세실프가 뒤돌아보며 말했다.

"전 별로 잠이 오지 않으니까 제가 먼저 불침번을 서도록 하겠어요. 자다가 일어나는 것보다 늦게 자는 편이 훨씬 편하니……."

세실프 덕분에 따로 불침번을 정하지 않아도 된 아드리안은 손을 들어 보이며 자신의 잠자리에 누웠다.

"고마워. 그럼 세실프가 먼저 불침번을 서도록 하고, 내가 교대해 주도록 하지. 대신 다음번에 빼주도록 하고."

하던 일을 마치곤 둘의 대화를 듣고 있던 쥬라스가 고개를 갸웃거리며 옆 자리에 누워 있던 그라프를 향해 물었다.

"이렇게 나노이드잠사로 된 그물망까지 쳐두었는데 꼭 불침번을 서야 할 이유가 있나요?"

그녀의 말에 너털웃음을 지은 그라프는 덮고 있던 담요를 목까지 끌어 올리며 대답했다.

"허헛, 이런 여행에서는 무슨 일이 일어날지 모르는 일이지. 설사 저 나노이드잠사가 카일락스들에 대한 방어가 된다고 해도 이곳에는 그에 못지않게 위험한 마물들이 들끓으니 저것만으로는 안심을 할 수가 없는 것이야. 어쨌든 내일부터는 우리도 불침번을 서야 할 테니 오늘 푹 자두게나."

"네, 알겠어요, 그라프님."

짧게 대답한 쥬라스 역시 담요를 끌어 올리며 잠을 청하기 시작했다.

잠자리에 누운 뮤스는 어두운 하늘을 바라보았다. 비록 나뭇가지가 시야를 가린 탓에 빛나는 별들을 볼 수는 없었지만 그저 하늘을 보고 있다는 생각으로도 기분은 충족이 되고 있었다. 뮤스가 아무런 기척 없이 위를 올려다보고 있을 때 레이멜의 목소리가 들렸다.

"무슨 생각을 그렇게 하고 있는 거야?"

뮤스는 입만을 움직이며 조용히 대답했다.

"글쎄요. 그냥 하늘을 바라보고 있는 게 좋아서 아무 생각 없이 이러고 있는 거예요. 잠도 잘 안 오고……."

뮤스가 바라보고 있는 곳과 같은 지점을 향해 시선을 맞추던 레이멜은 이해 못하겠다는 말투로 말했다.

"여기서 어떻게 하늘이 보인다는 거야? 나뭇가지에 가려서 하나도 안 보이는구만. 차라리 잠이 안 오면 세실프와 같이 불침번이나 서라고. 아직 세실프와 관계가 별로 좋지 못한데 여행이 끝날 때까지 계속 그렇게 지낼 수는 없잖아?"

문득 위쪽으로 향한 시선을 거둔 뮤스가 레이멜을 바라보며 되물었다.

"흠… 대체 왜 세실프 씨랑 유겐 씨는 저를 싫어할까요?"

이번에는 레이멜이 위쪽으로 시선을 고정시킨 채 대답했다.

"내가 볼 때는 이미 세실프나 유겐은 너에 대해서 그리 나쁜 감정을 가지고 있지 않아. 그저 세실프가 자존심 때문에 너를 인정하지 않는 것이고, 유겐은 누나의 편을 들어주는 것이지. 생각해 봐. 추방자라고 해서 눈 밑에 두고 무시하던 사람이 뜬금없이 '나 대단한 사람이오' 라고 말한다고 해서 '아! 당신은 대단한 사람이었군. 존경하겠어요' 라고 말할 사람은 없잖아? 물론 지금 같은 분위기라도 별 상관은 없겠지만, 그래도 한동안 함께 여행을 해야 하니 둘 사이가 조금 더 부드러웠으면 해서 하는 말이야."

　말을 마친 레이멜은 쌀쌀해진 기운을 느끼며 입고 있던 후드의 옷깃을 여미었다.

　"아무튼 나는 좀 자야겠으니 마음대로 하라고."

　말을 마친 레이멜은 정말 잠을 자기 시작했는지 더 이상 아무런 말도 하지 않았다. 그의 자는 얼굴을 한번 바라본 뮤스는 입맛을 다시며 바로 누웠다.

　"쩝… 나보고 어떡하라고…….."

　레이멜이 굳이 말하지 않더라도 뮤스 역시 세실프 남매와 가장 나이가 비슷했기에 친해지고 싶은 마음이 있었다. 하지만 서먹한 사이에 먼저 말을 거는 것도 어색했고, 설사 말을 건다고 해도 그들이 받아준다는 확신도 없었기에 어찌해야 할지 갈피를 못 잡고 있었다.

　"에휴… 에라, 모르겠다."

　잠시 생각하는 시간을 가졌던 뮤스는 나직하게 숨을 내쉬며 자리에서 몸을 일으켰는데, 부스럭거리는 소리가 나자 그의 옆에서 자는 척하던 레이멜이 눈을 뜨며 미소를 지었다.

　자리에서 일어난 뮤스가 주변을 둘러보니 세실프와 유겐이 같은 나무에 등을 기댄 채 모포를 덮고 있었다. 여름이었지만 숲의 밤은 쌀쌀했고, 이슬을 맞는 것은 몸의 상태를 유지하는 데에도 좋지 않았기 때문이다. 그들 역시 자다 말고 일어나서 두리번거리는 뮤스를 발견했는지 세실프가 특유의 톡 쏘는 목소리로 말했다.

　"잠이나 잘 것이지 왜 일어난 거야? 적인 줄 알고 깜짝 놀랐잖아."

　그녀의 말을 들은 뮤스는 머리를 긁적이며 대답했다.

　"저… 저도 잠이 별로 안 와서 불침번 서는 것을 도와드릴까 해서요."

뮤스의 아래위를 한번 훑어본 세실프는 콧방귀를 뀌며 고개를 돌렸다.

"흥! 마음대로 해. 하지만 좀 멀리 떨어져 앉으라고! 추방자와는 그다지 가까이 있고 싶지는 않으니까."

어차피 이 정도의 반응은 예상했던 터였기에 신경 쓰지 않은 뮤스는 세실프와 유겐이 앉아 있는 나무 쪽으로 걸어와 땅에 주저앉았다.

그들 사이에서는 서먹한 분위기가 감돌기 시작했다. 세실프와 유겐 역시 주변을 살필 뿐 별다른 대화를 하지 않았고, 뮤스 또한 그들처럼 주변을 살피고 있을 뿐이었다. 그렇게 얼마간의 시간이 흐르자 뮤스의 귀로 정적을 깨는 유겐의 하품 소리가 들리기 시작했다.

"하아암, 주변이 조용하니 잠이 오는데……."

눈동자를 굴리며 귀를 세우고 있던 세실프가 말했다.

"내가 불침번을 서고 있을 테니까 넌 잠 좀 자두렴."

중얼거림이 의외로 컸다는 것을 깨달은 유겐은 스스로를 질책하며 고개를 저었다.

"아, 아냐. 그럼 누나 혼자 불침번을 서야 할 거 아냐. 조금만 참아보지 뭐."

하지만 동생이 잠에 약하다는 것을 누구보다 잘 알고 있던 세실프이기에 그가 힘들게 졸음과 싸우는 모습을 그냥 보고만 있을 수는 없었다. 결국 고민 끝에 뮤스의 얼굴을 바라본 세실프는 못마땅한 표정을 지으며 말했다.

"걱정 마. 별 도움은 안 되겠지만 저 녀석이 같이 있으니까 괜찮을 거야."

잠시 뮤스와 세실프를 번갈아가며 바라보던 유겐은 고개를 끄덕였다.

"흠… 그럼 누나, 나 먼저 잘 테니까 나중에 대장 깨울 때 같이 깨워 줘. 하룻밤 불침번 서기로 했는데 그냥 자버리면 미안하니까……."

"알았으니까 푹 자둬."

"고마워, 누나. 나중에 봐."

유겐은 짤막한 밤 인사를 건네며 자신의 잠자리에 몸을 뉘었고 세실프는 유겐을 향해 푸근한 미소를 지어주었는데, 세실프를 바라보고 있던 뮤스의 눈에는 문득 크라이츠의 얼굴과 그녀의 얼굴이 겹쳐 보이고 있었다. 그렇게 빤히 세실프의 얼굴을 바라보고 있던 뮤스는 문득 눈앞으로 무엇인가가 다가오는 것을 느꼈고, 금세 그것이 자신을 향해 들이민 세실프의 얼굴이라는 것을 알게 되었다.

"뭘 그렇게 빤히 쳐다보고 있는 거야?! 동생 재우는 누나 처음 봐?"

어느새 눈앞으로 다가와 있는 그녀의 얼굴에 크게 놀란 뮤스는 상념을 떨치며 몸을 급히 뒤로 젖혔다. 덕분에 균형을 잃은 그는 등으로 찹찹한 땅바닥의 느낌을 전해 받을 수 있었는데, 허리를 일으켜 세운 세실프가 뮤스를 내려다보며 혀를 찼다.

"쯔쯧, 아무튼 마음에 드는 구석이라곤 눈곱만큼도 없군. 사내 녀석이 왜 그렇게 소심한 거야, 아니면 생각이 많은 거야?"

세실프의 놀림에 무안해진 뮤스는 어설픈 자세로 몸을 일으키며 말했다.

"저… 생각이 많은 건데요."

뮤스의 대답에 세실프는 어이가 없다는 표정을 지었고, 뮤스와 시선의 높이를 맞춘 그녀는 따지듯이 입을 열었다.

"그런 걸 물어본 게 아니잖아! 나는 너 같은 녀석들이 가장 마음에 안 들어! 자기 주관도 별로 없는 것 같고, 좀 차갑게 굴었다고 슬슬 눈치만 보고 말이야. 사내자식이 이래 가지고 나중에 큰일을 할 수 있겠어?"

귀가 따라가지도 못할 만큼 빠른 세실프의 잔소리를 듣고 있던 뮤스는 그리 유쾌하지 못한 기분에 살며시 인상을 찡그리며 속으로 후회하기 시작했다.

'역시 그냥 잠이나 자는 편이 훨씬 좋았을 거야.'

몇 마디의 후회가 끝나기도 전에 세실프의 목소리는 끝나 있었다. 생각보다 금방 끝났다는 안도의 한숨을 내쉰 뮤스는 세실프의 기색을 살폈는데, 자신을 바라보고 있던 그녀가 다른 곳을 두리번거리고 있는 것이었다.

"에? 무슨……."

뮤스의 질문은 세실프의 손이 입을 감싸며 미처 다 나올 수 없었고, 그의 얼굴을 내려다본 세실프는 자신의 귀를 가리키며 소리를 들어보라는 시늉을 하고 있었다. 그녀의 행동을 보던 뮤스가 의아함을 느끼며 귀에 온 신경을 기울이기 시작하자 멀리서부터 공기가 떨리는 소리를 들을 수 있었다.

우우웅…….

긴장감이 느껴지는 눈빛으로 바꾼 세실프는 재빠르게 몸을 날려 아드리안이 누워 있는 곳으로 움직여 그를 천천히 흔들어 깨웠다. 비몽사몽 간이었지만 아드리안 역시 이렇게 깨울 때에는 조용히 일어나야 한다는 것을 알았기에 성급히 움직이기 이전에 눈을 떠 세실프를 바라보았다. 그와 눈이 마주친 세실프가 어딘가를 향해 눈짓하며 조용히 입을 열었다.

“대장, 소리를 들어봐요.”

우우웅…….

귀를 기울여 보니 틀림없이 어디선가 기이한 소리가 들려오는 것을 느낄 수 있었다. 이어 조심스럽게 모포를 걷어낸 그는 발자국 소리를 최대한 줄이며 그라프와 쥬라스가 잠을 자고 있는 곳으로 갔고, 세실프는 동생과 레이멜을 깨우기 위해 발걸음을 옮겼다.

아드리안이 다가가 보니 이미 그라프와 쥬라스가 눈을 뜨며 몸을 일으키고 있었는데, 그들 역시 기이한 소리를 들은 듯했다. 천천히 몸을 일으킨 그라프는 다가오는 아드리안을 향해 손짓했다.

“카일락스들의 날갯짓 소리일세. 최대한 그물망에서 멀리 떨어져.”

그의 말에 고개를 끄덕인 아드리안은 눈을 비비며 일어나고 있는 동료들을 향해 수신호를 하며 야영지의 중심으로 이동했다.

일행들은 말이 묶여 있는 아름드리 나무를 중심으로 둘러서 있었는데, 레이멜은 아직 잠이 덜 깬 듯 눈을 비볐고, 유겐은 잠이 들기 전에 다시 일어난 상황이었기에 짜증이 치민 표정이었다. 그들과 함께 그물망을 살피고 있던 그라프가 쥬라스에게 말했다.

“쥬라스 사제, 주변을 한번 살펴주게나.”

고개를 끄덕인 쥬라스는 눈을 감은 채 기도문을 읊었고, 전신으로부터 오로라가 흘러나오기 시작했다.

“주신께서는 전능하시고 만물의 주인이시니, 그분의 앞에서 거짓될 것은 없을지어다.”

조금의 시간이 흐르자 신성력을 발휘하고 있던 쥬라스의 이마에서는 식은땀이 연신 흘러나오고 있었다. 그녀를 바라보며 결과를 기다리던 그라프는 일이 심상치 않음을 직감적으로 느꼈다.

“카일락스의 수가 생각보다 많은가?”

쥬라스의 고개가 천천히 끄덕여지고 있었다.

“대략… 백 마리가량이 약 350멜리 떨어진 곳에 있어요. 그런데……”

침음성을 흘리고 있던 그라프는 쥬라스가 뒷말을 흐리자 의아하게 느끼며 물었다.

“또 다른 문제라도 있나?”

“카일락스들의 움직임이 우리 쪽을 향하는 건 아닌 것 같군요.”

수염을 쓸며 그녀의 말을 듣고 있던 그라프가 고개를 갸웃거렸다.

“그렇다면 우리 말고도 누가 이 숲에 있다는 것인가?”

그라프의 얼굴을 바라보던 쥬라스의 입에서 안타까운 목소리가 흘러나왔는데, 큰 갈등에 휩싸인 모습이었다.

“이게 대체 무슨 일인지… 인간의 무리들이 쫓기고 있어요. 아무래도 이 주변에 다른 모험자들이 있었던 것 같은데, 지금은 거리가 조금 있지만 얼마 지나지 않아서 카일락스들에게 잡힐 듯해요.”

쥬라스는 사제의 신분인만큼 위험에 처해 있는 이들을 그냥 보고 넘길 수 없었다. 하지만 이러한 상황에서 그들을 도와줄 마땅한 방법을 그녀가 가지고 있지 못했기에 어찌해야 할지 모르고 있었던 것이다. 이어지는 그라프의 말 역시 그들이 처해 있는 상황을 그대로 대변하고 있었다.

“허어… 지금 이 상태로 그들을 구할 수 있는 방법은 거의 전무한 상태일세. 우리 역시 이 그물망을 벗어난다면 무슨 일을 당할지 모르는 상황인데……”

그라프가 고개를 저으며 답답함의 탄성을 지르고 있을 때 침착한 뮤스의 목소리가 들려왔다.

"카일락스라고 하는 마물들의 시선을 이쪽으로 끌 수 있는 방법이 없을까요?"

뮤스의 물음에 대해 생각해 보던 그라프가 무릎을 치며 말했다.

"물론 있지! 어제 말했듯이 카일락스들은 빛에 민감한 반응을 보인다네. 만약 강력한 빛이 어디선가 비추어진다면 카일락스들은 하던 추적을 멈추고 빛을 향해 모여들 것이야. 그것은 그들의 본능이니 어쩔 수 없는 것이지."

그라프의 말을 들으며 무엇인가를 떠올린 뮤스는 그의 말이 끝나기가 무섭게 레이멜을 바라다보았다.

"레이멜 씨! 어제 사용했던 라이팅이라는 마법을 쓰면 안 될까요?"

하지만 레이멜이 뭐라고 말하기도 전에 그라프가 먼저 고개를 가로저으며 대답했다.

"라이팅 정도로는 부족하다네. 350멜리 정도 떨어진 곳에서는 그저 촛불 정도의 밝기로밖에 보이지 않을 테니까."

그의 말을 듣던 레이멜 역시 자존심이 상하는 일이었지만 인정하지 않을 수 없었다.

"4클레스의 마법에서는 그 정도의 효과를 낼 수 있는 마법이 없어. 최소 6클래스 정도는 돼야 '라이팅 범'이라는 마법을 쓸 수 있거든."

이러한 이유로 마법을 사용할 수 없게 되자 잠시 고민을 하던 뮤스는 자신의 가방을 매만지며 말했다.

"그럼 어쩔 수 없군요. 시간이 조금 걸리더라도 빛은 제가 어떻게 해보겠어요."

뮤스가 무엇인가를 해보려고 작업 공간을 마련하는 사이 아드리안이 그라프를 향해 물었다.

"그라프님, 그렇다면 카일락스들이 모두 이곳으로 몰려들 것인데 아무리 나노이드잠사로 만든 그물망이라곤 하지만 백 마리나 되는 카일락스들을 버텨낼 수 있을까요?"

"이렇게 한번 생각을 해보게. 자네의 힘으로는 아무리 튼튼한 털실이라도 간단하게 끊을 수 있을 것일세. 하지만 그 털실로 뜬 옷까지 손쉽게 찢을 수 있다고 생각하나? 그와 마찬가지로 이렇게 짜여진 이상 나노이드잠사가 아닐세. 게다가 카일락스는 날아서 이동하는 마물이라 육지에서 행동하는 마물들에 비해 힘은 극히 미약하다는 것도 우리에게는 다행이지."

"후우… 그렇게 말씀하신다면 안심할 수 있겠군요."

안도의 한숨을 내쉬고 있는 아드리안의 뒤로 뮤스가 무엇인가를 만들며 부스럭거리기 시작했다. 그런 그를 세실프, 유겐, 그리고 레이멜이 신기한 듯 바라보고 있었는데, 뮤스가 무엇인가 만드는 장면을 처음 보는 이들이었기에 그 신기함은 더했다.

"저 녀석이 갑자기 뭘 하는 거지?"

"글쎄… 뭔가를 만드는 것 같은데?"

"역시 마법 가방이구나! 별 이상한 것들이 다 나오고 있잖아? 이봐, 뮤스. 제발 나에게 가방을 팔란 말이야."

하지만 작업에 열중하고 있는 뮤스에게 그들의 이야기가 들릴 리는 없었다.

가방에서 꺼낸 십여 개의 부품을 이리저리 연결하고, 마지막으로 몇 개의 부품을 맞춰 끼우며 조립해 나가자 길쭉한 원통이 완성이 되었는데, 콧등에 맺힌 땀을 소매로 걷어낸 뮤스가 자신이 만든 물건을 이리저리 둘러보며 말했다.

"이제 전뇌등의 조립이 끝났어요. 공학원의 조명으로 쓰던 전뇌등을 여러 개 조립한 것인데 이런 일에 쓰일 줄은 몰랐네요."

뮤스의 손에 들린 전뇌등을 한번 훑어본 그라프가 나직한 탄성을 터뜨리며 말했다.

"호오! 굉장하군. 그 짧은 시간에 이런 정밀한 물건을 만들어내다니. 이것 역시 전뇌력의 힘으로 작동하는 것인가?"

그라프의 물음에 뮤스는 가볍게 코밑을 쓸며 대답했다.

"이미 만들어놓은 완성품들을 조금 다르게 조립했을 뿐이에요. 그리고 아래쪽에 장치된 마나구에서 전뇌등으로 전뇌력을 공급하게 되죠."

그라프는 더욱 자세한 것들을 알고 싶어하는 모습이었으나 상황이 시급했기에 뮤스는 간단하게 설명을 마치며 기둥의 아랫부분을 살펴보며 손을 가져갔다.

"시간이 없어요. 다들 강한 빛에 눈이 부실 테니까 대비를 하고 있으세요."

말이 끝남과 동시에 뮤스가 손가락을 움직이는가 싶더니 순식간에 그가 들고 있던 원통으로부터 눈부신 광채가 사방으로 뻗어 나가기 시작했다.

파팟—!

이를 보고 있던 일행들은 인상을 크게 찡그리며 급히 시선을 돌렸는데, 비록 눈부심에 미리 대비를 한다고는 했지만 사실상 강렬한 빛에 대한 대비는 바라보지 않는 것 이외에는 있을 수 없었기 때문에 빛을 바라본 이상 어쩔 수 없는 일이었다. 이에 미리 대비하기 위해 눈을 감고 있던 뮤스가 갑자기 손에 들고 있던 전뇌등을 공중으로 힘차게 던졌다. 그러자 그의 손을 떠난 전뇌등이 빛의 선을 그리며 하늘로 솟아 올랐는데, 정점에 도달하자 놀랍게도 허공의 중간에 멈추며 사방으로 빛을 발하는 것이었다. 이에 만족한 웃음을 지은 뮤스는 손으로 눈의 위를 가리며 먼발치를 바라보았다. 일행들 역시 이제는 전뇌등이 높은 곳에서 빛을 발하고 있었기에 눈으로 들어오는 빛을 손쉽게 차단할 수 있었다. 레이멜은 아찔한 느낌이 계속 남아 있는 눈을 이리저리 굴려 보며 물었다.

"음… 거의 라이팅 빔과 맞먹는 정도의 빛이군. 그런데 무슨 조작을 했기에 저렇게 공중에 떠 있는 거야?"

레이멜은 질문에 대한 답을 그라프의 목소리를 통해 들을 수 있었다.

"허허헛! 과연 재치가 있군. 허공에 걸려 있던 그물망 아교의 접착력을 이용해 전뇌등을 고정시켜 놓다니…….”

하지만 지금은 전뇌등에 대해 신경 쓸 시간이 아니었기에 그라프의 말을 마지막으로 일행들의 입은 다물어졌다. 이제 전뇌등의 빛을 발견한 카일락스들이 이곳으로 몰려들 것이고, 그물망 안에서야 별일이 없 겠지만 혹시라도 일어날 불상사에 대비해야만 했기 때문이다.

촤자자작! 촤작! 촤자작!

거칠게 수풀을 헤치는 소리와 함께 몇 개의 사람 그림자가 어두운 숲 속을 정신없이 달리고 있었다. 이들은 달리는 와중에도 크게 초조한 듯 가끔씩 뒤를 돌아보았지만 아무것도 보이지 않았기에 더욱 초조함을 느꼈다.

우우웅…….

　계속해서 그들을 쫓던 공포스러운 소리가 떨어질 기미도 없이 귓가에 맴돌았다. 처음에는 뒤에서 들려오기에 앞만 보고 달렸건만 이제는 이 숲 전체가 그들을 향해 웅성거리는 듯했기에 어디로 달려야 할지도 난감한 상태였다.

　"으아아악! 사… 살려줘!"

　귀청을 찢는 누군가의 비명 소리가 숲의 어디에선가 들려왔다. 이미 정신이 없는 상태였기에 그 비명 소리가 자신을 앞질러 간 동료의 것인지, 아니면 자신의 뒤를 따라오던 동료의 것인지조차도 알 수 없었다. 어쩌면 자신의 입에서 흘러나오는 비명 소리일지도 모르는 일이었다. 하지만 그들은 달리고 또 달릴 수밖에 없었다. 지금 살아남을 수 있는 방법은 자신의 다리만을 믿고서 달리는 일밖에 없었기 때문에…

　"대… 대장! 끄아아악!"

　또 하나의 비명 소리가 숲의 공기를 타고 처절하게 전해왔고, 그 소리를 들은 한 인영이 문득 달리던 속도를 줄였다. 그리고 몇 발자국을 더 내디뎠을 때 그의 몸이 이미 숲의 한가운데 서버린 상태였다.

　터벅, 터벅…….

　숲에 홀로 서게 된 그는 심하게 떨리고 있는 손을 말아쥐었다. 굳게 쥔 손바닥에 손톱이 파고들어 따끔한 피가 흐름을 느꼈지만 그의 마음 속에서 일어나는 분노에 비하면 그쯤이야 아무것도 아니었다.

　"대장이라……."

　혼잣말을 중얼거리고 있는 그의 눈에 천천히 투쟁심이 어리기 시작했다. 이제 도망칠 생각을 마음 깊은 곳으로 멀찌감치 던져 놓은 그는 지금껏 달려왔던 길을 향해 뒤돌아서며 나직이 입을 열었다.

　"더 이상은… 더 이상은 동료들을 잃을 수 없다. 내 목숨과 바꿔서라도 내 동료들만은 살리겠어."

비장한 표정을 지은 그는 허리에 차고 있던 가죽 벨트로 손을 가져갔다. 그곳에서 지난 십 년간 자신의 손길을 기다리던 작은 단검들이 오늘따라 차갑게 느껴지고 있었다.

우우웅…….

지금까지 공포의 대상이었던 그 소리가 점점 다가오고 있었다. 이미 죽음을 각오했기 때문인지 더 이상의 공포는 그의 가슴에 남아 있을 틈이 없었고, 처참하게 죽어갔을 동료들의 얼굴만이 그의 가슴에 남아 있을 뿐이었다. 손에 잡힌 단검을 양손에 뽑아 든 그는 눈을 감았다. 칠흑 같은 어둠 속에서도 적의 정수리만을 노리던 자신의 감각을 되살리려는 것이었다.

"후훗… 최소한 네 녀석들이 죽인 나의 동료들의 머릿수만큼은 함께 데리고 가겠다."

오히려 침착해지고 나니 지금과는 다른 무엇인가가 느껴지는 듯했다. 보이지 않는 곳에서 위협을 하고 있던 적의 날갯짓 소리가 그의 머리에서 형상화되기 시작했고, 나뭇잎을 스치며 다가오는 소리마저도 이미 그의 감각에 들어와 있는 상태였다. 그렇게 목표의 위치를 파악한 그는 더 이상 머뭇거릴 것 없이 재빠르고도 능숙한 동작으로 손에 들려 있던 단검을 어두운 허공을 향해 던졌다.

쇠아아악! 털썩…….

무엇인가가 떨어지는 미미한 소리에 그는 비릿한 미소를 지었다.

"이제부터 시작이다, 망할 놈들……."

그리곤 다시 눈을 감으며 다음 목표를 찾았고, 그럴 때마다 어김없이 그의 단검은 모습조차 보이지 않는 마물들을 적중해 땅으로 떨어뜨렸다.

그렇게 십여 번을 반복했을 때, 다음 목표를 노리기 위해 단검을 꺼내 들던 그의 손은 이미 빈손이었다. 그가 가지고 있던 열두 자루의 단검을 모두 써버린 것이었다. 그럼에도 불구하고 계속해서 들려오는 마물의 날갯짓 소리에 허탈한 웃음을 지은 그는 풀린 동공으로 허공을 바라보며 두 팔을 펼쳤다.

"크큭… 이제 끝인가? 그래도 손해 볼 것은 없군. 열두 마리나 잡았으니까… 자! 이제 너희 마음대로 하라고! 피를 빨든지! 뜯어 먹든지!"

이미 자포자기한 듯 소리를 친 그는 눈을 질끈 감고서 생의 마지막 순간을 기다렸다.

마나등의 빛을 받아 은빛을 띠고 있는 나노이드잠사의 그물 안에서 뮤스를 포함한 일행들이 숨죽인 채 상황을 주시하고 있는 중이었다. 조용하게 기다리고 있는 일행들의 귀로 카일락스들의 날갯짓 소리가 점점 크게 들리기 시작해 카일락스들을 유인하는 데는 일단 성공했다는 것을 알 수 있었다. 카일락스의 소리에 귀를 기울이고 있던 세실프가 허리춤에 꽂혀 있는 기형도에 손을 얹으며 말했다.

"제길, 어려서부터 모기라면 질색이었는데… 하필이면 이따위 괴물모기와 싸워야 한다니……"

그녀의 투덜거림을 들은 레이멜이 피식 웃으며 놀리는 투로 말했다.

"오호~ 우리 세실프 양도 무서워하는 것이 다 있었나?"

"그냥 싫을 뿐이지 무서운 건 아니에요."

"흠… 그랬군."

평소라면 한바탕 말다툼이 일어날 상황이었지만, 지금은 간단한 몇 마디로 대화가 끝난 것으로 보아 레이멜과 세실프 역시 긴장하고 있음을 알 수 있었다.

그때 정면 쪽에 처져 있던 그물망이 마찰음을 내며 빠른 속도로 안쪽을 향해 파고드는 것이었다.

촤아악—!

그렇게 파고든 그물망은 뮤스 일행들을 불과 한 걸음 정도 남겨놓은 곳까지 짓쳐들었는데, 뒤늦게서야 코앞까지 카일락스가 접근했었다는 것을 알 수 있었던 그들은 가슴이 철렁해짐을 느꼈다.

치칙—! 치지지직!

그러나 그것도 잠시였고, 그물의 탄력에 다시 뒤로 밀려난 카일락스는 그물의 아교에 붙어버렸는지 늘어났던 그물 부분이 점차 엉켜가기 시작했다.

이에 놀란 아드리안과 세실프, 그리고 유겐은 무의식 중에 자신의 검을 뽑아 들었다. 그리고 레이멜과 뮤스는 눈앞의 생전 처음 보는 마물을 관찰하려 눈을 부릅뜨고 있었다.

하지만 아무리 보아도 카일락스의 모습은 보이지 않았고 그물이 스스로 움직여 엉키는 듯했다. 잠시 사태를 주시하고 있던 그라프가 외쳤다.

"이제 카일락스들이 하나씩 몰려들기 시작하는군! 다들 그물에서 눈을 떼지 말고 최대한 중심 쪽에 서 있게!"

그라프의 말이 끝나기가 무섭게 사방 대여섯 곳의 그물들이 그들을 향해 쏘아져 오기 시작했다. 하나같이 일행으로부터 얼마 떨어지지 않는 곳까지 닿았고 시간이 지날수록 그물의 움직임이 커지기 시작했는데, 점차 많은 수의 카일락스가 몰려드는 것이었다.

치치칙! 치칙—!

"정말 그물이 버틸 수 있는 것입니까?"

카일락스의 힘이 생각보다 거세자 불안해진 아드리안이 물었다. 이에 그라프 역시 불안한 표정을 지으며 대답했다.

"생각보다 카일락스의 무게가 꽤 나가는 듯하군. 이 정도까지 힘으로 밀고 들어올 것이라고는 생각지 못했다네."

"그럼 버티지 못한다는 말씀이십니까?"

"아닐세. 물론 그렇다 해도 나노이드잠사는 견디겠지만… 정작 큰 문제는 저것일세."

그라프가 손으로 가리킨 곳으로 일행들은 시선을 돌렸다. 그곳에는 그물을 걸어놓았던 나뭇가지가 보였는데 카일락스가 한 마리씩 부딪혀 올 때마다 조금씩 그 무게를 이기지 못하고 천천히 처지기 시작하는 것이었다.

"흐음… 이대로 가다간 그물이 먼저 내려앉고 말 거야."

침음성을 흘리는 그라프의 말을 듣고 있던 레이멜이 그물이 내려앉은 후의 상황을 떠올렸다.

"저 그물이 내려앉는다면 오히려 우리가 그물에 갇혀 아무것도 못하는 신세가 되는 것 아닙니까?"

그라프가 질문에 대한 대답을 하지는 않았지만 그것이 무언의 인정이라는 것을 모든 사람이 알고 있었다. 잠시 생각하던 그라프는 어두운 안색을 하고 있던 레이멜에게 물었다.

"자네가 걸 수 있는 경량화 마법의 지속 시간이 얼마나 되나?"

깜짝 놀란 레이멜은 달갑지 않은 말투로 되물었다.

"설마 지금 매달려 있는 카일락스들에게 경량화 마법을 걸라는 말은 아니시겠죠? 이런 면적에 경량화 마법을 거는 것은 장난이 아니라고요!"

"물론 그것이 얼마나 어려운지는 나도 잘 알고 있네. 하지만 자네의 말을 빌리자면 우리의 목숨 역시 장난이 아니지 않나? 여기서 무엇인가를 할 수 있는 사람은 자네밖에 없으니 어쩌하겠나?"

레이멜이 마법의 사용을 꺼리는 데에는 그만한 이유가 있었다. 보통 경량화 마법이라는 것은 작은 크기의 물체에 대해 그 무게를 줄여주는 마법의 통칭이었는데, 그것만으로도 마나의 소모가 가장 큰 마법 중의 하나였다. 한데 그라프가 원하는 것은 자신들을 둘러싼 넓은 면적에 대한 경량화 마법이었으니 그가 꺼릴 만한 것이었다. 게다가 몸속의 마나가 고갈되게 된다면 육체적인 고통에 비할 바가 아닌 고통을 받게 되었고, 회복하는 데에도 오랜 시간이 걸리기에 마법사들은 웬만해서는 마나가 고갈될 정도까지 마법을 사용하지 않는 것이 보통이었다.

하지만 그라프의 말대로 목숨이 왔다 갔다 하는 상황에서 훗날을 생각한다는 것은 우스운 일임을 알았기에 레이멜은 두 손을 들고 말았다.

"에휴… 한번 해보도록 하죠. 대신 마나가 고갈되고 나면 쥬라스 사제님께서 신성력으로 회복시켜 주시겠죠?"

"허헛! 그야 이를 말이겠는가? 자네는 그런 걱정 하지 말고 어서 경량화 마법을 걸게!"

그라프에게 확답을 받고서야 마음이 놓인 레이멜은 고개를 끄덕이며 손을 움직였고, 이때에도 그물망을 뚫기 위한 카일락스들의 몸부림은 계속되고 있었다.

레이멜의 손은 허공에 수많은 도형들을 그리고 있었다. 그가 마법을 거는 모습을 몇 번 봐왔던 일행들이 보기에도 지금까지 중 가장 복잡한 도형들이었는데, 도형 하나하나에 심혈을 기울이는 듯 레이멜의 얼굴에서는 땀이 흘러나오고 있었다. 그의 뒤에 서 있던 그라프는 진지한 표정으로 그의 손놀림을 바라보며 말했다.

"레이멜에게 조금 무리라고 생각했는데 그것이 아니었군. 생각보다 훨씬 훌륭한 마법사인걸……."

그라프의 중얼거림을 귀담아듣고 있던 뮤스가 물었다.

"저런 손 모양으로도 마법사의 역량을 알 수 있나요? 저는 마법에 대해 전혀 몰라서……."

"내가 예전에 말했던 것처럼 마법사들은 두 가지의 성질을 가진 마나를 조합해서 마법을 사용할 수 있는데, 마법사의 능력은 그것을 얼마나 효율적으로 조합하느냐에 따른 것이지. 저 손 모양은 마법에 사용할 마나를 계산하여 필요한 마나를 적정량 분배하는 행동이라네. 그러니 훌륭한 마법사일수록 그 계산이 빠르고 정확하지."

그라프의 설명을 듣고 있던 뮤스는 머리를 긁적였다.

"그럼 그라프님께서도 마법을 사용할 수 있으신가요?"

그라프의 입장에서 본다면 순진한 질문일 수 있는 뮤스의 물음에 그는 가볍게 웃으며 대답했다.

"허헛, 물론 나 역시 마나 분배에 대한 계산은 할 수 있지. 하지만 그러면 뭘 하겠는가? 정작 중요한 마나를 다루지 못하는걸……."

"아… 예술품을 보는 안목이 있다고 해서 예술품을 그만큼 잘 만들지 못하는 것과 비슷한 이치군요."

"흠… 대충 그런 셈이지."

대충 궁금증을 해결한 뮤스는 다시금 고개를 돌려 레이멜을 바라보았다. 그의 손은 이미 멈춘 상태였고, 눈을 감은 채 알 수 없는 말들을 중얼거리기 시작했다.

"…이히 볼렌 아이네 크라프트… 게벤 미어 아이네 크라프트 피어 줌 라이히트… 디크리즈 웨이트!"

마법 시동과 동시에 레이멜은 두 손을 머리 위로 뻗었다. 이어 그가 허공에 그려놓았던 도형들이 빛을 발하면서 조합되었고, 빠른 속도로 카일락스들이 엉키고 있는 그물을 향해 뻗어 나갔다. 얇은 빛무리가 그물망을 감싸고 있는 모습을 바라본 레이멜은 힘이 드는 듯 숨을 몰아쉬며 그 자리에 주저앉아 버렸는데, 그 와중에도 결과는 묻고 있었다.

"하악! 하악! 성공입니까?"

거친 숨소리가 뒤섞인 레이멜의 나직한 물음에 그물망이 걸려 있는 나뭇가지를 바라고 있던 그라프가 고개를 끄덕이며 웃었다.

"허헛! 대단하군. 물먹은 솜처럼 늘어져 있던 나뭇가지들이 원래의 모습대로 돌아왔다네. 최소한 마법이 지속되는 동안에는 문제가 없겠구먼."

고통스러운 표정을 지으며 그라프의 말을 듣고 있던 레이멜은 쓴웃음을 지었다.

"크윽… 이젠 제 몸이 물먹은 솜이 되어버렸군요. 빨리 어떻게 좀 해주십시오."

자신의 머리를 두들긴 그라프는 쥬라스를 바라보았다.

"이런… 깜빡했군. 쥬라스 사제가 수고 좀 해주게."

"네, 그라프님."

그라프의 부탁을 받은 쥬라스는 급히 레이멜의 곁으로 다가와 신성력을 사용해 치유해 주었는데, 시간이 조금 지나자 비록 마나까지 회복을 하지는 못했지만 고통만은 사라진 듯 평온한 표정으로 누워 있었다.

"쥬라스 사제님, 감사합니다."

"일행들의 목숨을 모두 살리셨는데 이 정도는 당연한 것이죠."

하지만 영웅이 된 기분을 누릴 사이도 없이 그의 기분을 깨는 그라프의 목소리가 들려왔다.

"아직도 수십 마리의 카일락스들이 덤벼들고 있으니 안전해진 것은 아닐세. 정신 똑바로 차리는 것이 좋을 것이야."

그라프의 목소리를 덮으며 카일락스들의 날갯짓 소리는 계속해서 들려오고 있었다.

사내는 멀뚱히 눈을 떴다. 주변을 가득 울리며 다가오던 마물들의 날갯짓 소리들도 무슨 일인지 점점 멀어져 갔고, 이미 죽은 것이라 생각하고 있던 자신의 몸은 아무런 이상도 없었던 것이었다. 이 어이없는 상황에 의아해하고 있을 때, 자신의 이름을 부르는 반가운 목소리가 들려왔다.

"대장! 살아 있나?"

"정말이지 지독한 놈들이었어. 아침 해를 다시는 못 보는 줄 알았다니까."

급히 고개를 돌려 목소리가 들려오는 쪽을 바라보니 익숙한 얼굴의 동료들이 다가오고 있는 것이었다. 땀과 흙에 뒤범벅이 된 모습이었지만, 목숨을 구했다는 생각 하나만으로 기쁜 모습이었다. 동료들을 향해 반갑게 웃은 사내는 그들과 포옹을 하며 등을 두드렸다.

"자네들, 살아 있었군!"

"당연하지! 내가 그랬었잖아, 최소한 대장보다는 오래 살 거라고."

몸을 떼어낸 사내는 동료들의 옆 자리를 둘러보며 나직한 목소리로 물었다.

"케니와 브릿트는?"

그의 물음에 동료들의 안색은 금세 어두워졌고, 고개를 가로저으며 말했다.

"케니와 브릿트는 녀석들에게 당했어."

"도망치던 도중에 케니가 넘어졌는데 녀석을 도와주다가 브릿트까지……."

사내는 쫓기던 도중에 자신의 귀를 자극했던 비명 소리를 기억해 내며 고개를 숙였다. 지금까지 많은 파티에서 동료들을 사귀었고 그만큼 많은 동료들을 잃은 기억이 있는 사내에겐 흔히 있었던 일임에도 불구하고 그럴 때마다 가슴이 찢어지듯 아려오는 것은 어쩔 수 없는 듯했다.

"케니와 브릿트 녀석이었군……."

하지만 사내는 경험 많은 모험자였고, 이미 죽은 사람에게 매달려 있을 시간은 없었기에 그에 대한 애도는 잠시 미루어뒀다.

"그나저나 어떻게 된 일이지? 카일락스라는 녀석들이 우리를 쫓다 말고 돌아가 버렸어."

동료 중 한 명이 먼 곳을 향해 턱짓했다.

"정신없이 도망치다 보니 갑자기 카일락스들의 소리가 멀어지기 시작하더군. 그래서 뒤를 돌아보았는데 저쪽에서 엄청나게 밝은 빛이 뿜어지고 있었어. 아무래도 카일락스들이 그 빛을 따라간 것 같아."

동료가 가리킨 곳을 바라보니 아직도 밝은 빛이 뿜어져 나오고 있었는데, 그 빛은 이곳까지 선명히 닿아 어둠에 묻혀 있던 이들의 얼굴을 비춰주었다. 그리고 대장이라 불리운 사내의 얼굴 역시 선명하게 나타났는데, 다름 아닌 큐리컬드였다.

"그런데 저 빛의 정체는 대체 뭐지? 혹시 저곳이 카일락스들의 본거지인가?"

잠자코 있던 다른 동료 한 명이 고개를 저으며 말했다.

"그건 아닌 것 같아. 마물들은 본거지를 남들의 눈에 띄지 않는 곳에 만드는 것이 보통이지. 그렇지 않으면 적들에게 공격받기 쉬울 테니까."

"그렇다면 저곳에 우리 말고 다른 사람들이 있다는 것인가?"

"아마도 그렇겠지. 어쩌면 우리가 찾고 있는 그라프님의 일행들이 있을지도……."

동료의 이야기를 듣고 있던 큐리컬드는 모종의 결심을 내린 듯 주먹을 불끈 쥐며 말했다.

"그렇다면 저곳으로 갈 수밖에… 어차피 우리는 그라프님을 만나기 위해 이곳에 온 것이잖아?"

잠시 생각을 해보던 그의 동료들 역시 고개를 끄덕이며 동의했다.

"사실 두렵긴 하지만 녀석들에게 죽은 동료들의 복수는 해줘야지. 그라프님이라면 녀석들에게 복수할 방법을 알고 계실 걸세."

"그렇다면 어서 저쪽으로 움직이도록 하지!"

이렇게 의견의 일치를 본 그들은 지체할 것 없이 빛이 뿜어져 나오는 곳을 향해 몸을 움직이기 시작했다.

숲 속을 일직선으로 가르지는 것은 생각보다 어려운 일이었다. 여기저기 자라난 수풀 덕분에 길이 험난했고, 만에 하나 가시덤불이라도 나 있는 경우에는 길을 돌아가야 했다. 게다가 큐리컬드 일행은 이미 오랜 시간을 카일락스들에게 쫓겼기에 지칠 대로 지쳐 있는 상태였다. 그렇기에 그들의 이동 속도는 생각보다 늦어졌는데, 불과 300멜리 남짓한 거리를 무려 한 시간여나 걸려서야 도착할 수 있었다.

"이제 다 온 것 같군! 그런데 이상하게 카일락스들의 소리는 안 나는군."

앞장서서 걷고 있던 큐리컬드가 의아한 표정을 짓자 뒤를 따르던 동료가 말했다.

"글쎄… 혹시 어딘가 몸을 숨기고 있는 게 아닐까? 그렇지 않으면 그렇게 많던 카일락스들이 한순간에 사라질 수가 없잖아?"

둘의 대화를 듣고 있던 또 다른 동료 한 명이 그들의 어깨를 잡으며 조용히 하라는 신호를 했다. 그리고 어디선가 들려오는 사람들의 목소리에 귀를 기울였다.

"정말 엄청나군요. 조금만 늦었어도 나뭇가지가 못 버티고 내려앉았을 겁니다. 다음부터는 좀 더 튼튼하게 설치를 해야겠네요."

이어 노인의 목소리가 들렸다.

"허헛, 그래도 좋은 경험을 하지 않았는가? 아무것도 모르는 상태로 본거지 격인 엘프의 숲으로 들어갔다면 큰 봉변을 당했을 거야."

여기까지의 대화를 듣고 있던 큐리컬드 일행은 방금 전의 목소리가 그라프의 것임을 확인하며 안심한 표정을 지었다.

뮤스와 일행들은 쥬라스의 신성력으로 더 이상의 카일락스들이 주변에 없다는 것을 확인하고서 카일락스들이 줄줄이 매달려 있는 나노이드잠사 그물을 끌어내리는 중이었다. 그리고 생명을 함부로 할 수 없는 사제의 신분인 쥬라스를 제외한 일행들은 그물에 엉켜 있는 카일락스들을 향해 칼을 박아 넣으며 생명을 끊고 있었는데, 칼이 들어가는 순간 아무것도 없던 허공에서 노란색의 액체가 튀어나오는 것이 보였다.

뮤스 역시 아드리안이 건네준 짧은 검으로 이상하게 엉켜 있는 나노이드잠사 사이를 찔렀다. 그러자 뭔가 걸리는 느낌과 함께 허공에서 노란 액체가 흘러나왔는데 카일락스의 체액인 듯했다. 그것을 바라보고 있던 뮤스는 시선을 빼앗긴 채 그 자리에 서 있었다.

"음… 대체 어떤 원리로 사람의 눈에 보이지 않는 것일까?"

곰곰이 생각해 보던 뮤스는 카일락스를 발끝으로 건드려 숨이 끊어진 것을 확인하고선 그 앞에 끓어앉아 카일락스의 몸통을 손으로 만져 보기 시작했다. 그러자 손끝으로 까칠까칠한 느낌이 전해졌다. 순간 섬뜩한 기분이 들긴 했지만 그의 호기심이 더욱 강렬했기에 손을 멈추지는 않았다. 한동안 카일락스의 생김새를 손으로 만져 보며 살피던 뮤스는 무슨 생각에서인지 손에 들린 검을 사용해 그가 만지고 있던 부위를 도려냈다.

스각.

이질적인 소리와 함께 얇은 표피가 잘려 나왔는데, 놀랍게도 아무런 형체도 없던 표피가 동체로부터 분리되자 미세한 털이 나 있는 갈색의 모습으로 변했고, 잘려진 부분으로는 체액이 흐르며 카일락스의 내장이 보이는 것이었다.

"이럴 수가! 정말 신기하군. 내장이 형체를 가지고 있음에도 눈에 보이지 않는 것은 표피의 어떠한 작용 때문이라는 것인데……."

중얼거림과 함께 뮤스는 빠른 손놀림으로 카일락스의 다른 부분을 잘라내기 시작했다. 그의 손이 지나치는 곳마다 카일락스의 체액이 흘러나왔고 그의 손은 점차 노랗게 물들어갔다. 그런 뮤스의 모습을 바라보던 레이멜이 하던 일을 멈추며 말했다.

"뮤스가 갑자기 뭘 하는 거지? 카일락스를 해부하기라도 하는 건가?"

"허헛! 뮤스 군이 아니었다면 내가 저러고 있을 것일세. 원래 뮤스 군이나 나 같은 인종은 궁금한 것이 있으면 가만있을 수가 없거든. 나도 일이 끝나면 표피 좀 채취해야겠구먼. 자네도 좀 챙겨갈 텐가? 마법 연구 할 때 쓰면 좋을 텐데."

뒤를 돌아보니 그라프가 허리를 두드리며 뮤스를 바라보고 있었고 레이멜은 혀를 빼물며 인상을 찡그렸다.

"으엑… 저는 그런데 별 관심이 없습니다."

"허헛, 참! 그런 것을 마다하다니 자네도 참 이상한 마법사일세."

이상한 마법사라는 소리는 지금까지 수도 없이 들어왔기에 레이멜은 그에 별달리 신경을 쓰지 않았다. 대충 일이 끝난 듯하자 허기를 느낀 그는 세실프를 향해 외쳤다.

"이봐, 세실프! 남은 건량 좀 줘. 하도 안달을 했더니 배고파 죽겠군."

레이멜이 바라본 세실프는 그의 말에 아무런 대답도 하지 않은 채 가볍게 검을 뽑아 들고 있었다. 깜짝 놀란 레이멜은 손을 저으며 말했다.

"그, 그렇다고 무기까지 빼 들 건 또 뭐야? 귀찮다면 내가 가져다 먹지 뭐."

하지만 세실프의 신경은 이미 다른 곳에 있는 듯했다. 그녀의 옆에 서 있던 유겐 역시 검을 뽑아 든 상태였는데 서로 눈빛을 주고받은 두 남매는 빠른 발놀림으로 수풀을 향해 뛰어들었다. 그들의 갑작스러운 행동을 주시하던 일행들은 무슨 일인지 몰랐기에 그저 보고만 있을 수밖에 없었다. 그리고 잠시 후 그들이 사라진 수풀 너머로부터 날카로운 병장기 부딪치는 소리와 함께 어디선가 들어본 듯한 목소리가 들려왔다.

"그만 하라고! 우리 파솔에서 본 적이 있잖아? 확인도 하지 않고 칼을 휘두르다니 정말 위험한 아가씨군!"

그 목소리를 마지막으로 병장기가 부딪치는 소리는 멈췄는데, 다시 한 번 수풀이 흔들리며 누군가가 걸어나왔고 그 뒤를 세실프 남매가 뒤따랐다. 그중 가장 앞에 선 자의 얼굴을 확인하던 아드리안이 놀라며 외쳤다.

"아니! 자네는 큐리컬드 아닌가? 어떻게 이런 곳에 있는 것이지?"

아드리안의 물음에 편치 않은 표정을 하며 걸어나오던 큐리컬드가 어깨를 으쓱이며 대답했다.

"어떻게는 무슨 어떻게야? 자네들을 따라나선 거지."

대충 말을 하던 큐리컬드는 그의 뒤에 서 있던 그라프의 얼굴을 바라보다 갑자기 정색을 하며 고개를 숙이는 것이었다.

"인사가 늦었습니다, 라듀아보 대현자님."

오히려 그의 인사를 받던 그라프가 더 놀랄 일이었는데, 파솔에서 스쳐본 일개 모험자가 자신의 정체를 알아보자 의외였던 것이었다.

"나를 어떻게 알아본 것인가?"

그라프가 물어볼 것을 이미 알았던 큐리컬드는 쑥스러운 듯 머리를 긁적이며 대답했다.

"하핫! 사실 저는 보물 사냥꾼이 되기 전에는 도적이었습니다. 암시

장에서는 그라프님께서 활동하실 때 저술하신 서적들이 높은 가격에 거래되기 때문에 도적들 사이에서 침을 흘리는 물건 중 하나죠."

그의 말을 듣던 중 너털웃음을 지은 그라프가 은근한 투의 목소리로 물었다.

"허헛! 그렇다면 자네도 내가 쓴 책을 훔친 적이 있나?"

"안타깝지만 그런 영광은 누리지 못했습니다. 사실 도적이었는데도 돈에는 관심이 없어 그라프님의 저서를 훔칠 생각은 하지 않고 있었으니까요."

고개를 갸웃거린 그라프는 한쪽에 서 있는 레이멜과 큐리컬드를 번갈아 보았다.

"거참, 돈에 관심이 없는 이상한 도적에다가 연구에 관심없는 이상한 마법사까지 나타나다니… 아무튼 세상을 등진 이후로 이상한 일들이 많이 일어나는군."

그라프와의 대화가 대충 끝나자 큐리컬드는 아드리안을 바라보며 먼저 물었던 질문에 대한 답을 해주었다.

"사실 어젯밤 늦게서야 그라프님께서 대현자 라듀아보시라는 것을 알게 되었는데, 그 사실을 확인하려고 아침에 일어나 찾아보니 그라프님과 자네 일행들이 엘프의 숲 쪽으로 길을 떠났다고 하더군. 그래서… 그러니까… 그래! 혹시 카일락스 때문에 이쪽으로 여행하는 것이 아닌가 해서 서둘러 동료들과 뒤를 따르게 되었던 거야. 우리 역시 그 전설의 마물인가 하는 녀석과 한번 붙어보고 싶었거든."

말하던 큐리컬드는 무엇인가 숨기는 듯 말을 더듬거렸고 눈동자를 움직이며 사람들을 살피고 있었다. 하지만 아드리안과 그의 일행들은 별 신경을 쓰지 않는 듯했다.

“그럼 카일락스들에게 쫓기고 있던 사람들이 자네들인가?”

“아니, 그것을 어떻게 알았지?”

“설명하면 길어지니 일단 자리 정리 좀 하고 피곤이나 풀면서 이야기하도록 하지. 잠은 자야 할 것 아닌가?”

잠시 대답을 미룬 아드리안은 다른 일행들과 함께 서둘러 주변 정리를 하기 시작했고 녹초가 된 큐리컬드 일행들은 짐을 모두 잃은 상태였기에 아드리안들에게 모포 등 몇 가지 짐들을 빌리게 되었다. 한데 이런 와중에도 뮤스는 하고 있던 일에 정신을 빼앗겨 큐리컬드가 합류한 상황조차도 전혀 모르고 있었다.

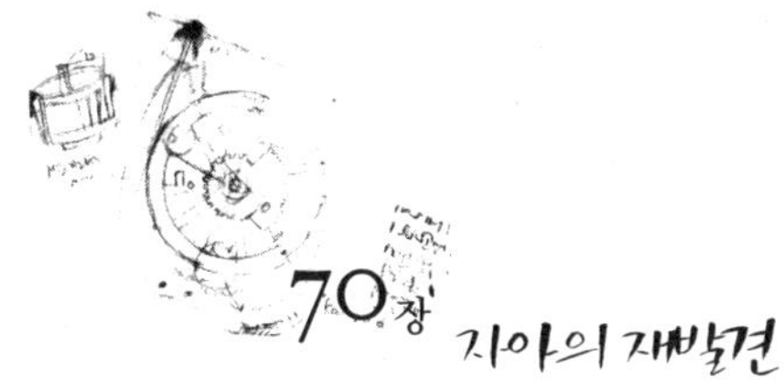

70장 자아의 재발견

카일락스들과 첫 대면을 한 후로 이틀이라는 시간이 흘렀고, 뮤스의 일행들은 카일락스들이 번식하는 것을 우려하여 가는 길을 재촉하는 중이었다. 큐리컬드 역시 일행에 합류하게 되었는데 그들의 말은 카일락스들에게 희생당한 후였기에 큐리컬드의 일행이 모두 동행할 수는 없어 결국 큐리컬드를 제외한 두 명의 동료는 다시 파솔로 돌아간 후였다.

해가 중천에 뜬 오후, 거칠기만 한 여름의 태양이었지만 우거진 숲의 나무 앞에서는 고분고분했다.

레이멜의 말 뒷자리에 탄 뮤스는 카일락스의 표피를 살펴보는 중이었다. 지난 이틀간 뮤스는 밥 먹는 시간이나 잠자는 시간을 제외하곤 표피와 씨름을 하고 있었는데, 일행들은 그의 집중력에 대해 찬사를 보내고 있었다. 하지만 사람마다 사정은 있는 법, 평소 따분한 이동을 할 때마다 말벗이 되어주던 뮤스가 손바닥만한 표피 하나에 정신을 빼앗겨 아무런 말도 하지 않자 심심함을 억누를 길이 없었던 레이멜은 불만이 가득한 상태였다.

"이봐, 뮤스! 제발 그런 건 좀 치워두라고. 나이도 어린 녀석이 뭐가 이렇게 재미없어?"

뮤스는 지난 며칠 동안을 그래 왔듯이 이해하지 못할 말들을 중얼거리고 있었다.

"눈으로 사물을 구분할 수 있는 것은 모두 빛 속에 포함된 가시광선에 의한 것이다. 어떠한 물체가 자신이 받아들인 가시광선을 그대로 반대 편으로 방출할 수 있다면……."

잠시 귀를 기울여 뮤스의 중얼거림을 듣던 레이멜은 자신의 말에 대한 대꾸가 아니라는 것을 확인했고 포기한 듯 고개를 저었다.

"쳇! 인생을 참 재미없게 사는 녀석이군."

투덜거리는 레이멜의 바로 앞에서 아드리안이 말을 달리고 있었다. 그는 배경에 걸맞게 어려서부터 기마술을 배워온 만큼 이 중 누구보다 능숙하고 안정적인 모습으로 말을 타고 있었다. 그런 그의 뒤에서 레이멜과 함께 달리던 그라프가 속도를 내어 앞으로 나서며 외쳤다.

"이보게, 아드리안! 조금만 가면 엘프 숲의 결계석에 도착하니 속도를 좀 줄이게!"

"네! 알겠습니다, 그라프님!"

그라프와 아드리안이 말을 주고받자 그동안 카일락스의 표피에 정신을 빼고 있던 뮤스가 시선을 떼며 물었다.

"레이멜 씨, 결계석이라는 것이 뭐죠?"

뮤스의 질문을 받은 레이멜은 어이없는 표정을 지었다. 방금 전 자신이 한 말에는 한마디 대꾸도 안 하던 그가 다른 사람들이 주고받는 말에 반응을 하고 있었기 때문이다.

"내 말을 일부러 무시한 거냐, 아니면 네 귀는 너에게 필요한 것만 골라 들을 수 있는 거냐?"

레이멜이 신경질적으로 말을 내뱉었지만 뮤스는 그가 이런 태도를 취하는 이유를 정말 모르는 표정이었다.

"네? 무슨 말 하셨나요?"

곁눈질로 뮤스의 표정을 살피던 레이멜이 답답한 한숨을 내쉬며 말했다.

"차라리 말을 말자. 엘프의 숲 주변에는 강력한 결계가 쳐져 있단다. 그것은 외부인들이 숲 속으로 들어오지 못하게 막거나 나이 어린 엘프들이 함부로 나올 수 없도록 막는 데 쓰이는데, 결계에 대해 알고 있는 엘프 이외의 외부인들이 침입하게 되면 며칠 동안이나 길을 잃고 헤매다가 결국 제자리로 돌아오게 된단다. 그러한 결계가 작동할 수 있도록 해주는 바위가 바로 결계석인 거지. 이제 알겠냐?"

그의 말을 듣고 있던 뮤스는 고개를 끄덕이고 있었는데, 뭔가 중요한 것이 빠졌다는 것을 깨달으며 다시금 물었다.

"그런데… 엘프가 뭐죠?"

순간적으로 레이멜은 달리던 말에서 떨어질 뻔할 만큼 커다란 충격에 몸이 휘청거렸다. 어렵사리 균형을 잡은 레이멜은 말 등으로 기어 오르며 입을 열었다.

"그걸 질문이라고 하는 거냐! 세상에 엘프를 모르는 녀석이 있다니! 장난이라면 이쯤에서 그만 하라고!"

하지만 뮤스의 표정은 장난과는 상당한 거리가 있어 보였는데, 그의 표정이 연기였다면 대륙 최고의 배우라고 칭해줄 용의도 레이멜에게는 있었다.

"너, 그럼 유사 인종이라는 말에 대해서는 알고 있냐?"

레이멜의 되물음에 생각해 보던 뮤스는 공학원의 드워프들을 떠올리며 고개를 끄덕였다.

"인간과 비슷하게 생겼지만 인간은 아닌 종족 아닌가요? 예를 들자면 드워프라든지……."

"그래도 드워프는 알고 있으니 다행이군. 엘프들 역시 그런 유사 인종 중 하나인데, 이름 그대로 요정들이지. 예전에는 각자의 숲에서 살고 있었지만 몇백 년 전부터는 그 수도 많이 줄어 엘프의 숲에 모여 살고 있단다."

"그럼 엘프들도 드워프들처럼 키가 작고 뚱뚱한가요?"

뮤스의 말대로 엘프의 모습을 머리 속에서 그려보던 레이멜은 실소를 터뜨렸다.

"풋! 엘프는 세상에서 가장 고귀한 종족인 동시에 가장 아름다운 종족이야. 드워프들과는 외모를 비교할 바가 아니지. 아마 엘프들 앞에서 드워프와 외모를 비교한다면 그 자리에서 널 죽이려 들걸? 모습은 거의 인간과 비슷하지만, 다른 점은 머리칼이 은발이고 귀가 뾰족하다는 것과 엄청나게 오래 산다는 거야."

한동안 엘프에 대한 설명을 듣고 있던 뮤스는 나름대로 엘프의 모습을 상상해 보기 시작했다.

빠른 속도로 달리던 일행들은 개울 하나를 넘은 것을 기점으로 점점 속도를 줄여 나갔다. 어느새 그라프가 일행들의 가장 앞쪽에서 달리며 길을 안내하기 시작했는데, 나무의 간격은 점점 좁아지기 시작했고 나뭇가지들은 더욱 멋대로 자라나 가는 길을 방해했다. 그렇게 반시간을 달렸을 즈음 그들의 앞에는 거대한 돌기둥이 서 있었다. 매끈한 질감을 가진 돌기둥의 높이는 약 5멜리쯤 되었고 표면에는 알 수 없는 글자들이 빽빽하게 새겨져 있었는데 그것이 무슨 글인지 알 도리는 없었다.

결계석 앞에 말을 세운 그라프가 조심스럽게 말에서 내리자 그의 뒤를 따르던 일행들도 말을 멈추며 말에서 내렸는데, 역시 뮤스는 목적지에 도착했다는 것을 인지 못했는지 혼자 말 등에 앉아 생각에 빠져 있었다. 고개를 설레설레 저은 레이멜은 뮤스의 다리를 잡아당겼다.

"뮤스, 다 왔으니까 이제 내려!"

"벌써요?"

그제야 정신을 차린 뮤스는 카일락스의 표피를 주섬주섬 가방에 넣으며 말에서 내렸고, 그라프가 만지고 있는 결계석을 바라보았다.

"저것이 결계석이라는 건가?"

결계석의 옆에 있던 그라프는 몸을 돌리며 일행들에게 말했다.

"흠… 결계가 해지되어 있군. 아무래도 엘프들에게 상황이 좋지 않은 듯해. 이곳으로 친구가 마중 나오기로 했으니 기다려 보세."

일행들은 자신들이 타고 온 말들을 나뭇가지에 묶어놓곤 장시간 말을 타고 오면서 뭉친 근육들을 풀기 시작했다.

해가 기울어지기 시작하면서 석양이 붉은색으로 무르익기 시작했다. 그때까지도 결계석 앞에서 엘프를 기다리던 일행들은 이제 오랜 기다림에 지쳐 있었다. 하지만 그라프만은 앉지도 않은 채 친구를 기다리고 있었는데, 시간이 갈수록 불안에 휩싸여 가는 듯했다. 하늘을 올려다보며 시간을 가늠하던 그는 바위에 기대어 쉬고 있는 쥬라스의 옆에 다가앉으며 입을 열었다.

"흠… 엘프들에게 무슨 일이 생긴 게 아닐까?"

쥬라스는 그의 말에 미소를 지으며 말했다.

"그라프님답지 않게 초조해하고 계시는군요. 평소 같았더라면 충분히 느낄 수 있으셨을 텐데… 눈을 감고 이 숲을 한번 느껴보세요."

"그렇지… 숲의 느낌."

그라프는 그녀가 시키는 대로 눈을 감았다. 그리곤 숨을 천천히 들이쉬기 시작했는데, 얼마 지나지 않아 코를 통해 상쾌한 숲의 향기가 몸속으로 들어오는 것을 느끼기 시작했고, 몸속을 한 바퀴 돌며 탁한 공기를 씻어준 숲의 공기는 날숨과 함께 다시 몸 밖으로 빠져나갔다. 숲의 기운을 몸소 느끼며 천천히 눈을 뜬 그라프는 평소와 같이 차분한 모습을 되찾았다.

"초조함 때문에 내가 깜빡하고 있었군. 엘프들과 숲은 영혼으로 묶여 있다는 것을. 하지만 예전보다는 숲의 기운이 많이 약해져 있어."

그와 함께 눈을 감고 있던 쥬라스 역시 착잡한 목소리로 동의하고 있었다.

"자연의 섭리를 깨뜨리며 탄생한 카일락스가 이 숲을 조금씩 죽이고 있는 거죠. 카일락스를 막지 않으면 얼마 지나지 않아 이 숲은 황폐해질 거예요."

"그러니 우리가 어떻게든 해봐야겠지."

숲의 기운을 느끼며 그라프가 걱정을 떨쳐 내고 있을 때 그를 부르는 뮤스의 목소리가 들려왔다.

"우와! 그라프님, 이 조그마한 빛덩이는 뭐죠?"

빛덩이라는 소릴 들은 그라프가 반가운 표정을 지으며 급히 시선을 돌리자 그의 생각대로 푸른색의 빛덩어리 하나가 뮤스의 주변을 맴돌고 있었다. 뮤스가 만져 보고 싶은 생각에 손을 뻗치면 푸른 빛덩이는 멀찌감치 떨어졌고, 다시 손을 거두어들이면 뮤스를 향해 다가오는 것이었다. 그 모습을 보던 그라프가 몸을 일으키며 말했다.

"그것은 엘프들이 부리는 실프라는 정령일세. 그냥 단순한 빛으로 보이지만 조금의 지능까지 가지고 있는 녀석이지. 이제 곧 엘프들이 이곳으로 올 것 같구먼."

따분한 표정으로 앉아 있던 세실프와 유겐 역시 정령의 존재는 처음 보는지 호기심 어린 눈으로 뮤스와 장난 치고 있는 실프를 바라보았고, 대화를 나누고 있던 아드리안과 큐리컬드 역시 별다를 바 없었다. 그 중 레이멜만이 마법사답게 별 대수롭지 않은 얼굴로 실프를 바라보고 있었다.

그것도 잠시, 뮤스와 장난을 치던 실프는 어디론가 사라졌는데 그 모습을 보던 뮤스는 아쉬움을 느꼈다.

"이런… 벌써 사라져 버리다니."

그의 옆으로 다가온 그라프는 실프가 사라진 곳을 바라보며 말했다.

"실프는 사라진 것이 아니라 우리가 여기 있다는 것을 주인에게 알리기 위해 간 것이지. 조금만 있으면 주인과 함께 다시 나타날 것이야."

그라프가 말한 조금이라는 시간은 뮤스의 생각보다 더욱 짧았다. 말이 끝나기가 무섭게 나뭇가지로부터 사람 모양을 한 인영이 뛰어내리며 모습을 드러내는 것이었다.

"하핫! 그라프, 이 친구! 내가 속이 타서 죽는 모습을 봐야만 속이 시원하겠나?"

반갑게 웃으며 다가온 인영은 그라프의 주름진 손을 덥석 잡았고, 갑자기 모습을 나타낸 인영이 자신의 오랜 지기인 엘프 루시아스라는 사실을 깨달은 그라프 역시 반갑게 웃으며 그의 손을 마주 잡았다.

"허헛! 내가 자네처럼 언제나 청춘인 엘프인 줄 아나? 늙은 몸을 이끌고 지금에라도 나타난 것이 다행인 줄 알게."

루시아스는 눈가에 주름이 예전보다 훨씬 늘어 있는 노안의 친구를 살폈다.

"그래, 이곳까지 오는 중에 아무 일도 없었나? 자네가 늦길래 걱정을 많이 했다네."

"카일락스들도 이 늙은이가 맛없다는 것을 알고 있나 보더군. 잠깐 저쪽을 보게나."

가벼운 농담을 건넨 그라프는 어느새 그들의 주변으로 모여든 일행들을 가리키며 소개를 하기 시작했다.

"처음에는 자네도 잘 알고 있는 쥬라스 사제와 집을 떠나왔는데, 도중에 운이 좋게도 꽤나 능력있는 친구들을 많이 만나 함께 오게 되었다네. 인간들이 너무 많다고 쫓아내지는 않겠지?"

일행들을 보며 빙그레 웃은 루시아스는 고개를 내저으며 말했다.

"설마 그럴 리가 있겠나? 우리를 돕기 위해 이곳까지 와주신 분들인데. 저는 엘프 족의 장로 중 하나인 루시아스라고 합니다. 아시다시피 그라프와 제법 오래 알고 지낸 친구죠."

　루시아스의 소개를 시작으로 일행들도 각자 자신의 소개를 했는데, 루시아스는 한 명 한 명의 소개를 귀담아들으며 그들에 대한 관심을 나타내고 있었다.

　그날 저녁 엘프 마을에서는 그들을 돕기 위해 이곳으로 와준 그라프와 그의 일행들을 위해 조용한 만찬을 준비하고 있었다. 엘프 로드와의 인사를 끝낸 일행들은 세 명이 쓰는 숙소를 하나씩 배정받았고, 각자의 방으로 들어가 짐을 풀기 시작했다.

　뮤스와 함께 방을 쓰기로 한 사람은 레이멜과 유겐이었는데, 그라프가 뮤스와 함께 방을 쓰고 싶어했으나 뮤스와 유겐의 사이를 해결해 보겠다는 레이멜의 부탁으로 유겐에게 양보한 상태였다.

　레이멜이 짐을 풀고 있을 때 뮤스는 나무옹이 모양으로 나 있는 창을 통해 엘프 마을의 전경을 바라보고 있었다. 대충 짐을 정리한 레이멜이 뮤스의 곁으로 다가와 밖을 내다보며 입을 열었다.

　"정말 멋진 광경이지? 세상에 이런 마을이 있다는 것이 믿기지 않는군."

　뮤스가 아무런 대답이 없자 여전하다고 생각한 레이멜은 뮤스의 어깨를 잡고 흔들었다.

　"이봐, 뮤스! 요즘 내 말을 너무 무시하는 거 아니냐, 앙?!"

　고요히 창밖을 바라보던 뮤스는 갑자기 레이멜이 자신의 몸을 흔들기 시작하자 고개를 돌리며 외쳤다.

　"으으윽… 무시하는 게 아니라 무언의 긍정을 한 거라고요!"

　"그럼 그렇다고 말을 할 것이지."

　그제야 마음이 풀린 레이멜은 창틀에 턱을 받치며 앉았다. 허공을 자유롭게 떠돌고 있는 수많은 실프들을 바라보고 있던 뮤스가 입을 열었다.

"정말 세상에는 제가 모르는 일이 너무 많아요. 얼마 전까지만 해도 모르는 것이 없다고 무의식 중에 자만하고 있었는데 이번 여행으로 그것이 얼마나 바보 같은 생각이었나를 깨닫고 있어요. 카일락스와 만난 이후부터 쭉 그 생각이었거든요."

피식 웃은 레이멜이 그의 머리를 쓰다듬었다.

"녀석, 네가 공학원인가 뭔가 하는 곳의 원장이라고 할 만큼 아는 것이 많다고 해도 그건 세상일의 극히 일부분이야. 네가 신이라도 되는 줄 알았냐?"

"신이라……."

뮤스의 머리를 쓰다듬다 손을 팅기며 두들긴 레이멜은 창틀에서 몸을 일으켰다.

"그런 생각은 머리로 하는 것이 아니라 경험으로 하는 거야. 아무리 많이 안다고 해서 모든 것을 이해할 수 있는 것은 아니라는 것이지."

그 점은 뮤스도 인정하고 있는 부분이었기에 저절로 머리가 끄덕여지고 있었다.

마지막으로 유겐이 짐을 모두 정리하자 뮤스와 레이멜은 함께 숙소 밖으로 걸어나왔다. 그들의 숙소는 나무의 아래쪽에 위치한 집들 중 하나였다. 이것은 나무의 도움을 받지 못하는 그들이 자유롭게 드나들 수 있도록 한 엘프들의 세심한 배려였다.

집 밖으로 나오자 아름드리 나무와 나무 사이에 형성되어 있던 공터에 긴 식탁이 놓여 있었다. 그 위에는 채식을 하는 엘프들답게 탐스럽게 익은 과일들과 싱싱한 야채들이 올려져 있었는데 무엇인가를 발견한 레이멜은 깜짝 놀라며 말했다.

"이럴 수가! 저것들이 다 영원의 열매 아냐?"

이곳으로 오는 도중 뮤스 역시 그간의 이야기를 모두 들었기에 영원의 열매에 대해서도 알고 있는 상태였다.

"저 노란색의 과일이 영원의 열매라고요? 하지만… 저렇게 많으니 왠지 귀해 보이지는 않는걸요?"

"나도 그래서 놀라는 중이야. 설마 우리가 목숨을 걸고 구하려 하던 것들이 이렇게 볼품없이 굴러다니는 열매였다니."

그들의 옆에 서서 함께 영원의 열매를 바라보던 유겐 역시 그러한 기분이 드는 듯했다.

"정말 허무하군요. 대장은 우리보다 더할 것 같은데요?"

말을 하던 유겐이 반대 편으로 시선을 돌려보니 아니나 다를까 자신의 숙소에서 나오다 말고 멍한 얼굴로 서 있는 아드리안의 모습이 보였는데, 먼 거리였기에 잘 들리지는 않았지만 그라프가 그의 어깨를 두드려 주며 위로(?)를 해주는 것 같았다.

잠시의 시간이 지나자 집 안에 있던 엘프들이 만찬에 참여하기 위해 모여들기 시작했고, 장로급의 엘프들도 한 명씩 눈에 띄기 시작했다. 그들을 바라보고 있던 뮤스가 잠시 망설이며 물었다.

"저… 레이멜 씨, 이것도 이상한 질문일지 모르겠는데 엘프들은 나이를 어떻게 알아보죠? 루시아스님이 장로라고 하셨는데 도저히 겉으로 보기에는 다른 엘프들과 차이가 없어서……."

당연히 레이멜의 답답함의 한숨 소리가 들려올 것이라 생각하고 있던 뮤스는 예상이 깨어지자 의아한 표정으로 레이멜을 바라보았는데,

그 역시 거기까지는 알지 못하는 듯한 표정이었다.

"그, 글쎄. 엘프들이 인간보다 청년기가 수십 배나 길다는 것까지는 알겠는데……."

"그럼 누구한테 물어보지?"

어깨를 으쓱한 레이멜은 그라프와 대화를 나누고 있는 루시아스를 바라보며 말했다.

"그건 루시아스님께 직접 물어보는 것이 가장 빠르지 않을까?"

뮤스는 주저하며 되물었다.

"루시아스님과는 아직 개인적으로 이야기도 못해봐서 선뜻 묻기가 껄끄러운걸요."

동시에 레이멜이 내리는 질책의 알밤이 뮤스의 머리를 향해 날아왔다.

"아무튼 볼수록 답답한 녀석이군. 언제까지 상대방이 다가와 주기를 기다릴 거야? 그러니까 세실프랑 유겐과 친해지기 힘들어지는 거 아냐."

아무 생각 없이 둘의 대화를 듣고 있던 유겐은 불현듯 자신의 이름이 나오자 레이멜의 얼굴을 바라보았다. 하지만 그에 대해 신경 쓰지 않은 레이멜은 이번 기회에 뮤스의 적극적이지 못한 성격을 바로잡아야겠다고 생각했는지 계속해서 몰아붙여 나갔다.

"모험을 하다 보면 언제 위험한 상황에 닥칠지 모르니 도움을 받으려면 믿을 만한 친구를 사귀는 것이 아주 중요하다고. 하지만 그가 믿을 만한 친구인지 알아보는 것은 더욱 중요한 일이지. 그렇게 상대방에 대해서 알아볼 수 있는 방법이 바로 대화인데, 너는 대화를 꺼리니 어떻게 모험을 할 수 있겠어? 운이 나빠서 우리 일행이 아니고 꿍

꿍이를 가진 녀석들을 만났다면 아마 큰일을 당했을지도 모를 일이
지."

　뮤스는 마치 웃어른에게 꾸지람을 듣는 아이마냥 얼굴을 숙인 채 들
지 못하고 있었다. 그는 지금 자신의 성격에 대해 곰곰이 생각해 보는
중이었다. 그리고 짧은 시간 동안 카타리나에게 고백하기 위해 고생하
던 기억부터 크라이츠의 장난에 대응 한번 못해본 일들이 머리 속을
지나가고 있었다. 그러던 중 유독 드워프들 앞에선 자신감이 넘치는
자신의 모습을 떠올리자 머리 속이 복잡해지는 것을 느꼈다.

　"그러고 보니 이상하네요."

　레이멜은 자신이 잡아놓은 분위기와 전혀 다른 이야기가 나오자 되
물었다.

　"이상하다니, 그건 또 무슨 말이야? 내 말이 틀리기라도 했다는 거
냐?"

　하지만 뮤스는 그의 되물음에 엉뚱한 말을 던지며 일어났다.

　"레이멜 씨, 정말 고마워요. 저는 잠시 숙소로 들어가서 생각해 볼
것이 생겼으니 다른 분들께는 죄송하다고 전해주세요."

　"생각? 그, 그러지 뭐."

　그의 갑작스럽게 돌변한 태도를 이해할 수 없었던 레이멜은 무의식
적으로 고개를 끄덕였다.

　창으로 음악 소리가 들려오기 시작했다. 엘프들의 만찬과 함께 준비
된 음악이 연주되고 있는 것이었다. 그것은 인간들이 사용하는 악기에
서 흘러나오는 음색과는 사뭇 달랐다. 마치 아름다운 바람 소리와 새
의 지저귐 소리가 절묘하게 어울려 아름다운 음악을 만들어내기라도

한 듯 인공의 음색이 아닌 말 그대로 자연의 음색이었다.

만찬을 마다하고 숙소로 들어온 뮤스는 창가에 앉아 생각에 잠겼다. 정체를 알 수 없는 복잡한 고민덩어리가 머리 한 켠에 자리 잡고 있었지만 그 이면에는 큰 것을 얻을 수 있을 것이라는 기대감도 동시에 자리 잡고 있었다.

그는 레이멜이 한 말을 되새기며 이 세계에 오기 전 자신의 모습을 떠올리고 있었다.

"훗! 정말 내가 생각해도 무모할 정도로 당당했었지. 실수도 많았지만 나름대로 꽤 즐거웠으니……."

비록 그것이 철이 들지 않은 상태였다고는 하나 누구의 앞에서도 의지를 굽히지 않고 자신이 하고자 하는 일은 누가 뭐라고 하더라도 해내고야 마는 적극적인 성격 하나로 살아온 그였던 것이다. 옛 기억을 떠올리며 미소 짓고 있던 뮤스는 안색을 바꾸며 입을 열었다.

"그렇다면… 무엇이 나를 이렇게 변하게 만든 것일까?"

스스로에게 질문을 던진 뮤스는 그에 대한 명확한 대답을 찾아낼 수 없었는데, 언제나 자연스러운 분위기에서 함께 생활하던 켈트의 모습을 떠올리며 결국 고개를 저었다.

"아니, 나는 변한 것이 아니야. 내가 만약 변한 것이라면 켈트 아저씨의 앞에서도 자신감없는 모습이어야 하거든. 그렇다면 두 개의 성격을 가지고 있는 건가?"

자문자답을 하던 뮤스는 묵직한 한숨을 내쉬었다.

"이런 것인가? 이론으로 풀 수 없는 문제라는 것이……."

결국 답을 구하지 못한 뮤스는 눈을 감고 자신의 어렸을 적 기억을 거슬러 올라갔다. 기억이 확실한 것은 아니었지만 지금까지의 자신의 모습을 되뇌이며 무엇인가를 얻으려 하는 것이었다. 이것이 얼마나 큰 효과가 될지는 모르지만 가슴속에 답답함을 남긴 채 이대로 포기한다면 앞으로도 영원히 그것을 잃은 상태로 살아가야 할 것 같은 불안함 때문이었다.

시간은 바람을 탄 듯 빠르게 흘러갔고 창밖에서 들어오던 음악소리도 어느샌가 멈추어 있었다. 그리고 시끌벅적한 말소리들이 오가고 있었는데 일행들과 엘프들 모두 지금만큼은 카일락스에 대한 생각을 접고 즐기는 듯했다.

뮤스는 그 자세 그대로 몇 시간째 유지하고 있는 중이었고 눈이 감긴 그의 얼굴은 한 점의 변화도 없이 고요했다. 그렇게 차를 한 잔 마실 정도의 시간이 더 지나자 가슴만을 조금씩 움직이며 코를 통해 미미한 숨을 내쉬던 뮤스는 영원히 움직이지 않을 것같이 감고 있던 눈을 천천히 떴다. 그리고 마지막으로 참고 있던 숨을 내쉬었는데 그의 안색은 한결 좋아져 있었다.

"그래… 그것은 명신과 뮤스와의 차이에서 나오게 된 오류였어. 그렇게 당당하던 명신이 이 낯선 세상 속에서 주눅 든 뮤스로의 삶을 살아가려 안달을 했으니 본래의 색을 잃을 수밖에……."

말끝을 흐린 그는 창밖을 내다보았다. 그곳에는 자신과 함께 온 일행들이 기분 좋게 취해 만찬을 즐기고 있었으며 엘프들 역시 지난 며칠간의 시름을 잊으려는 듯 이 시간을 즐기고 있었다.

"비록 아직 명확한 답을 찾지는 못했지만 더 이상 이 낯선 세상의 위압감에 주눅 든 뮤스로 살아갈 수는 없지. 한 번의 실패로 스스로를 좌절의 구덩이로 밀어 넣는 그런 나약한 존재로 남지는 않을 거야."

훗날 뮤스에게 큰 변화를 줄 깨달음은 여행과 함께 시작되고 있었다.

의자에 앉은 채 깜빡 잠이 든 뮤스는 눈을 떴다. 어느새 해는 떠올라 방 안을 밝히며 눈을 부시게 만들었고 싱그러운 풀 내음이 흘러들어 코를 간질였다. 손등으로 눈을 비빈 뮤스는 방 안을 둘러보았다. 하지만 레이멜과 유겐의 모습은 보이지 않았는데, 밤새 술을 마시다 미처 들어오지 못하고 밖에서 잠이 들었을 것이라 추측할 수 있었다.

숙소의 문을 열고 나온 뮤스는 고개를 내저을 수밖에 없었는데, 엘프들의 모습은 하나도 보이지 않는 반면에 쥬라스 사제를 제외한 일행들은 모두 정신을 잃은 듯 탁자에 얼굴을 묻고서 잠이 들거나 풀이 무성한 바닥을 침대 삼아 누워 자고 있는 상태였다. 그중 큐리컬드와 레이멜이 서로 술 대작을 벌인 듯했는데, 기이한 형태로 널브러져 잠을 자고 있는 그들의 주변에는 술을 담았던 듯한 나무 주전자가 몇 개씩이나 비워져 있었다. 그들에게 다가간 뮤스는 레이멜의 어깨를 흔들어 깨웠다.

"레이멜 씨, 어서 일어나요!"

"으음… 뭐, 뭐야……."

눈도 제대로 뜨지 못하는 레이멜은 손으로 땅을 짚으며 몸을 일으키려 했지만 결국 뜻을 이루지 못하고 다시 널브러졌다. 그의 모습을 보며 다른 일행들 역시 상황이 비슷할 것이라고 생각한 뮤스는 일행들을 깨우는 것을 관두고서 잔뜩 어질러져 있는 식탁 쪽으로 다가갔다.

식탁 위에는 먹다 남은 과일들이 굴러다녔고 잘게 썰린 야채들과 소스들이 엉겨 붙어 보기에 좋지 않은 모습을 하고 있었다. 하지만 뮤스는 인상 하나 쓰지 않고 식탁 위를 치우기 시작했다.

금세 식탁 하나가 깨끗해지자 손에 묻은 찌꺼기를 털어낸 그는 물이 담긴 그릇에 손을 씻고 의자에 앉았다. 그리곤 가방을 그 옆에 올려놓고 여러 가지 도구들을 꺼내기 시작했는데, 그의 손놀림은 그 어느 때보다 가벼워 보였다.

시간이 조금 흐르자 잔디에 얼굴을 파묻고 죽은 듯이 잠을 자고 있던 레이멜이 꿈틀거리기 시작했다. 그리고 고개가 옆으로 천천히 돌아가더니 이내 듣기에도 탁한 소리와 함께 입으로부터 이물질들이 뿜어져 나왔다.

"울럭… 웨에에엑! 우웨엑!"

하지만 아직 몸이 땅에 누워 있는 상태였기에 힘겹게 게워냈음에도 불구하고 멀리 가지 못하고서 그의 얼굴 앞에서 점차 영역을 확장하는 중이었다. 이내 이물질들이 레이멜의 얼굴 쪽으로 흘러와 한쪽 뺨을 시원하게 적시자 그제야 눈을 뜬 레이멜은 다급히 뺨에 묻은 이물질들을 손으로 닦아내며 몸을 일으켰다.

"이런 빌어먹을! 다 젖었잖아?!"

대충 얼굴을 닦아낸 레이멜이 아직도 덜 깬 눈으로 주변을 둘러보자 일행들 역시 이제야 잠이 조금씩 깨는지 몸을 일으키며 기지개를 켜고 있었다. 아무도 자신이 토하는 것을 못 본 듯하자 그는 서둘러 흙을 덮어 토사물을 숨기기 시작했다. 그때 가장 우려하고 있던 목소리가 등 뒤에서 들려왔다.

"크큭! 이보게, 레이멜. 그렇게 숨긴다고 해결되겠나? 그냥 패배를 받아들이시지?"

등줄기로 땀이 흐르는 것을 느낀 레이멜은 천천히 고개를 뒤로 돌렸다. 그곳에는 예상대로 안색이 그리 좋지 않은 큐리컬드가 바위에 몸을 기대어 앉아 있었고, 동시에 지난밤 자존심을 걸고서 술 대작을 하던 장면을 떠올릴 수 있었다. 그렇다고 해서 패배를 순순히 인정할 레이멜은 절대 아니었다.

"이봐, 누가 졌다는 거야? 난 그저 자다가 침을 흘렸을 뿐이라고!"

"푸핫! 그게 말이 되는 소리야? 침을 그렇게 거창하게 흘리면 장가 가서 큰일 나겠군! 크크크큭!"

말도 안 되는 변명에 배를 부여잡으며 웃던 큐리컬드는 갑자기 웃음을 멈추며 입을 손으로 막았다. 하지만 그것만으로는 역부족이었는지 입을 막고 있던 손 사이로 걸쭉한 액체가 새어 나오기 시작하는 것이었다.

"으으윽… 우웨에엑! 우웨에엑!"

결국 레이멜을 비웃던 큐리컬드 역시 토사물을 게워내기 시작했고 그들의 대결은 무승부로 돌아가게 되었다.

그때 식탁의 한쪽 끝에 앉아 잠을 자고 있던 세실프는 머리를 부여잡으며 일어났다. 그녀는 숙취가 심한지 미간을 찌푸리고 있었다. 자리에서 일어나던 그녀는 옆의 탁자에서 뭔가 열심히 만들고 있는 뮤스를 볼 수 있었다. 괜히 뮤스만 보면 심통이 나는 그녀는 그냥 지나칠 수 없었기에 한마디 던졌다.

"아침부터 궁상맞게 뭐 하는 거야? 쳇, 널 보니까 아침부터 머리가 다 아프군."

말을 마친 그녀는 뮤스의 얼굴을 살폈는데, 자신의 윽박지름으로 기가 죽은 뮤스의 얼굴을 보고 싶어서였다. 하지만 뮤스의 대답은 그녀의 예상을 전혀 벗어난 것이었다.

“아! 세실프 누님, 일어났군요. 술을 많이 마신 것 같던데 몸은 좀 괜찮나요?”

자신을 누님이라고 부르는 뮤스를 보며 세실프는 적잖게 당황하고 있었다.

“누, 누가 네 누님이라는 거야!”

여전히 뮤스는 빙글빙글 웃는 얼굴이었다.

“어떻게 부르든 그건 제 마음이죠. 숙취가 심할 테니까 이거라도 드세요.”

말을 마친 뮤스는 가방에서 숙취약을 꺼내 세실프에게 내밀었는데 원래 술이 약한 뮤스가 술을 마신 후 숙취에 시달렸기에 가지고 다니던 것이었다. 그 모습을 보며 할 말이 없어진 세실프는 자신도 모르게 숙취약을 받아 들었고, 뮤스는 다시 고개를 돌려 하던 일을 계속하기 시작했다. 세실프는 벙찐 얼굴로 손에 쥐고 있는 숙취약을 바라보며 중얼거렸다.

“이상하네… 저 녀석 밤새 뭘 잘못 먹기라도 한 건가?”

그녀는 혼잣말을 하며 숙소로 향했지만 아무리 생각해도 이해가 가지 않는 듯 뮤스에게서 쉽게 시선을 떼지 못했다. 뮤스는 이렇게 자신의 본모습을 찾기 위해 조금씩 노력하기 시작한 것이다.

오후가 되어서야 본래의 상태를 되찾은 일행들은 공터에 모여 앉았다. 엘프 족 중에는 루시아스만이 함께 앉아 있었다. 이번 카일락스의 일에 대한 모든 일을 그가 전담했는데, 엘프 로드는 머릿수가 많을수록 의견 수렴에 지장이 있다는 판단을 내렸고 루시아스 이외의 엘프들은 그들이 활동할 때 필요한 지원을 해줄 뿐이었다.

현재 이야기의 주축을 이루고 있는 이는 루시아스였다. 그는 근심 어린 표정을 감추지 못한 채 카일락스가 숲에 나타난 경위에 대해 설명하고 있었다.

"얼마 전 부족의 한 엘프가 인간 세상으로 여행을 나갔었습니다. 그 아이는 인간 세상을 유람하다가 한 모험자 집단에 합류하게 되어 고대 유적을 탐험하게 되었다고 하더군요. 그곳에서 카일락스의 알을 우연히 발견하게 된 것이었죠."

루시아스가 말을 하는 도중에 뮤스가 서슴없는 목소리로 질문을 던졌다.

"그럼 그분께서는 그것이 카일락스의 알인 줄 몰랐던 것인가요?"

"그렇습니다. 사실 카일락스의 알은 우윳빛의 아름다운 돌 모양을 하고 있기 때문에 그 아이는 그저 귀한 보물인 줄로만 알고 있었던 것이죠."

뮤스는 그가 대답한 내용을 준비해 왔던 책자에 적어 나갔는데, 카일락스에 대한 자료를 수집하려는 것이었다. 그런 뮤스의 모습을 눈에 이채를 띠며 지켜보던 레이멜은 하룻밤 사이에 그의 기질이 변해 있는 것을 깨닫고 있었다. 루시아스의 이야기가 계속되었다.

"문제는 거기서부터 시작된 것입니다. 사실 인간 세상을 모험하고 숲으로 귀환할 때에는 허락없이 외부의 물건을 들여오지 못하는 것이 부족의 규율이었습니다. 하지만 그 아이는 카일락스의 알을 가지고 싶은 마음에 숲에 들어서자마자 '로아드 연못'에 표식을 해두고서 묻었고 시간이 지난 후에 다시 꺼내올 생각을 했던 것이죠."

잠자코 듣고 있던 그라프는 그제야 일의 전말을 깨달으며 탄식했다.

"허헛! 하필이면 알을 숨긴 곳이 연못이었다니… 그것이 큰 실수였구먼. 그 엘프는 지금 어디 있는가?”

“후에서야 그것이 카일락스의 알이었다는 것을 알게 되어 지금은 자신의 집에서 나오지도 않은 채 혼자 속을 태우고 있다네.”

그라프는 마치 자신의 동생이라도 되는 듯 안타까워했다.

“쯔쯧… 혹시 자네가 말하는 그 아이가 이브리엘인가? 어제 만찬 때도 이브리엘의 모습이 보이지 않던데.”

루시아스는 대답 대신 고개를 끄덕였다.

“어쩐지 자네의 안색이 어둡다 했더니…….”

그가 이브리엘을 아는 것은 먼젓번 이곳에 왔을 때 만난 적이 있었기 때문이다. 그녀는 차분한 성격을 가진 다른 엘프들과는 다르게 활달한 성격을 가지고 있었는데, 유난히 붙임성이 좋아 그라프와도 많은 이야기를 나누었던 기억이 있었다. 게다가 루시아스와 특별한 사이라는 것을 알고 있던 그라프였기에 걱정이 각별할 수밖에 없었다.

“그렇다면 이브리엘도 이번 일에 동참시키는 것이 어떻겠는가?”

루시아스는 깜짝 놀라며 되물었다.

“그것이 무슨 소린가, 이브리엘을 동참시키자니?”

“생각해 보게나. 설사 우리가 카일락스를 제거한다고 해서 그 아이가 마음의 짐을 벗을 수 있을 것 같은가?”

답을 바라지 않는 질문을 던진 그라프는 고개를 저으며 말을 이었다.

“내가 보기에는 일이 좋게 해결된다고 해도 그 아이는 평생 이번 일을 마음에 담고 살아갈 것일세. 그러니 그것을 털어버릴 수 있도록 이브리엘에게도 기회를 주자는 것이야.”

충분히 수긍할 만한 이야기였다. 하지만 누구보다 이브리엘을 잘 알고 있는 루시아스로서는 선뜻 받아들일 수 없는 제안이었다.

"하지만 이브리엘을 위험으로 밀어 넣을 수는 없다네. 그야말로 그 아이는 보통의 엘프란 말일세. 혹시라도 이브리엘이 위험에 빠진다면 나는……."

차마 둘의 대화에 끼어들지 못한 채 듣고만 있는 일행들 사이에서 뭔가를 열심히 적고 있던 뮤스가 루시아스를 향해 입을 열었다.

"그분 한 명이라면 카일락스로부터 확실하게 보호할 수 있습니다."

모든 이들의 시선이 갑자기 끼어든 뮤스를 향해 모아졌다. 루시아스는 얼굴에 희색을 띠며 되물었다.

"그 방법이 무엇이죠?"

모든 이들의 질문을 루시아스가 대신한 듯 다른 이들은 뮤스의 대답을 기다리고 있었는데, 그들의 시선을 받은 뮤스는 거리낌없이 가방에서 주먹만한 검은 물체를 꺼내 들었다.

"아침에 생각나는 것이 있어 만든 것인데 일종의 '음향발생기' 입니다. 안타깝게도 부품이 모자라 한 개밖에 만들지 못했어요."

뮤스의 손에 들린 것을 바라보던 세실프는 식탁 앞에 앉아서 그가 만들고 있던 것이라는 것을 떠올리며 물었다.

"겨우 그런 물건이 어떻게 카일락스의 공격을 방어한다는 거야?"

선뜻 믿지 못하는 그녀의 말에 가볍게 웃은 뮤스는 음향발생기에 붙은 버튼을 꾹 눌렀다. 그러자 음향발생기로부터 카일락스의 날갯짓 소리와 흡사한 소리가 흘러나오기 시작하는 것이었다.

우우웅…….

그 소리에 깜짝 놀라고 있는 일행들을 둘러보며 다시 버튼을 눌러

작동을 멈추게 한 뮤스는 설명을 시작했다.

"이 음향발생기를 만든 것은 모기의 습성에서 착안한 거예요. 원래 교미를 끝내고 산란 중에 있는 암모기는 숫모기가 접근하는 것을 극히 싫어한답니다. 그렇기 때문에 숫모기의 날갯짓 소리를 들으면 숫모기가 접근하는 것으로 착각하고 접근하지 않게 되죠. 이것은 모기에서 파생된 카일락스에게도 역시 해당될 것입니다. 그래서 숫카일락스의 날갯짓 소리를 임의로 만들어낸 것이에요. 하지만 원거리대화기의 부품을 사용한 것이기 때문에 출력이 작아서 보호할 수 있는 범위가 한 사람 정도에 국한되어 있죠."

신기하기만 한 뮤스의 설명을 듣고 있던 루시아스가 고개를 갸웃거리며 물었다.

"그렇다면 암카일락스만 쫓아낸다는 것인데 수컷의 공격은 어떻게 피할 수 있습니까?"

루시아스의 옆에서 무릎을 치며 감탄하던 그라프가 대신 대답을 해주었다.

"허헛! 그런 것에서까지 착안을 얻다니 대단하군! 원래 사람의 체액을 빨아 먹는 것은 암카일락스들이지. 수컷들은 나무에 붙어 나무액을 빨아 먹고 살거든. 그러니 암컷만 막으면 되는 것일세."

그라프의 설명을 모두 듣고서야 완전히 이해가 된 루시아스는 눈앞의 인간 청년을 새로운 시각으로 바라보게 되었다. 가볍게 미소 지은 뮤스가 손에 든 음향발생기를 루시아스에게 건네며 말했다.

"이것을 이브리엘님께 전해 드리고 내일 꼭 몸에 지니라고 말을 전해주세요."

그것을 받아 든 루시아스는 손에 들린 음향발생기와 뮤스를 번갈아 바라보았다.

"뮤스 군이라고 했던가요? 대단한 능력을 가지고 있었군요."

루시아스뿐만 아니라 다른 일행들 역시 새삼스럽게 바라보고 있었는데, 그중에는 세실프와 유겐도 끼어 있었다. 평소 같았다면 세실프가 잘난 척한다며 또 한바탕 비아냥거렸을 테지만 아침의 일부터 해서 뮤스의 태도가 변하자 더 이상은 그럴 수가 없었던 것이다.

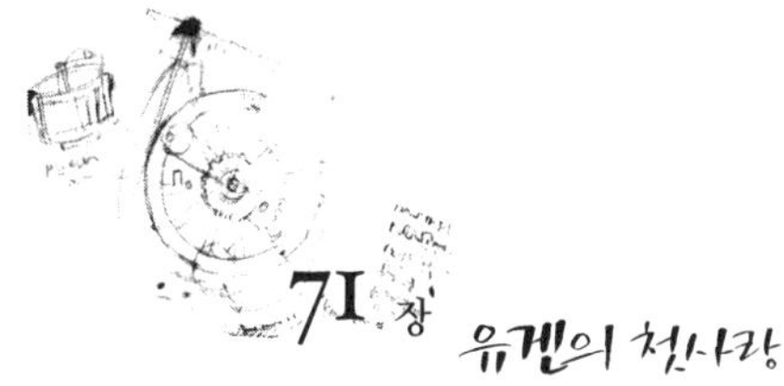

한 시간이 넘도록 회의는 계속되고 있었다. 결국 뮤스가 만든 카일락스 퇴치 기구로 인해 이브리엘이 함께 동행하기로 결정을 내렸고, 이어서 카일락스의 서식지로 이동하는 방법 등에 대해서 의논이 오가고 있었다. 여러 가지 의견이 나왔지만 결국은 그라프가 준비해 온 나노이드잠사 그물을 이용하기로 했는데, 그 편이 카일락스의 공격을 피할 수 있는 가장 확실한 방법이었기 때문이다. 하지만 공격받을 때마다 그물을 치는 것은 불가능에 가까웠기에 또 다른 문제점에 봉착해 있었다. 그라프의 설명이 계속되고 있었다.

"우리가 아무리 빨리 그물을 친다고 해도 5분 이상의 시간이 걸린다네. 그에 비해 쥬라스나 루시아스가 카일락스의 움직임을 탐지할 수 있는 거리는 500멜리 남짓하니, 카일락스가 우리를 발견하고 날아올 때까지는 1분도 걸리지 않는다네. 쉽게 말하자면 카일락스가 공격해

오는 것을 알아채고서 그물 칠 준비를 하고 있는 사이 카일락스들은
우리 머리 위를 날아다닐 것이란 거지."

지금까지 한마디도 하지 않고 듣고만 있던 큐리컬드가 처음으로 입
을 열었다.

"그렇다면 각자 하나씩의 틀을 만들어 그 위에 나노이드잠사 그물을
씌우는 것은 어떨까요? 넓은 면적에 그물을 친다면 시간이 많이 걸리
겠지만 각자 가지고 있는 틀을 덮어쓰는 것은 금방일 테니까요."

큐리컬드의 의견을 들은 일행들은 곰곰이 생각해 보기 시작했다. 그
러던 중 레이멜의 반론이 제기되었는데, 술 대작을 한 이후로 둘 사이
에는 미묘한 경쟁심이 생겨나 있는 상태였다.

"내가 알기로 카일락스 대롱침의 길이는 대략 30셀리 이상이고, 녀
석들이 전력으로 날아든다면 신축성을 가진 나노이드잠사 역시 30셀
리 이상 늘어날 거야. 이것만으로도 자네가 말한 그물의 틀이 몸으로
부터 60셀리 이상은 떨어져 있어야 하는데, 몸의 부피를 포함해 계산
한다면 틀의 지름이 170멜리는 되어야 한다는 말이 되는군. 그것은 개
인이 들고 이동할 수 있는 부피가 아니야. 게다가 틀이 카일락스의 힘
을 견딜 만큼 견고해야 하니 어지간한 재료로는 어림도 없고, 나무나
금속으로 만든다면 무게 또한 만만치 않겠지."

큐리컬드와 일행들 역시 그의 말에 수긍하듯 고개를 끄덕였고, 레이
멜은 그저 그의 입을 막았다는 것에 미소를 짓고 있었다. 하지만 오직
뮤스만이 생각을 달리하는 듯했다.

"제가 보기에는 큐리컬드 씨의 제안이 아주 좋은 방법이 될 듯합니
다."

뮤스의 목소리에 회심의 미소를 짓던 레이멜의 얼굴이 굳었다. 당연

히 그의 속내를 알지 못하고 있을 그는 뮤스에게 어이없는 배반감을 느꼈던 것이다.

"그럼 그 큰 그물틀을 각자 들고 움직일 수 있다는 거야?"

어깨를 으쓱거린 뮤스는 고개를 끄덕이며 말을 이었다.

"그 틀을 어떻게 만드느냐에 따라 달려 있겠죠. 물론 보통의 방법으로 만든다면 레이멜 씨의 말대로 불가능하겠지만 탄성이 있는 가벼운 금속으로 만든다면 큐리컬드 씨가 말씀하신 그물틀을 충분히 만들 수 있습니다. 무게도 적게 나갈 뿐 아니라 접어서 부피까지 줄일 수 있으니 휴대를 하는 데에도 큰 무리가 없을 것 같습니다."

순간 레이멜과 큐리컬드의 전세가 역전되어 버렸는데 큐리컬드는 어깨를 우쭐하며 고개를 뻣뻣이 들고 있었고, 레이멜은 못마땅한 표정을 짓고 있었다. 뮤스가 기발한 생각을 말할 때마다 혀를 내두르던 그라프는 또 한 번 혀를 내둘러야만 했다.

"참! 그렇다면 자네가 그것을 제작할 수 있겠나?"

"물론입니다, 그라프님. 할 수 없는 일이라면 말을 꺼낼 필요도 없었겠죠."

뮤스 스스로 생각하기에도 이런 말투가 거만해 보일 수도 있다고 생각되지만 그에게 있어서 이것은 자신감의 표현이었고, 일행들 역시 뮤스의 능력을 인정하고 있는 상황이었기에 그를 거만하다고 보는 이는 없었다.

뮤스 덕분에 또 하나의 문제점이 해결되자 마지막으로 카일락스의 번식을 막을 방법에 대한 이야기로 들어가게 되었다. 그것에 대해서는 그라프가 미리 준비해 온 생각이 있다고 했기에 별다른 의논이 필요하지 않았는데, 그라프는 품에 손을 넣어 노란 액체가 들어 있는 병을 조심스럽게 꺼냈다. 손을 들어 보이며 일행들에게 보여준 그라프가 농담을 던지며 자세한 설명을 시작했다.

"허헛! 뮤스 군 덕분에 대현자라는 이름이 무색해졌군. 내 손에 들려 있는 노란 액체는 카일락스의 번식을 억제하기 위해 내가 직접 만든 것일세. 이 액체는 카일락스의 성장을 억제하는 작용을 하는데, 번데기에서 성충으로 탈피하는 과정에서 탈피에 필요한 양분을 공급받지 못하게 해 번식을 할 수 없게 만든다네. 다른 독소를 사용하여 유충들을 죽일 수도 있겠지만 그것은 숲에도 악영향을 끼치기 때문에 이 방법을 택한 것이지."

그라프의 설명을 듣고 있던 뮤스 역시 일행들과 함께 감탄성을 터뜨렸다. 그라프가 만든 '발육 억제제' 는 웬만한 생물 공학의 지식으로 만들기는커녕 이해하기도 힘든 개념이라는 것을 잘 알고 있기에 새삼 그라프가 대현자라는 칭호가 아깝지 않을 정도의 지식을 가지고 있다는 것을 인정하지 않을 수 없었다. 이렇게 해서 카일락스에 대한 의논이 끝나게 되자 내일 카일락스의 서식지로 떠나기로 결정이 되었고, 그 준비를 위해 일행들은 각자 자리를 털고 일어났다.

공터에는 뮤스를 비롯해 아드리안, 레이멜, 유겐, 큐리컬드가 무엇인가를 만드는 데 열중하고 있었다. 그들은 이리저리 휘어지는 얇은 금속 막대를 들고 있었는데 뮤스가 만드는 것을 보며 따라 만들고 있었다. 능숙한 솜씨로 금속 막대의 끝을 잡고 나노이드잠사로 고정시킨 뮤스는 다른 금속 하나를 엇갈려 끼우며 말했다.

"일단 형태를 만들어야 하니 나노이드잠사로 금속 막대의 양쪽 끝을 고정시켜 주세요. 그리고 또 다른 금속 막대를 엇갈려 끼운 후, 엇갈리는 부분을 굵은 철사로 고정시켜 주면 기본은 된 거예요. 이런 식으로 총 네 개의 금속 막대를 쓰면 카일락스의 힘으로는 도저히 어쩔 수 없는 튼튼한 금속 틀이 만들어지게 되죠. 간단하죠?"

하지만 다른 일행들은 뮤스가 하는 만큼 쉬워 보이지 않았는데, 탄력이 좋은 금속 막대였기에 실수로 놓치기라도 하는 날이면 저만치 날아가 있었고, 심지어는 턱을 강타당하기도 했다. 하지만 시간이 지나자 그럭저럭 모양새를 만들 수 있었는데, 그들의 옷은 땀으로 흠뻑 젖어 있었다. 겨우 자신의 틀을 완성시킨 아드리안이 손으로 부채질을 하며 말했다.

"휴우… 직접 해보니 뮤스, 네가 얼마나 대단한 줄 알겠군. 그때 숲에서 널 만나지 않았다면 정말 난감했겠는걸."

레이멜 역시 자신이 만든 엉성한 틀을 뮤스가 만든 것과 비교하며 동의했다.

"그러게 말이야. 그러니 여기에 있는 사람들은 나에게 감사해야 한다니까. 내가 뮤스를 몰랐다면 그냥 지나쳤을 거 아냐. 그렇지 않아, 유겐?"

잠시 쉬고 있던 유겐은 또다시 자신을 들먹거리는 레이멜을 향해 투덜거렸다.

"왜 툭하면 제 이름을 부르고 그래요? 그때야 추방자라는 신분 때문에 꺼려했지만 지금은 나도 뮤스 군을 인정하고 있으니까 그만 하라고요."

"진작에 그럴 것이지 왜 누나를 따라서 냉소적인 척한 거야? 응?"

"파솔에서 뮤스 군 이야기를 들은 다음부터는 아무 말도 하지 않았어요!"

그들이 실랑이를 벌이고 있을 때 겨우 틀을 철사로 마무리할 수 있었던 큐리컬드가 뮤스에게 보이며 물었다.

"이 정도면 되겠어?"

손으로 연결 부위를 만져 보며 상태를 확인하던 뮤스는 미소를 지으며 엄지손가락을 내밀었다.

"네, 좀 시간이 걸리긴 했지만 이 정도면 이 중에서 가장 튼튼한 것 같아요."

"하핫! 그런가?"

자신이 한 일에 대해 높은 평가를 받자 큐리컬드는 진심으로 기쁘게 웃고 있었다. 정성스럽게 만들어놓은 틀에 묻은 먼지를 털던 큐리컬드가 지나가는 목소리로 물었다.

"자네… 추방자였나?"

뮤스는 자신이 추방자라는 것을 숨길 필요를 못 느꼈기에 있는 그대로 대답했다.

"네, 한 달 전에 도이첸 제국에서 추방을 당했었죠. 그래서 미개척지를 떠돌다가 운 좋게 레이멜 씨를 만나게 되어 합류하게 되었어요. 무슨 문제라도?"

멋쩍게 웃은 큐리컬드는 고개를 내저었다.

"후훗! 아무것도 아닐세. 그저 다음에 갈 곳이 없다면 파숄에 들르라는 말을 해주고 싶어서. 우리야 언제나 파숄에서 지내니 추방자라는 자네의 신분 정도는 감싸줄 수 있으니까."

"고맙습니다, 큐리컬드 씨."

큐리컬드 역시 이러한 분위기에 익숙지 못한 듯 허둥지둥 이미 다 만들어진 틀을 매만졌다.

　마지막 작업으로 그들은 튼튼하게 만들어진 틀에 나노이드잠사 그물을 씌우기 시작했다. 이 작업은 틀을 만드는 것보다는 쉬웠지만 틀에 고정하는 부분을 모두 나노이드잠사로 꿰매야 했기에 인내심없는 남자들이 하기에는 무리가 많아 보였다. 그중 아드리안이 가장 심해 보였는데, 귀한 집에서 자라난 그였기에 바느질 작업은 정말 생소한 일이었던 것이다.

　"제길, 어떻게 이걸 하라는 거야……."

　반면 인내심이 크게 미달인 것으로 보이던 레이멜은 아주 능숙한 솜씨로 틀과 그물을 꿰매고 있었는데, 휘파람까지 불어가며 아주 여유있는 모습이었다. 그의 옆에서 같은 시간에 시작했지만 레이멜의 반도 끝내지 못한 유겐이 신기한 듯 물었다.

　"어떻게 하면 그렇게 능숙하게 바느질을 할 수 있죠? 세실프 누나보다 훨씬 잘하는 것 같은데."

　세실프와 비교를 하자 기분이 나빠진 레이멜은 불던 휘파람을 멈추며 외쳤다.

　"어디다가 나의 바느질 솜씨를 비교하는 거야? 나는 말야, 스승님 밑에서 마법 공부를 할 때 그 어두운 동굴에서도 손수 후드를 만들던 사람이라고! 지금까지 내 손을 거쳐 간 후드만 해도 천 장은 넘을걸? 여자가 되다가 만 세실프와 내 실력을 비교하는 것은 실례란 말이야!"

　"호오~ 그럼 설마 레이멜 씨가 입고 다니는 후드들이 다 직접 만들었다는 거예요?"

　아픈 곳을 찔린 듯 슬픈 표정을 지은 레이멜은 손등으로 코를 훔치며 대답했다.

　"흑흑… 견습 마법사가 무슨 돈이 있었겠냐. 그래도 마법사 폼은 재고 싶었으니 직접 만들어 입는 수밖에."

바느질에 담긴 슬픈(?) 과거를 밝히던 레이멜은 문득 자신의 뒤로 살벌한 기운이 느껴지는 것을 알 수 있었다. 하지만 돌아보지 않더라도 그 살벌한 기운의 정체를 알 수 있었기에 급히 몸을 피하며 땅으로 나뒹굴었는데, 방금 전만 해도 자신이 바느질을 하며 앉아 있던 자리에는 날카로운 기형도가 박혀 있었다. 등으로 싸늘한 식은땀이 흐르는 것을 느낀 레이멜은 어색한 웃음을 지으며 그 기형도를 날린 주인공을 향해 입을 열었다.

"하… 핫! 세실프, 그냥 농담 좀 한 것 가지고 뭘 그래."

과연 그의 시선이 멈춘 곳에는 눈에 불을 켜고 있는 세실프가 있었다.

"누가 여자가 되다 말았다는 거예욧! 정말 혼이 나봐야겠군!"

그녀가 화를 거둘 생각을 하지 않자 당황한 레이멜은 아드리안을 향해 도움을 청했다.

"대장! 세실프 좀 어떻게 해보라고! 이러다간 카일락스와 싸우기도 전에 엉뚱한 칼에 맞아 죽겠군!"

레이멜의 비명 아닌 비명에 바늘을 들고 있던 손을 멈춘 아드리안은 은근한 말투로 물었다.

"쳇 이럴 때만 대장이군. 내가 세실프를 말려주면 내 바느질을 대신해 줄 텐가?"

"좋다고, 좋아! 내가 다 해주도록 하지!"

둘 사이의 협력 조약이 성립되려 할 때 세실프가 아드리안의 바늘을 빼앗아 들며 말했다.

"대장! 제가 대신 바느질해 줄 테니까 대신 절 말리지 마요! 오늘은 레이멜 씨와 담판을 지어야겠으니까."

이렇게 말을 한 세실프는 그 자리에 앉아서 아드리안이 하다 만 작업을 하기 시작했고, 자신을 지켜줄 마지막 보루를 잃어버린 레이멜은 마른침을 삼키며 기도를 할 수밖에 없었다. 결국 세실프와 레이멜의 사이에 껴버린 아드리안만 끔찍하던 바느질을 더 이상 하지 않아도 되었기에 기뻐하고 있었다.

저녁 시간이 되어서야 공터에서 작업하던 이들은 각자 두 개씩의 그물들을 만들 수 있었다. 물론 만든 사람에 따라 그 질이 조금씩 다르긴 했지만 뮤스가 직접 상태를 확인했고 마무리 작업을 해주었기에 문제가 될 것은 없었다.

이제 모든 작업이 끝나자 아드리안을 비롯한 일행들은 그 자리에 주저앉아 뮤스가 하는 양을 바라보고 있었다. 그들의 눈에는 시간이 갈수록 뮤스가 대단한 인물로 비춰지고 있었다. 무려 여섯 시간을 쉬지 않고 작업했음에도 지친 기색조차 없었고 오히려 그의 두 눈빛은 시간이 갈수록 맑아지는 듯했다. 그들과 함께 앉아 쉬고 있던 세실프 또한 뮤스의 모습을 보며 고개를 저었다.

"도무지 인간 같지도 않군. 대체 뭘 먹고 자랐길래 저렇게 힘이 남아돌지?"

그녀의 옆에서 눈치를 살피던 유겐이 문득 세실프의 마음을 떠보듯 물었다.

"그러게 말이야. 힘이 좋으면 머리라도 나빠야 하는 것 아닌가? 누나… 이 정도면 인정해 줄 수밖에 없잖아?"

동생이 질문한 의도를 알고 있는 세실프였고 또한 은연중에 뮤스를 인정하고 있었기에 더 이상 부정할 필요는 없었다.

"좀 이상한 녀석이긴 하지만 능력만큼은 인정할 수밖에… 하지만 녀석이 좋은 건 아니야. 그저 나쁘지는 않을 뿐이지."

무뚝뚝하게 말한 세실프는 엉덩이를 털고 자리에서 일어났는데, 세실프를 보던 유겐은 그녀가 감정 표현에 서툴다는 것을 잘 알고 있었기에 곧 뮤스와의 관계가 원만해지리라는 것을 예감할 수 있었다.

그렇게 흐뭇한 생각을 하고 있던 유겐의 귀로 누군가의 목소리가 들려왔다.

"저… 저희를 돕기 위해 오신 모험자 분들이시죠?"

그 목소리는 최소한 유겐의 기억 중에는 없는 것이었는데 마음의 한 구석을 떨리게 만드는 아름다운 목소리였다. 유겐은 무엇인가에 홀리기라도 한 듯 목소리가 들려온 곳을 향해 고개를 돌렸다.

"네, 그렇습니다만……."

그런 마음을 진정시키기도 전에 목소리의 주인공을 바라본 유겐은 순간적으로 가슴이 멈추는 느낌을 받게 되었는데, 눈앞에 서 있는 엘프의 미모는 그만큼 대단한 것이었다.

그녀는 수줍은 모습으로 서 있었는데, 방금 병상에서 일어난 듯 창백한 피부와 눈이 부신 은발이 절묘한 조화를 이루며 청초한 분위기를 한껏 풍기고 있었다. 그녀는 유겐뿐만 아니라 이 자리에 있는 모든 일행들을 향해 가볍게 고개를 숙이며 입을 열었는데, 모두들 그녀의 미모에 넋을 잃었기에 그녀가 무슨 말을 하는지도 알아듣지 못하는 듯했다.

"저는 이브리엘이라고 해요. 내일 함께 동행한다는 소리를 듣고 도와드릴 일이 없을까 해서 이렇게 나왔어요. 제가 도울 일이라도 있을

지……."

이곳에 있는 남자들 중 유일하게 그녀에 대해 아무런 생각이 없던 뮤스는 그녀를 바라보며 말했다.

"아! 루시아스님을 통해 이야기를 들었습니다. 정 그러시다면 이곳에 세워놓은 틀의 그물망에 허술한 것이 없는지 살펴… 읍! 으으읍!"

말을 하던 뮤스의 입은 자신의 할 일을 마치기도 전에 땀에 흠뻑 젖은 레이멜의 손 안에서 수난을 겪어야 했다. 이어 레이멜의 다급한 귓속말이 들려왔다.

"이런 멍청한 녀석! 그런 걸 꼭 저분이 해야 하는 건 아니잖아? 나중에 내가 할 테니 지금은 좀 조용히 하라고!"

뮤스에게 의사를 전달한 레이멜은 언제 그런 말을 했냐는 듯 정색을 하며 이브리엘을 향해 말했다.

"하핫! 이 녀석의 말은 신경 쓰지 마시죠. 지금 막 준비를 마치려던 참이었습니다. 아! 저는 마법사인 레이멜……."

능글맞은 목소리로 이브리엘에게 말을 건네는 것을 보던 유겐은 그대로 보고만 있을 수 없었기에 레이멜의 말을 자르며 끼어들었다.

"마음만 감사히 받겠습니다, 이브리엘님."

레이멜은 먹이를 빼앗긴 야수마냥 잡아먹을 듯 눈을 부라렸고, 유겐은 그런 레이멜을 신경조차 쓰지 않았다. 이런 분위기를 전혀 눈치 채지 못한 이브리엘은 눈부신 미소를 지으며 말했다.

"이런… 제가 너무 늦게 나온 모양이군요."

유겐은 제법 점잖은 목소리로 고개를 저었다.

"별로 도울 일도 없었으니 신경 쓰지 않으셔도 됩니다."

이쯤에서 남 잘되는 모습을 봐줄 수 없었던 레이멜의 방해 공작이 이루어졌다.

"웃기는 녀석일세! 도울 일이 없었다니! 그럼 물집이 잔뜩 잡힌 그 손은 대체 뭐냐?"

하지만 곧 레이멜은 자신의 입을 원망하며 땅을 치고 후회해야만 했는데, 레이멜의 말을 들은 이브리엘의 표정이 심상치 않게 변하더니 불현듯 유겐의 손을 잡는 것이었다.

"저 때문에 이렇게 힘들게 일을 하셨다니⋯ 치료를 해드릴 테니 절 따라오세요."

전혀 생각지 못했던 이브리엘의 행동에 얼굴을 붉힌 유겐은 이지를 상실한 듯 아무 말도 하지 못하고 이브리엘의 손에 잡혀 그녀가 이끄는 대로 움직이기 시작했다.

유겐과 이브리엘이 어디론가로 사라져 가는 모습을 멍청하게 바라보며 서 있던 레이멜은 물집이 빽빽하게 생겨 있는 손을 매만지며 허탈한 듯한 목소리로 중얼거렸다.

"이럴 수가⋯ 일은 내가 더 많이 했는데……."

먼발치에서 이 짧은 순간 일어난 일을 방관하던 아드리안과 큐리컬드는 이미 정상이 아닌 레이멜을 향해 동정의 시선을 보내주고 있었다.

카일락스의 서식지로 떠나기로 한 날이 밝아왔다. 아침 일찍부터 엘프들의 마을 전체가 부산스러웠고 뮤스와 일행들 역시 필요한 물건들을 각자의 숙소에서 준비하고 있었다.

뮤스는 가방에서 한 쌍의 건틀렛을 꺼내어 양손에 착용했는데, 일행들을 만난 이후로 착용해 볼 기회가 없었기에 어색한 느낌마저 들었다.

착용 상태를 알아보기 위해 주먹을 이리저리 움직여 보던 뮤스는 가벼운 움직임으로 몸을 풀기 시작했다.

별다른 준비가 필요하지 않았던 레이멜은 아침부터 기분이 좋지 않은지 떫은 표정으로 멍하니 앉아 있는 유겐을 바라보고 있었다. 그는 어젯밤 멍한 얼굴로 돌아온 이후부터 한마디의 말도 하지 않았는데, 하는 행동이라곤 수도 없이 손에 감긴 붕대를 바라보며 한숨을 쉬는 것뿐이었다. 그를 한참 동안이나 바라보던 레이멜은 혀를 차며 말했다.

"쯔쯧… 이 녀석 아무래도 이브리엘님께 반한 것 같군."

초점없는 눈으로 손을 감은 붕대를 바라보던 유겐은 레이멜의 말을 증명이라도 하듯 이브리엘이라는 이름을 듣자마자 반응하고 있었다.

"네? 이브리엘님이 어떻게 되셨다고요?"

그의 행동에 어깨를 으쓱여 보인 레이멜은 그의 등을 두드려 주며 몸을 일으켰다.

"불쌍한 녀석. 원래 첫사랑은 쓴 법인데……."

의미심장한 말을 남긴 레이멜은 문을 열고 밖으로 나섰고, 몸을 풀며 유겐의 행동을 지켜보던 뮤스는 그의 심정을 충분히 이해할 수 있었기에 측은한 눈빛을 보내고 있었다.

출발할 시간이 되자 공터에는 뮤스의 일행들과 엘프들이 나와 있었다. 엘프들은 카일락스들을 제거하기 위해 위험을 무릅쓴 뮤스 일행들에게 격려를 보내며 건투를 빌었고, 뮤스 일행들 역시 엘프들의 격려에 답하는 중이었다. 인사가 끝나자 서로 섞여 있던 무리들은 카일락스의 서식지로 출발할 파티들과 마을에 남을 주민들로 갈라지게 되었는데, 주민들의 앞에는 엘프 로드가 서서 그들의 출전을 몸소 지켜보고 있었다.

출전 준비를 모두 마친 뮤스 일행들은 어제 만들어놓은 그물틀을 가운데 놓고 뮤스의 설명을 들을 자세를 취했는데, 대부분의 일행들이 이 큰 그물틀을 어떻게 들고 움직일지에 대해 의문을 가지고 손꼽아 기다렸던 순간인 것이다.

자신이 만들어놓은 그물틀 옆에 서 있던 뮤스는 가볍게 그것을 들어 올리며 입을 열었다.

"어제 설명드렸듯이 이 그물틀은 손쉽게 접었다 펼 수 있게 만들었습니다. 일단 힘을 주어 이렇게 다리를 네 개씩 나눠 잡은 후 시계 방향으로 빨래를 짜듯이 틀어주면 이렇게 접히게 되는 것이죠."

뮤스의 설명이 끝남과 동시에 놀랍게도 지름만 150셀라나 되던 그물틀이 50셀리 남짓한 원형으로 변해 버렸다. 그 모습을 유심히 지켜보던 레이멜이 가장 먼저 자신의 그물틀을 잡으며 따라해 보기 시작했다.

"어제는 아무 생각 없이 만들었는데 그런 게 가능했단 말이야?"

그를 필두로 다른 일행들 역시 앞에 놓여 있던 그물틀을 하나씩 잡아 뮤스가 하던 대로 따라했다. 제대로 접은 사람이 있는가 하면 그렇지 못한 사람들도 있었기에 뮤스가 간단히 개인 교습을 해줘야만 했는데 그리 오랜 시간이 지나지 않아서 일행들 모두 능숙한 솜씨로 그물틀을 접을 수 있게 되어 카일락스의 위협에 대해 한결 마음을 놓을 수 있었다.

"껄껄! 갈수록 자네의 능력이 탐나는구먼… 얼핏 보기에는 아주 단순해 보여도 금속 막대의 탄성 방향을 치밀하게 계산해야만 만들 수 있는 물건이야."

한쪽에서 들려오는 감탄 어린 그라프의 목소리였지만 계속되는 칭찬을 부담스럽게 느끼던 뮤스는 고개를 저으며 자신의 공을 돌렸다.

"그저 운이 좋아서 그 금속 막대를 가지고 있었던 것뿐입니다. 그다지 한 일도 없는걸요."

"겸손하긴… 운도 능력이라는 것을 모르는가? 아무튼 이제 출발하세나."

기분 좋게 웃은 그라프는 그물틀을 접어 들며 루시아스에게 걸어갔고, 뮤스는 일행들의 손에 들린 그물틀을 보며 뿌듯한 기분을 느끼고 있었다.

마을에서 나온 뮤스와 일행들은 말을 사용할 상황이 아니었기에 도보로 이동하기 시작했다.

엘프의 숲까지 오는 동안의 책임자는 아드리안이었지만 이미 그가 할 일은 마친 상태였다. 이번 카일락스에 관한 일은 그라프와 루시아스가 이끌기로 정해졌기에 가장 앞에는 카일락스의 서식지를 알고 있는 루시아스가 일행들을 인도하며 조심스럽게 발걸음을 옮기고 있었고 그의 뒤를 아드리안와 그라프가 바싹 붙어 따르고 있었다. 또 가장 중심에는 전투력이 거의 전무한 이브리엘이 자리하게 되었는데, 그녀를 감싸는 모양으로 나머지 일행들이 뒤따랐다.

뮤스는 여유로운 자세로 일행들의 얼굴을 하나씩 살피고 있었다. 이러한 경험이 처음이 아닌 이유도 있겠지만 일행들의 능력과 손에 들려 있는 그물틀에 대한 믿음에서 기인한 여유였다. 반면 레이멜은 항상 여유롭던 모습은 이미 씻긴 듯 없어지고 긴장감이 얼굴에 감돌고 있었다.

그의 옆으로 세실프와 유겐이 나란히 움직이고 있었다. 세실프는 특유의 날카로운 눈빛으로 주변을 살피고 있었지만 유겐은 평소의 그답지 않게 다른 곳에 정신을 팔고 있었는데 그의 시선이 머물고 있는 곳은 이브리엘의 얼굴이었다. 그의 모습을 주시하던 뮤스는 조금 걱정스럽긴 했지만 유겐을 믿었기에 큰 신경을 쓰지는 않았다.

마지막으로 뮤스의 뒤에는 큐리컬드와 쥬라스가 걸었다. 원래의 계획대로였다면 쥬라스 역시 이브리엘과 함께 중심에 위치해야겠지만 그녀는 뒤에서 다가올지도 모를 카일락스의 움직임을 탐지하는 역할이었기에 가장 뒤에 서 있는 것이었고, 맨 앞에 선 루시아스 역시 실프를 이용해 앞쪽에서 다가올 카일락스를 살피는 역할을 하고 있었다.

일행들이 마을을 떠난 지 두 시간 정도가 흘렀다. 그들은 키가 작은 나무 지대를 벗어나 하늘에 닿을 듯 높이 솟은 나무 지대에 접어들었는데 그래서인지 처음보다는 조금 삭막하게 느껴지는 숲이었다. 아침 바람에 나뭇잎들이 쓸리는 소리가 잔뜩 긴장해 있는 귀를 자극했다. 그리고 나뭇잎에 부딪치며 갈 길을 잃은 바람들은 아래로 떨어지며 일행들의 몸을 식혀주었다.

아직 이슬조차 마르지 않은 수풀을 간단하게 헤치며 나가던 루시아스가 눈에 익숙한 주변의 경관을 둘러보며 목적지에 대해 설명하기 시작했다.

"이 길을 따라간다면 해가 지기 시작할 무렵쯤 되어 카일락스들의 알이 부화한 로아드 연못에 도착할 수 있답니다. 평소 엘프들의 달리는 속도로 따진다면 반나절이면 왕복을 할 수 있지만 이렇게 걸어갈 수밖에 없으니 훨씬 멀어 보이는군요."

루시아스의 설명이 끝나자 다시 일행들 사이에는 긴장과 함께 정적이 흘렀는데, 소리라고는 떨어진 나뭇잎을 밟는 발자국 소리와 옷깃 스치는 소리가 전부였다. 비교적 상황에 동요없이 걷고 있던 그라프는 고개를 갸웃거리며 입을 열었다.

"너무나 조용하지 않은가? 아직 오전이라지만 카일락스 몇 마리쯤은 출몰할 때도 되었는데……."

그라프의 말을 들은 일행들도 그 점을 이상하게 여겼기에 귀를 기울여 카일락스의 날갯짓 소리를 들으려 해봤지만 아무런 소리도 나지 않았다. 하지만 조심해서 나쁠 것 없다고 여긴 그라프는 루시아스와 쥬라스를 보며 말했다.

"혹시라도 모르는 일이니 한번 카일락스의 위치를 파악해 보는 것이 좋겠군."

"음… 그렇게 하세."

그의 말에 동의한 루시아스는 손을 휘저으며 자신이 부리는 실프를 소환해 냈고, 루시아스의 행동을 보던 쥬라스 또한 오로라를 발산하며 기도문을 외우기 시작했다. 그들의 모습을 바라보고 있던 그라프는 뒷짐을 지며 높이 뻗은 나무들 사이로 시선을 옮겼는데 아무래도 이상한 기분이 드는 것을 지울 수 없었다.

"이럴 수가……."

신성력을 발휘고 있던 중 나직한 탄성을 뱉은 쥬라스는 급히 오로라를 거두어들였고 루시아스의 실프 역시 주변을 돌아보고 돌아온 상태였다. 그리고 무슨 일인지 딱딱한 표정으로 고개를 들어 높은 나뭇가지들을 살피기 시작하던 루시아스와 쥬라스는 긴장한 목소리로 조용히 입을 열었다.

“지금부터 움직이지 말게……”

“나무에서 천천히 떨어지세요.”

갑자기 돌변한 그들의 태도에 일행들은 의아함을 느꼈지만 나무에 가까이 있는 이들은 조심해서 발걸음을 뗐었고, 이리저리 움직이던 이들은 그 자리에 발을 멈추어 섰다. 식은땀을 흘리며 루시아스와 눈짓을 주고받던 쥬라스가 입을 열었는데, 그녀의 목소리는 크게 떨리고 있었다.

“지금… 우리 주변에 수백 마리의 카일락스들이 잠을 자고 있는 중이에요. 그것도 모르고 카일락스들의 날갯짓 소리에만 신경을 쓰고 왔다니……”

그녀의 청천벽력 같은 말을 들은 일행들의 얼굴은 순간적으로 얼어붙어 버렸다. 일행 중 가장 경험이 없던 이브리엘은 거의 울상이 되어 두려움에 떨기까지 했다.

“그럼 이제 어떻게 하죠? 카일락스들을 깨운다면 모두가 위험에 빠질 텐데.”

“그렇게 걱정을 하실 필요는 없답니다.”

그녀의 물음에 대답해 준 것은 다름 아닌 뮤스였는데, 일행들의 시선은 모두 카일락스가 두렵지도 않은 듯 여유롭게 걸어다니고 있는 뮤스를 향해 집중되었다. 걸음을 멈춘 뮤스는 손을 펼쳐 보이며 미소 지었다.

“카일락스는 아직 흡혈할 능력이 없어요. 왜냐하면 흡혈하기에는 이곳의 밝기가 너무나 밝기 때문이죠.”

그의 말을 들은 그라프가 이해가 가지 않는 듯 물었다.

“분명 카일락스가 야행성이긴 하지만 지금이 낮이라고 해서 카일락스가 흡혈하지 않을 것이라고 단정 내리는 것은 너무 성급하지 않은가?"

그의 질문을 받은 뮤스는 단 한 마디로 자신의 말을 증명했다.

"만약 카일락스들에게 흡혈할 힘이 있었다면 우리가 아무런 공격도 받지 않고 이곳까지 들어올 수 있었을까요?"

명쾌한 뮤스의 증명을 들으며 생각해 보니 이곳은 엄청난 숫자가 몰려 있는 곳이었고 그들이 서 있는 곳은 그 중심이었다. 이곳까지 오는 동안 수백 마리의 카일락스를 지나쳤음에도 불구하고 공격당하지 않았다는 사실이 뮤스의 말이 틀리지 않음을 증명하고 있었다. 허무한 듯 손으로 자신의 머리를 때린 그라프는 탄식을 했다.

"허헛, 아무튼 늙으면 아무짝에도 쓸모가 없어지는 것 같군. 그런 간단한 이치도 생각하지 못하고 벌벌 떨고만 있었으니."

그라프의 탄식을 들으며 나뭇가지 사이로 비치는 하늘을 올려다본 뮤스는 고개를 저으며 그의 태도를 부정했다.

"아닙니다. 만약 이곳에서 카일락스의 날갯짓 소리가 나지 않는다고 해서 안심하고 지나쳤다면 얼마 지나지 않아 우리는 꼼짝없이 잠에서 깨어난 카일락스들에게 사방에서 공격을 받았을 것입니다. 카일락스의 흔적이 전혀 없는 이런 곳에서 카일락스의 위치를 파악해 보겠다는 결정을 내린 것이야말로 그라프님만이 가지신 능력인 것이죠."

뮤스의 말을 듣던 그라프는 자신의 체면을 지켜주기 위해 좋은 말을 해주고 있는 그에게 진심으로 감복하고 있었다.

"허헛! 이 늙은이를 너무 띄워주는군. 그럼 자네의 말대로 카일락스들이 깨어나기 전에 어서 이곳을 빠져나가도록 하세."

그의 말을 신호로 루시아스는 다시 안심하며 앞장서 걸음을 옮겼고,

아드리안을 비롯한 일행들은 눈에는 보이지 않지만 나무에 잔뜩 붙어 있을 카일락스들을 상상하며 마른침을 삼켰다.

시간이 많이 흘러 해는 어느새 기울어가고 있었다. 카일락스들이 주변에 산재해 있다는 것을 알게 된 후 일행들은 더 이상 긴장을 늦추지 않은 채 이동 속도를 높였는데, 그 덕에 일행들은 얼마의 시간이 지나지 않아 카일락스들이 모여 쉬고 있던 곳에서 벗어날 수 있었고, 이제는 미리 위험에 대비하는 차원에서 수시로 카일락스의 위치를 파악하며 이동하는 중이었다.

가장 중간에 서서 비교적 안전하게 이동하고 있던 이브리엘은 언젠가부터 자신의 뒤에서 걷고 있는 뮤스를 힐끔거리며 훔쳐보고 있었다. 하지만 둔감하기로 유명한 뮤스는 그것을 전혀 느끼지 못하는 듯 카일락스에만 신경을 쓰고 있었다. 이브리엘의 얼굴만 지켜보고 있던 유겐만은 그것을 눈치 챌 수 있었고, 뮤스의 얼굴을 바라보는 유겐의 두 눈에는 질투라는 이름의 감정이 꿈틀거리고 있었다. 더 이상 이브리엘이 뮤스에게 관심을 가지게 해서는 안 되겠다고 생각한 유겐은 발걸음을 빨리해 그녀와 보조를 맞추며 말을 걸었다.

"오랫동안 걸으셨는데 피곤하지 않으신가요?"

자신을 걱정해 주는 유겐의 목소리를 듣고서 미소를 지은 이브리엘은 오히려 유겐의 손을 내려다보며 안부를 물었다.

"저는 괜찮아요. 그보다 유겐 씨의 손은 좀 괜찮아지셨나요?"

그녀의 한마디에 유겐의 입은 귓가에 걸리며 세상에서 가장 행복한 사람이라도 된 듯했다. 지금 그의 눈에 이브리엘은 이미 살아 있는 천사인 것이다. 하지만 그녀의 이어지는 말은 그를 바로 지옥으로 떨어뜨려 주었다.

"그런데 아까도 봤듯이 뮤스 군은 대체 얼마나 많은 것을 알고 있는 것일까요? 정말 신기해요. 나이가 어린데도 모르는 것이 없는 것 같으니……."

뮤스에 대해 말을 하는 이브리엘의 눈은 반짝거리며 빛났고, 뮤스는 본인도 모르는 사이 유겐과의 일전에서 대승을 거두고 있었다. 이에 기가 죽은 유겐은 아무 말도 못하며 다시금 자신의 자리로 돌아왔고, 어깨가 축 처진 그의 모습을 본 레이멜이 물었다.

"이런, 꼴이 말이 아니군. 그새 누구한테 이브리엘님을 빼앗기기라도 한 거야?"

"뮤스……."

농담으로 던진 말에 유겐이 서슴없이 뮤스의 이름을 들먹이자 레이멜은 어이가 없었다. 그가 생각하기에 일행들은 지금까지 함께 움직였고, 자신이 모르는 사이에 뮤스와 이브리엘 사이에서 무슨 일이 일어난다는 것은 불가능했기 때문이다.

"대체 무슨 말을 하고 있는 거야? 설마 이동하는 사이에 그런 일이 일어났다고 말하는 것은 아니겠지?"

그의 물음에 기운없는 얼굴을 한 유겐은 고개를 힘겹게 들며 한숨을 내쉬었다.

"이브리엘님이 뮤스에게 관심이 있어요."

"엥? 그럴 리가……."

유겐의 말을 믿을 수는 없었지만 레이멜의 눈은 저절로 이브리엘을 바라보고 있었다. 그러기를 잠시, 유겐의 말대로 이브리엘이 자신의 뒤를 따라오고 있는 뮤스를 힐끔거리며 훔쳐보는 것이었다. 그제야 유겐의 말을 인정할 수 있었던 레이멜은 주먹을 불끈 쥐며 말했다.

"이럴 수가… 뮤스는 여자 친구가 있단 말이야! 남자 한 명에 두 여자가 붙는 꼴은 이 레이멜님이 봐줄 수 없지. 그러니 나는 유겐, 네 편이다. 내가 도와줄 수 있는 일이라면 뭐든지 부탁하라고!"

레이멜의 말을 들은 유겐은 어이없게도 감동을 잔뜩 받은 얼굴이었는데, 어려운 시기에 자신의 편이 있다는 것이 그의 마음을 안정되게 해주는 것이었다.

그들이 시답잖은 이야기를 주고받을 때였다. 앞서 가던 루시아스가 발걸음을 멈추곤 뾰족한 귀를 쫑긋거리며 귀를 기울이기 시작하다 실프를 소환해 급히 어디론가 날려 보내며 말했다.

"아무래도 카일락스들이 움직이기 시작했나 보군요."

루시아스의 말을 확인시켜 주듯 뒤쪽에서도 쥬라스의 목소리가 들려왔다.

"약 20마리 정도가 빠른 속도로 이곳을 향해 날아오고 있어요! 어서 그물틀 속으로 몸을 숨기세요!"

그녀의 말이 떨어지가 무섭게 일행들은 등에 메고 있던 그물틀을 펼쳐 그 안으로 숨으며 몸을 최대한 굽혔다. 그렇게 카일락스의 공격에 대비를 하고 있는 사이 한가운데에는 혼자 남은 이브리엘만이 겁먹은 얼굴로 떨고 있었다. 그물틀을 펼치다 말고 그녀를 본 뮤스는 재빠른 몸짓으로 그녀의 허리에 붙어 있는 음향발생기의 버튼을 눌렀다. 음향발생기에서 소리가 나기 시작하는 것을 확인하고서야 뮤스는 자신의 그물틀을 펼치며 몸을 숨겼다. 그리곤 아직도 정신을 못 차리고 있는 이브리엘을 향해 외쳤다.

"우리를 공격해 오는 카일락스에게 다칠 수 있으니 일행들이 있는 곳에서 최대한 떨어지세요! 카일락스가 절대 접근하지 않을 테니 안심하셔도 됩니다!"

뮤스의 외침에도 불구하고 이브리엘은 두려움이 극에 달한 듯 눈가에 눈물까지 맺힌 모습이었는데, 그나마 다행인 것은 뮤스가 시키는 대로 일행들이 없는 곳으로 몸을 피하고 있다는 것이었다. 하지만 그녀의 모습을 보던 유겐은 그녀보다 더욱 불안한 듯했는데, 그는 위험한 카일락스들이 날아다니게 될 곳에 떨며 서 있는 이브리엘을 도저히 눈 뜨고는 볼 수 없었던 것이다.

"이브리엘님에게 무슨 일이라도 생긴다면 뮤스, 너를 가만두지 않겠어!"

그러는 사이 카일락스의 공격은 시작되고 있었다.

우우웅.

특유의 날갯짓 소리가 여기저기에서 울리고 있었는데, 모습이 보이지 않았기에 어디서부터 공격해 오는지 감을 잡을 길이 없었다. 하지만 곧 스스로 격렬하게 안쪽으로 밀리는 그물틀의 모습을 통해 카일락스의 공격이 시작되었다는 것을 실감할 수 있었다.

카일락스의 공격을 받고 있는 와중에도 뮤스는 혹시나 하는 생각에 격렬하게 흔들리는 그물틀 사이로 이브리엘을 살폈는데, 과연 그가 만든 음향발생기의 효과가 있었는지 그녀는 먼발치에서 일행들을 보고 있는 중이었다. 이에 마음을 놓을 수 있었던 뮤스는 손에 낀 건틀렛을 서로 부딪쳐 보더니 일행들에게 외쳤다.

"이제 각자 달려들고 있는 카일락스들을 처리하세요!"

말을 마친 뮤스는 시범을 보이기라도 하듯 그물이 흔들리고 있는 곳을 향해 힘껏 주먹을 휘둘렀다. 그러자 건틀렛을 낀 주먹을 통해 카일릭스의 존재를 느낌과 동시에 허공에서 노란 액체가 터지며 사방으로 튀었다. 그 모습을 지켜보던 아드리안은 검을 든 손을 내려다보며 난감한 표정을 지었다.

"이봐, 나는 무기라곤 검밖에 없는데 어떻게 밖에 있는 카일락스를 공격하라는 거야! 안에서 휘둘렀다간 그물이 다 찢어질 거라고!"

그의 목소리를 들은 그라프가 대신 대답해 주었다.

"허헛! 그런 걱정은 말고 나처럼 찌르게나! 나노이드잠사는 마음먹고 자르지 않는 한 신축성 때문에 잘리지 않는다네! 나노이드잠사가 괜히 대단하다고 하는 줄 아나?"

과연 목소리가 들려오는 곳을 바라보니 그라프와 루시아스가 서슴없이 그물망을 향해 검을 찔러 넣고 있음에도 불구하고 그들의 검만이 그물의 틈 사이로 들락거릴 뿐 그물망은 잘리지 않고 있었다.

"그럼 진작 말씀해 주시죠!"

이제야 그런 걱정을 하지 않아도 된 아드리안은 절도있는 자세로 흔들리는 그물망들을 찌르며 공격하기 시작했고, 칼이 움직일 때마다 어김없이 카일락스들의 노란색 액체들이 뿜어졌다. 그리고 이것은 세실프와 유겐 역시 마찬가지였다. 두 남매는 그물 때문에 잠시 머뭇거리던 모습을 뒤로하며 똑 닮은 모습의 기형도를 꺼내 들어 실력을 발휘하기 시작했는데, 아드리안과 같이 절도가 있거나 화려한 동작은 아니었지만 가장 효율적인 이동로로 기형도를 움직이며 카일락스들을 베어 나가기 시작했다.

하지만 모두가 쉽게 카일락스들을 상대하고 있는 것은 아니었다. 마법사인 레이멜은 별다른 무기가 없는 데다가 그렇다고 마법을 쓸 수도 없는 상태였기에 그저 구경만 할 뿐이었다. 또 큐리컬드 역시 동료들이 돌아가기 전 건네준 단검들이 있었지만 카일락스의 대롱침보다 짧은 단검으로 그것들을 찔러 죽이기도 힘들었고, 장소도 좁은 탓에 단검을 던지지도 못하는 상황이었던 것이다. 그들은 아무것도 못하고서 눈동자만 굴리고 있는 서로를 바라보며 혀를 차고 있었다.

"쯔쯧. 어이, 큐리컬드! 그 자랑하던 단검은 다 어디다가 두고 멍하니 앉아 있나?"

"그러는 자네야말로 그 무적이라는 마법은 어디다 두고 모기 녀석들이 설치는 꼴을 보고만 있는 거야?"

잠시 후 자신이 맡고 있던 카일락스들을 모두 해치운 일행들은 이런 상황에서도 서로 험담하고 있는 그들을 보며 고개를 저었다.

결국 그들이 스스로 카일락스들을 처리할 능력이 없다고 판단되자 그들을 공격하던 카일락스들을 다른 일행들이 유인하여 대신 해치우게 되었다. 루시아스와 쥬라스를 통해 카일락스가 이제 없음을 확인한 일행들은 그물틀을 다시 접으며 모여들었는데, 밖에서 일행들이 싸우는 것을 보고 있던 이브리엘은 아직도 두려움이 가시지 않은 듯 어깨를 떨고 있었다. 그렇게 뮤스의 앞까지 걸어온 그녀는 고개를 살짝 숙이며 감사를 표했다.

"도와주서서 감사해요. 워낙 겁이 나는 바람에 음향발생기의 버튼을 눌러야 하는 것도 모르고 있었어요."

그물틀을 접어 다시 등에 메고 있던 뮤스는 아무것도 아니라는 듯이 손을 내저으며 미소를 지었다.

"제가 아니었더라도 누군가가 했을 일이니 신경 쓰지 않으셔도 됩니다."

이때 그 모습을 보던 유겐의 눈에는 둘 사이가 그렇게 화기애애해

보일 수가 없었다. 유겐은 다시금 가슴이 무너져 내리는 것을 느끼며
좌절했고, 그의 옆에 서 있던 레이멜은 뭐라고 해줄 말이 없었기에 등
을 두드리며 위로를 해줄 뿐이었다.

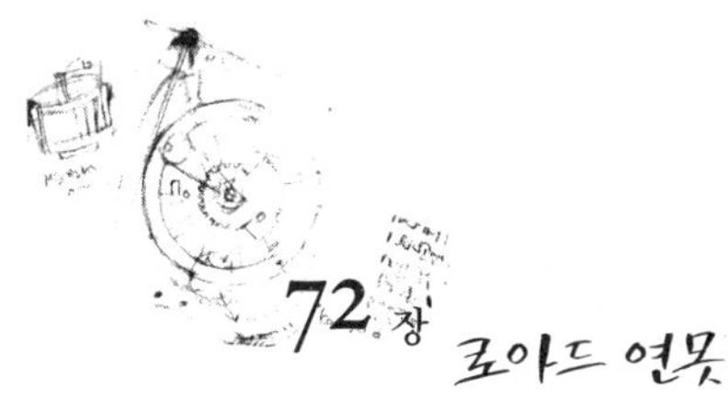

72장 로아드 연못

첫 공격을 한 이후로 카일락스들이 활동하기 시작했는지 공격받는
횟수가 잦아지고 있었다. 불과 100멜리도 이동하지 못하고서 뮤스 일
행들은 그물틀을 펼쳐 공격을 저지해야만 했는데, 그럴수록 이동 속도
는 늦어졌고 일행들의 체력은 고갈되어 갔다. 카일락스들의 공격을 또
한 번 막아낸 일행들은 이제 손버릇만큼이나 익숙하게 그물틀을 걷어
내고 있었다. 큐리컬드는 카일락스의 체액으로 노랗게 물든 그물틀을
보며 인상을 썼다.

"대체 몇 마리의 카일락스가 이곳에 살고 있는 거야? 죽여도 죽여도
끝이 없으니 원……."

그의 투덜거림을 들은 레이멜은 팔짱을 끼며 비아냥거렸다.

"자네가 죽인 게 몇 마리나 된다고 그래? 다른 일행들이 다 죽였는
데 말이야."

　레이멜의 말을 듣던 큐리컬드 역시 그의 자세를 따라하며 비아냥거렸다.

　"호오! 그래? 정작 카일락스 한 마리 못 잡은 사람은 누군데 어디서 큰소리실까?"

　"나야 무기가 없으니 당연한 것 아냐!"

　"그럼 누구는 마땅한 무기가 있었나?"

　두 사람이 함께했던 시간은 얼마 되지 않았지만 어느샌가 스스럼없는 사이가 되어 있었다. 그들의 말싸움을 듣고 있던 세실프는 자신보다 훨씬 나이가 많은 레이멜을 보며 혀를 찼다.

　"쯔쯧, 이제 나한테 시비를 걸 수 없으니까 엉뚱한 사람을 잡았군. 그렇지 않아, 유겐?"

　동생의 의사를 묻고자 했던 세실프는 대답이 들려오지 않자 의아한 표정으로 뒤를 돌아봤다. 그곳에는 이브리엘과 대화를 하고 있는 유겐이 보였는데, 카일락스와 전투를 벌이고 난 다음에는 항상 이브리엘에게 다가가 안부를 묻는 것이었다. 언제나 옆에 있던 동생이 왠지 멀리 떨어져 있다는 생각을 하게 되자 마음 한 켠이 허전해졌다.

　"세실프, 무슨 생각을 그렇게 하는 거야?"

　고개를 돌려보니 천으로 검에 묻은 카일락스의 체액을 닦아내고 있는 아드리안의 모습이 보였다.

　"아무것도 아니에요."

　"음… 아무것도 아닌데 그런 표정을 짓고 있는 거야? 아, 혹시 샤디올을 닦지 않았으면 나한테 달라고, 어차피 닦던 중이었으니 내가 닦아주도록 하지."

　아드리안의 제의에 자신의 손을 내려다보니 막 전투를 마치고 엉망이 된 샤디올이 들려 있었다. 하지만 고개를 내저은 세실프는 허공에 대충 카일락스의 체액을 털어내며 칼집에 꽂아 넣었다.

"말은 고맙지만 샤디올은 다른 사람의 손 타는 것을 싫어한다는 것을 깜빡했나 보죠? 나중에 돌아가서 제가 닦도록 하죠."

"아차차! 그랬지! 내가 깜빡했군."

그들이 대화를 나누고 있을 때 그라프와 의견을 나누고 있던 루시아스가 일행들에게 다가오며 말했다.

"이제 500멜리 정도만 더 올라가면 카일락스가 서식하는 로아드 연못입니다. 지금부터는 카일락스의 수가 상상을 초월할 정도로 많으니 특히 조심해야 합니다. 자칫 잘못하다간 수만 마리의 카일락스를 상대해야 하는 상황이 생길지도 모르니까요."

그의 말을 듣던 레이멜이 머리를 긁적이며 물었다.

"차라리 이곳에서 그물을 쳐놓고 내일 해가 밝을 때까지 기다리는 것이 어떨까요?"

그라프는 고개를 내저었다.

"그때야 수가 얼마 되지 않아서 상관없었지만 이곳은 카일락스 수만 마리가 우글거리는 곳일세. 그것들이 우리의 존재를 느끼고 이곳으로 한꺼번에 달려든다면 아무리 나노이드잠사로 만든 그물이라 하더라도 견뎌내기 힘들 거야……."

깜짝 놀란 레이멜은 자신의 그물틀을 내려다보며 되물었다.

"그렇다면 이곳에서는 그물틀로도 안전할 수 없다는 말입니까?"

그의 물음에 그라프는 당연하다는 듯한 말투로 대답했다.

"상식적으로 생각해 보게나. 카일락스 백 마리만 한꺼번에 날아든다고 해도 이 그물틀은 그 힘을 못 이기고 튕겨 나갈 것일세. 하물며 만

마리가 넘는 카일락스라면 당연한 것 아닌가? 처음에도 말했듯이 이 그물들은 이동 중의 공격에 대비하기 위한 임시방편일 뿐이야."

"이럴 수가! 그럼 저곳으로 들어갔다간 살아남을 가능성이 거의 없잖아요!"

레이멜의 비명과 동시에 일행들의 표정은 모두 침중하게 변해 있었다. 그러던 중 뮤스가 무엇인가를 떠올린 듯 그라프에게 물었다.

"그라프님, 카일락스의 유인원(목표를 감지할 수 있는 원인)이 무엇인지 아십니까?"

그의 물음에 잠시 기억을 떠올리던 그라프가 입을 열었다.

"음, 어디 보자… 그렇지, 원래 곤충류들은 시각이 크게 발달하지 않았으니 유인원을 반드시 가지고 있지. 모기라면 보통 사람의 숨결을 느끼는 것으로 알고 있으니 카일락스들 역시 사람의 숨결을 느끼는 것이 아닐까?"

제대로 짚은 듯 뮤스가 고개를 끄덕였다.

"네, 모기들은 아주 먼 거리에 있는 먹잇감은 체취로 감지하게 되고, 간격이 좁아지면 날숨에 들어 있는 이산화탄소라는 것을 감지하게 되는 것입니다. 하지만 일반 모기는 20멜리 정도 떨어진 이산화탄소를 파악하는 것이 고작인데 카일락스는 이동 거리로 볼 때 일반 모기보다 수십 배에 달하는 감각을 가지고 있는 듯합니다. 그러나 우리가 숨을 내쉬지 않으면 카일락스들은 우리의 위치를 감지할 수 없다는 것이 되죠."

"정말 그렇군. 하지만 숨을 한 번도 쉬지 않고 500멜리나 떨어진 곳까지 갈 수는 없는 일 아닌가?"

잠시 뜸을 들이던 뮤스가 미소를 지으며 말했다.

"물론 숨을 쉬지 않을 수는 없는 법이죠. 저의 말은 이산화탄소에 민감한 녀석들의 습성을 역이용하자는 것입니다. 쉽게 말하자면 멀리 떨어진 곳에 많은 양의 이산화탄소를 발생시키면, 서식지에 모여 있던 카일락스들이 이산화탄소가 발생하고 있는 곳으로 몰려갈 것입니다. 물론 우리의 날숨을 감지하는 카일락스도 있겠지만, 많은 양의 이산화탄소에 가려지게 되니 우리를 공격하지는 않을 것입니다. 더욱 진한 이산화탄소에 반응을 하게 되어 있죠. 그렇게 된다면 이산화탄소가 그곳에 발생하는 동안에는 카일락스들이 서식지로 돌아오지 않을 테니 최소한 그 시간만큼은 서식지에 카일락스들이 남아 있지 않을 것입니다."

뮤스의 설명을 가장 빨리 이해한 사람은 도적이었던 큐리컬드였다.

"하핫! 그러니까 한마디로 주인을 밖으로 빼돌려 놓고 빈집털이를 하자는 것이군!"

미소를 지은 뮤스는 가방에서 초록색의 금속 통을 꺼내 들며 말했다.

"적절한 비유군요. 제게 이산화탄소를 모아놓은 통이 있으니 이것을 이용한다면 한 시간 정도의 시간을 끌 수 있습니다."

뮤스의 말을 듣고 있던 그라프의 얼굴은 왠지 생기가 돌기 시작했는데, 뮤스를 통해 큰 감동을 느끼고 있었기 때문이다. 지난 백여 년 동안 끊임없이 앎을 추구해 온 자신이었고, 그 덕에 대륙 최고의 지식을 가졌다고 하는 대현자의 칭호까지 얻을 수 있었다. 그리고 자신의 지식에 스스로 만족한 그라프는 더 이상 이 세상에 모르는 것이 없다는 생각으로 편안하게 나머지 여생을 마치고자 잠적을 하게 된 것이었는데, 뮤스라고 하는 나이 어린 한 공학도가 발휘하고 있는 놀라운 능력에 의해 자신의 생각이 얼마나 어리석었나를 깨달을 수 있었다. 그리고 동시에 인생의 내리막길에서 무엇인가를 해야겠다는 열정을 느끼게 되었는데 정말 오랜만에 느껴보는 희열이었던 것이다.

"허허… 아직도 나에게 이런 열정이 남아 있었다니……."

그라프가 새삼스러운 감회에 젖어 있을 때 뮤스는 루시아스를 바라보며 물었다.

"루시아스님, 우회해서 연못으로 갈 수 있는 길이 있나요?"

"엘프들에게 길이란 따로 있는 것이 아니죠. 원하는 대로 안내해 드릴 수 있습니다."

"그렇다면 잘되었군요. 저는 이곳에 이산화탄소 통을 개방해 놓을 생각입니다. 그렇게 된다면 카일락스들이 이산화탄소를 느끼고 직선 거리로 날아올 것이고, 우리는 카일락스를 피해 우회로를 이용해 카일락스의 서식지까지 움직이는 것이죠."

누가 보더라도 기발한 생각이었기에 일행들은 모두 존경스러운 얼굴로 뮤스가 하는 일을 지켜보고 있었다. 하지만 그중 유겐만은 불안한 표정을 지었는데, 갈수록 뮤스를 바라보는 이브리엘의 눈빛이 심상치 않아지고 있다는 것을 느끼고 있었기 때문이다. 입을 반쯤 벌리고 뮤스를 바라보고 있던 이브리엘은 그의 얼굴에서 시선도 떼지 않은 채 혼잣말로 유겐의 마음에 다시 한 번 비수를 꽂았다.

"어쩜 저렇게 기발한 생각을 해낼까? 정말 볼수록 멋져."

이번에는 그녀의 말을 직접 들은 레이멜이 심상치 않은 얼굴로 유겐에게 말했다.

"이거 정말 심상치 않은걸? 이럴 줄 알았으면 유겐, 너도 공부 좀 해두지 그랬냐."

그렇지 않아도 심기가 불편하던 차에 레이멜의 신경을 거슬리는 목소리가 들리자 유겐은 소리를 빽 질렀다.

"저런 게 공부한다고 해서 되는 거예요?! 이 세상 어느 책에 저런 게 나와요?"

토라진 유겐은 애꿎은 풀더미를 발로 걷어차고 있었다.

뮤스는 이산화탄소 통 설치를 끝내며 손을 털었다.

"이제 루시아스님 먼저 길을 안내해 주시죠. 출발하시면 제가 이산화탄소를 개방한 후 따라가겠습니다."

"네, 그렇게 하도록 하죠."

뮤스의 말에 고개를 끄덕인 루시아스가 일행들에게 손짓하며 우회로 쪽으로 걸음을 옮기기 시작하자 뮤스에게서 눈을 뗀 일행들은 그의 뒤를 따랐고, 그 자리에는 뮤스만이 남아 일행들이 안전한 곳으로 이동할 때까지 기다리기 시작했다.

시간이 조금 지나 그들이 시야에서 완전히 사라진 것을 확인한 뮤스는 이산화탄소가 든 통의 입구를 돌려 개방했다.

"잘 부탁한다. 딱 한 시간만 버텨다오."

취이이익—

이산화탄소가 새어 나오는 소리를 귀로 확인한 뮤스는 방출되는 양을 대충 계산하여 조절했고, 적당하다 싶을 정도가 되자 일행들이 사라진 곳을 향해 빠른 걸음으로 움직이기 시작했다.

그곳을 떠난 일행들은 조금 거친 길을 이동하고 있었다. 그 누구도 다니지 않던 우회로였기에 수풀이 다른 곳보다 무성했지만 앞장선 루시아스가 능숙하게 치워줬기에 큰 어려움은 없었다. 그렇게 걷던 중 그라프가 뒤를 돌아보며 입을 열었다.

"아직도 뮤스 군은 합류하지 않았나?"

그의 말에 가장 뒤쪽에 위치한 쥬라스가 대답했다.

"네, 아직 합류하지 않았습니다."

조금 걱정스러운 표정을 지은 그라프는 앞서서 길을 트고 있는 루시아스를 향해 말했다.

"뮤스 군이 합류할 때까지 기다렸다 가는 것이 어떤가? 혹시 길을 잃었을지도 모르는 일이니."

"흠, 그렇다면 내가 실프를 보내 뮤스 군을 안내하도록 하지. 실프!"

말이 끝나자마자 손가락을 움직여 실프를 소환했다. 그러자 아무것도 없는 공간에서 푸른 실프가 나왔고, 루시아스가 무엇이라고 속삭이자 실프는 빠른 속도로 어디론가 날아갔다.

"이제 조금만 있으면 뮤스 군을 찾아서 데리고 올 것일세."

실프가 사라진 곳을 바라보던 그라프는 가벼운 한숨을 쉬며 말했다.

"자네의 실프는 언제 봐도 부럽군. 실프를 다룰 수 있는 능력이 있었으면 하는 생각을 매번 하고 있다네."

"하핫, 뭐 익숙해지다 보면 특별히 편한 것을 느끼지 못한다네. 이런 것이 있는 자의 여유라는 것인가?"

대화를 나누고 있는 둘 사이로 아드리안이 끼어들며 말했다.

"루시아스님, 그라프님, 소리 한번 들어보시죠!"

그의 말과 함께 일행들은 숨을 죽였다. 그러자 숲 전체가 울릴 정도의 웅웅거리는 소리가 들려왔는데, 엄청난 숫자의 카일락스가 움직이면서 나는 소리임을 쉽게 알 수 있었다. 그라프는 급히 쥬라스에게 눈짓을 했고, 그가 원하는 것이 무엇인지 알 수 있었던 그녀는 눈을 감으며 신성력을 사용하기 시작했다. 시간이 얼마 지나지 않아 카일락스의 위치를 파악할 수 있었던 그녀는 조용한 목소리로 말했다.

"뮤스 군의 유인이 성공한 것 같아요. 지금 엄청난 숫자의 카일락스들이 몰려가고 있는 중이에요."

귀를 기울여 일행들이 그녀의 말을 듣고 있을 때 그들이 지나온 길에서 뮤스의 목소리가 들렸다.

"다행이군요. 그렇지만 그리 오랜 시간을 끌 수는 없으니 어서 출발해야 합니다."

그는 루시아스가 보낸 실프와 함께 수풀을 헤치며 걸어오는 중이었는데, 혼자 숲을 헤맸었는지 옷과 머리에 잔뜩 나뭇잎들이 붙어 있었다. 그를 보던 레이멜이 장난스러운 말투로 말했다.

"하핫, 아무래도 모습을 보아하니 길을 잃었던 것 같군. 너도 못하는 것이 있다니, 이거 놀라운걸?"

"저라고 다 잘하는 줄 아세요? 원래 사람마다 전문 분야가 있는 거라고요."

"흠… 그렇다면 불공평하게도 네 전문 분야가 너무 좋군. 내 전문 분야인 놀고 먹는 것에 비한다면 말이야."

그의 우스갯소리에 일행들은 잠시나마 여유롭게 미소 지을 수 있었다. 이제 뮤스까지 합류하자 루시아스는 다시 걸음을 옮기기 시작했는데, 카일락스들이 이 일대에는 없다 생각을 하자 그나마 마음이 놓이는 일행들이었다.

로아드 연못에 다가감에 따라 주변은 자욱한 물안개가 기승을 부리기 시작했다. 지금은 시야를 크게 방해할 정도는 아니었지만 갈수록 안개가 짙어져 갔기에 이동 속도는 점점 늦어졌고, 조금 더 전진하자 땅 또한 점차 질퍽해져 더욱 움직임을 방해했다.

처벅, 처벅…….

발이 진득하게 달라붙는 느낌이 좋지 않자 레이멜은 신경질적으로 발을 들며 루시아스에게 물었다.

"이런 진흙 바닥이 있는 것을 보니 거의 다 온 것 같은데… 아직 멀었나요?"

그의 말을 기다리기라도 한 듯 걸음을 멈춘 루시아스는 물안개가 자욱한 앞쪽을 가리키며 말했다.

"바로 여기가 로아드 연못입니다."

일행들은 안력을 돋워 루시아스가 가리킨 곳을 바라보았다. 처음에는 안개로 인해 가려져 진흙 바닥이 계속되는 줄로 알고 있었던 그곳에서 찰랑거리는 물결 조금씩 보이고 있었다. 하지만 안개 때문에 그 규모는 짐작할 수 없었고, 다만 생각하던 연못의 크기보다는 상당히 커서 오히려 호수에 가깝다는 것을 알 수 있었다.

연못의 전경을 훑어보던 그라프는 품에서 약병을 꺼냈다. 그리곤 그것을 이브리엘에게 건네주었는데, 막상 이브리엘 본인은 이것이 무슨 의미인 줄 모르는 눈치였다.

"이게 무엇이죠?"

그녀의 반응에 빙그레 웃은 그라프는 연못 쪽을 가리키며 말했다.

"이 약은 카일락스의 번식을 막아주는 역할을 하는 것이지. 그저 연못에 이 병에 든 약을 뿌려주기만 하면 되니 네가 직접 하거라."

"제, 제가요?"

"네가 뿌린 씨앗은 네가 거두는 것이 세상의 이치가 아니겠느냐?"

잠시 생각을 하던 이브리엘은 손에 들린 약병을 바라보며 고개를 끄덕였다.

"고맙습니다, 그라프님."

손을 내저은 그라프는 일행들을 바라보며 말했다.

"연못까지 가는 데 길이 좋지 않으니 누가 이브리엘과 같이 가주게나?"

그라프의 말이 끝나기가 무섭게 기다렸다는 듯이 유겐이 손을 들고 나섰다.

"제, 제가 함께 가겠습니다."

레이멜은 그의 가상한 용기와 집념에 찬사를 보내고 있었다.

"정말 대단한걸. 역시 유겐은 용기의 사나이야!"

이제 모든 준비가 되자 그라프와 루시아스는 양 옆으로 비켜주며 연못으로 가는 길을 터주었고, 유겐이 먼저 발걸음을 옮기며 발 디딜 곳을 살폈다. 그리고 그의 뒤로 약병을 든 이브리엘이 뒤따르기 시작했는데, 약 20멜리쯤 떨어져 있는 연못으로 향하는 그들을 일행들은 지켜보고 있었다.

유겐은 가슴이 콩닥거리며 뛰는 것을 느낄 수 있었다. 왠지 모르게 이브리엘이 자신의 등 뒤에서 보호를 받고 있다는 생각에 절로 마음이 뿌듯해지고 있는 것이었다. 물안개를 헤치며 걸어가던 유겐은 이제 연못의 물가에 닿는 것을 볼 수 있었다. 그 앞에 서게 된 유겐은 엄청난 광경에 입을 쩍 벌려야만 했는데, 약 20셀리 정도 되는 길죽한 물체들이 연못의 둘레로 빽빽하게 차 있는 것이었다. 유겐은 그것이 카일락스의 유충이라는 것을 알 수 있었다. 이것을 보고 이브리엘이 놀랄 것을 대비해 몸을 돌린 유겐이 말했다.

"지금 수면 위로 엄청난 수의 유충들이 떠 있습니다. 그러니 미리 마음의 각오를 하시는 것이 좋을 것 같습니다."

섬세한 그의 배려에 이브리엘은 미소를 지었다.

"네. 고마워요, 유겐 씨."

한숨을 가볍게 내쉰 이브리엘은 마음의 준비를 한 듯 유겐의 옆으로 다가왔다. 그와 함께 그녀는 유겐이 말하던 카일락스들의 유충들을 볼 수 있었는데, 생각보다 충격이 컸는지 고운 이마를 찡그리고 있었다.

"음… 징그럽군요."

하지만 유겐의 눈에는 찡그린 그녀의 얼굴도 안아주고 싶을 만큼 아름다워 보이고 있었다. 유겐이 넋을 빼고 있을 때 이브리엘은 큰마음을 먹고 몸을 숙였다. 그리고 손에 든 약병의 뚜껑을 연 그녀는 천천히 병을 기울이며 노란색의 액체를 물속으로 쏟아 부었다. 그와 동시에 노란 액체는 빠른 속도로 퍼져 나갔고, 멀리 퍼질수록 색은 옅어져 처음 그랬던 것처럼 투명함을 회복했다. 이제 카일락스에 대한 일이 끝났다는 생각에 마음을 놓은 그녀는 안도의 한숨을 내쉬었다.

그때였다. 그녀 가까이에 있던 카일락스의 유충 한 마리가 껍질을 깨며 부화하기 시작했는데 아무런 생각 없이 그 모습을 목격한 이브리엘은 소스라치게 놀라게 되었다.

"까아악!"

급히 몸을 뒤로 빼내려던 그녀는 안타깝게도 발을 잘못 딛게 되었고, 균형을 잃으며 연못 쪽으로 넘어지게 되었다.

첨벙—!

넋을 놓고 있던 유겐은 갑작스러운 상황에 미처 대처하지 못하고 있다가 급히 정신을 차려보니 이브리엘이 무릎까지 오는 곳에 빠져 있는 것이었다.

“이런! 괜찮으십니까?”

놀란 유겐은 물속으로 뛰어들었고, 흠뻑 젖어 있는 그녀를 재빨리 안아 들고서 그곳을 빠져나왔다. 옷이 물을 먹었음에도 불구하고 그녀의 몸은 솜털처럼 가볍다고 생각하는 유겐이었다.

물안개 너머로 이브리엘이 갑작스럽게 비명을 지르며 물에 빠지는 모습을 보고 일행들은 크게 놀란 듯했는데 금세 유겐이 그녀를 안고 나오자 안도의 한숨을 쉬었다. 그라프는 가슴을 쓸어 내리며 유겐을 향해 입을 열었다.

“이보게, 유겐! 대체 무슨 일인가?”

그의 물음에 이브리엘을 안고 나온 유겐이 그녀를 조심스럽게 내려 놓으며 말했다.

“카일락스의 유충이 부화하는 것을 보고 놀라셨습니다.”

다행스럽게도 별일이 아니라는 것을 알게 된 그라프는 고개를 끄덕이며 이브리엘에게 말했다.

“허어… 그래, 약은 모두 연못에 풀었느냐?”

비록 물에 젖어 모양이 말이 아니었지만 그녀는 그간 자신의 고민이 해결되었음에 기뻐하며 기쁨의 미소를 지었다.

“네, 그라프님 덕분에 일이 해결되었어요. 정말 감사합니다.”

“내가 뭘 한 것이 있다고… 여기 일행들에게 고마워하거라.”

이제야 희색을 찾은 그녀를 보며 그라프와 루시아스는 흐뭇한 표정을 지었고, 다른 일행들 역시 어려운 일을 해냈다는 성취감을 느끼고 있었다. 하지만 뮤스만은 딱딱한 표정으로 시간을 가늠하고 있었다.

“이제 이산화탄소가 거의 떨어질 때가 되었어요. 카일락스들이 우리를 발견하기 전에 최대한 빨리 이곳을 빠져나가야 합니다.”

시간이 얼마나 급한지 잘 알고 있던 루시아스가 말했다.

“지금까지 온 길을 포기하고 그곳에서 1켈리 떨어진 우회로를 이용할 테니 될 수 있는 한 빨리 저를 따라오시죠. 그럼 서두릅시다.”

더 이상 지체할 시간이 없었던 일행은 그의 말이 끝남과 동시에 루시아스의 뒤를 따라서 왔던 길의 서쪽으로 빠르게 움직이기 시작했다.

촤자자작! 촤자작!

할 일을 마치며 마을로 돌아가는 뮤스 일행들은 거리낄 것 없는 몸짓으로 숲 속을 달리고 있었다. 일행들 모두 숨이 조금씩 가빠오기 시작했지만 이제 곧 그들의 뒤를 쫓을 카일락스와의 거리를 최대한 넓히기 위해 힘을 짜내고 있었다.

나란히 달리던 큐리컬드와 레이멜은 이렇게 달리는 와중에도 쉴 새 없이 말을 주고받고 있었다.

“헉헉! 레이멜! 생각보다 잘 달리는군. 헉헉! 지금까지 마법 한번 쓰는 걸 못 봤는데, 이번 기회에 전사로 전향해 보는 게 어때?”

“하아! 하아! 자네야말로 정말 잘 달리는군! 도둑질할 때 얼마나 도망을 잘 다녔는지 보지 않아도 눈에 선하군! 아이고, 죽겠다!”

그들이 앞서 가는 사이 아드리안과 유겐은 일행들의 가장 뒤를 맡고 있었는데, 체력적으로 남자에 비해 달리는 여자들이 뒤처지지 않도록 지켜보기 위한 것이었다. 아드리안은 명문가에서 교육받고 자라온 만큼 기사도 정신이 투철했기 때문에 당연한 것이었지만 유겐은 그 여인들 사이에 이브리엘이 속해 있었기에 어쩔 수 없이 위험을 감수하고 있는 중이었다. 쥬라스의 뒤를 돌보며 달리고 있던 아드리안이 물었다.

"쥬라스 사제님, 달리면서도 신성력을 발휘할 수 있으십니까?"

그의 물음에 이미 숨이 턱 아래까지 찬 쥬라스는 호흡 조절을 하고 나서야 겨우 대답할 수 있었다.

"달리는 중에는 무리예요. 카일락스들의 낌새가 있나요?"

"제 귀가 잘못됐는지 옆쪽에서 카일락스의 소리가 들리는 것 같아서요."

"옆에서요?!"

아드리안이 던진 한마디 말에 일행들은 달리던 속도를 줄였다. 그리고 시선을 이리저리 돌리며 주변을 살펴보기 시작했는데, 아드리안의 말대로 달리고 있던 왼쪽으로부터 카일락스의 날갯짓 소리가 들려오는 것이었다. 이어 그라프는 자신의 그물틀을 꺼내며 일행들에게 외쳤다.

"모두들 몸을 숨기게! 그리고 쥬라스 사제는 확실한 카일락스의 위치를 파악해 주게나!"

그의 목소리를 들은 일행들은 일사천리로 카일락스의 공격에 방어할 채비를 했고, 신성력을 발하던 쥬라스는 카일락스의 위치를 파악하며 참담한 표정으로 일행들에게 알렸다.

"이런… 아무래도 그곳에 모여 있던 카일락스들이 모두 이곳으로 오고 있는 것 같아요! 그 수가 엄청나서 파악이 불가능할 정도예요!"

"이런 제길, 기껏 일을 다 끝냈다고 생각했더니……."

일행들이 자신들의 그물틀을 펼쳐 안으로 몸을 숨기고 있을 때였다. 무슨 일인지 멀리 피해 있던 이브리엘은 크게 당황하고 있었는데, 지금까지 몇 번 카일락스의 습격을 경험했지만 이렇게 당황하고 있는 모습은 처음이었다. 그물틀 안에서 그녀를 바라보던 유겐이 외쳤다.

"이브리엘님, 무슨 일이 있습니까?"

허리춤을 매만지던 그녀는 다급한 목소리로 대답했다.

"음향발생기에서 소리가 나지 않아요! 어떻게 하죠?"

역시 그물틀 안에서 그녀의 말을 듣고 있던 뮤스는 둔중한 무엇인가로 머리를 한 대 얻어맞은 느낌이 들고 있었다.

"이런! 물에 빠졌을 때 고장난 것이군! 이 일을 어떻게 하지?"

하지만 상황이 상황인지라 생각할 시간이 넉넉치 않았기에 일단 어떻게든 행동을 취하고 봐야만 했다. 이브리엘을 향해 급히 손짓한 뮤스는 자신의 그물틀을 들어 올리며 밖으로 몸을 날렸고, 어찌 된 영문인지 모르던 일행들은 크게 놀라며 뮤스의 행동을 보고만 있을 뿐이었다. 그리고 이브리엘이 뛰어오는 것을 보며 외쳤다.

"이브리엘님, 제 그물틀 안으로 어서 피하세요!"

그의 말을 들은 이브리엘은 급한 마음에 서둘러 뮤스의 그물틀 안으로 몸을 피했고, 결국은 뮤스만이 카일락스에 대해 무방비 상태로 노출되어 있었다. 그것을 본 일행들은 경악에 찬 목소리로 외쳤다.

"뮤스! 무슨 짓을 하는 거야!"

"어서 그물틀 안으로 들어오란 말이야!"

"이런 바보 같은 녀석! 조금 있으면 카일락스들이 몰려든단 말이야!"

그들의 외침에도 불구하고 어깨를 으쓱거린 뮤스는 일행들을 바라보았다.

"어쩔 수 없잖아요. 어차피 그물틀 하나에 두 명이 들어가는 것은 무립니다. 그리고 제가 이브리엘님의 안전을 보장한다고 말했으니 책임을 질 수밖에요."

뮤스는 왠지 지금의 상황이 전뇌거 경주 때의 상황과 얼추 비슷하다
고 생각하며 쓸쓸한 미소를 지었다.

"쳇, 꼭 몸으로 때우는 건 왜 내가 해야 하는 건지……."

무방비로 카일락스들의 공격을 기다리고 있는 뮤스의 뒷모습을 바
라보던 일행들은 정신이 아득해짐을 느끼고 있었다. 그중 세실프가 가
장 큰 충격을 받고 있었는데, 그녀가 우습게 생각하며 깔보던 뮤스의
모습은 지금 위험 앞에서 당당히 서 있는 그의 어디에서도 찾아볼 수
없었기 때문이다. 감정이 격해진 세실프는 주먹을 쥐며 외쳤다.

"바보 같은 녀석아! 목숨이 그렇게 우습냐! 혼자 잘난 척하고 말이
야!"

세실프의 목소리를 들은 뮤스는 피식 웃으며 소리쳤다.

"세실프 누님께 끝까지 좋은 소리는 못 듣는군요. 그리고 누가 죽으
러 나왔다고 그랬어요? 그리고 어차피 이 정도 숫자의 카일락스를 그
물틀로만 막아낼 수 없다는 것 아시잖아요! 제가 카일락스를 유인하면
모두들 최대한 빨리 마을로 돌아가도록 하세요! 알았죠?"

레이멜은 더듬거리는 목소리로 입을 열었다.

"이, 이 자식! 대체 뭘 하려고 그러는 거야! 너, 너 혼자 죽으려는 거
아냐!"

하지만 뮤스는 대답하지 않은 채 가방에서 또 하나의 이산화탄소 통
을 꺼내 들며 뚜껑을 돌려 그것을 개방했다.

쉬이이이익!

이산화탄소가 흘러나오는 것을 확인한 뮤스는 일행들을 향해 미소
지으며 말했다.

"모두들 몸조심하세요! 남은 카일락스들은 여러분들이라면 충분히

처리할 수 있을 거예요!"

　말을 마친 뮤스는 숨을 한번 몰아쉬며 빠르게 일행이 움직이는 반대 편으로 뛰기 시작했고, 그가 사라지는 모습을 보던 일행들은 울컥한 마음에 할 말을 잃어버렸다. 그리고 이브리엘은 자신 때문에 뮤스가 위험을 무릅쓴다는 생각에 눈물을 흘리고 있었는데, 카일락스 일 때문에 생긴 죄책감을 벗자마자 또 다른 죄책감을 다시 가슴에 품을 수밖에 없었다.

　"저 때문에… 뮤스 군이……."

　그라프가 그녀를 위로했다.

　"네가 가진 음향발생기가 고장나지 않았다고 해도 뮤스 군은 그물틀 만으로 그 많은 카일락스들을 막기엔 역부족인 것을 알고 지금처럼 뛰쳐나갔을 것이란다."

　눈물을 손등으로 살짝 닦아낸 이브리엘은 그라프의 얼굴을 올려다보며 되물었다.

　"정말 그랬을까요?"

　"물론이지. 자, 우리도 이러고 있을 시간이 없단다."

　오랜 세월을 살면서 세상의 모진 풍파를 다 겪은 그라프는 다른 이들에 비해 상대적으로 빨리 마음을 추스를 수 있었고, 서둘러 다른 일행들의 정신을 일깨웠다.

　"뮤스 군은 아무 일도 없을 걸세! 지금까지 그의 능력을 봐왔지 않은가? 그러니 서둘러 우리도 이곳을 떠야 할 것이야."

　그는 긍정적으로 말을 하고 있었지만, 아무리 뮤스라고 해도 만 마리에 육박하는 카일락스를 피하기는 불가능하다고 생각하며 안타까워했다. 슬픈 눈으로 뮤스가 사라진 곳을 바라보던 아드리안도 그라프의 말에 냉정심을 되찾으며 동료들을 향해 말했다.

"그라프님의 말씀이 맞네. 뮤스가 우리를 위해 위험을 떠맡았는데 이렇게 멍하니 있는 것도 할 짓이 아니지. 먼저 돌아가서 뮤스를 맞아 주도록 하자고!"

겉으로는 그의 말에 수긍하는 듯 고개를 끄덕였지만 모든 사람들은 그들이 위로하기 위해 하는 말이라는 것을 알고 있었다. 그러나 그라프와 아드리안의 말대로 이곳에 계속 머물게 된다는 것은 뮤스의 헌신을 의미없이 만드는 거라 생각하며 슬픔을 뒤로 접은 채 자리를 뜨기 시작했다.

숲 속은 생명체들이 달콤한 잠을 자고 있을 깊은 밤이었지만 때아닌 소란에 몸살을 겪고 있었다. 뮤스와 헤어진 일행들은 그물틀을 사용하는 소극적인 방법을 접으며 빠른 이동을 위해 그들을 쫓고 있는 카일락스들과 직접 싸우는 방법을 택했는데, 그로 인해 숲 속에는 고함 소리와 기합 소리가 쩌렁쩌렁 울리고 있었다.

그들은 전투력이 없는 일행들을 가운데 두고서 바깥쪽을 보며 둥글게 서 있었다. 중심에 있는 쥬라스와 루시아스가 카일락스의 대략적인 위치를 바깥쪽의 동료들에게 말해 주고, 그들은 숙련된 자신의 감각만으로 카일락스들과 싸우는 중이었지만 재빠른 카일락스를 상대하기에는 역부족이었기에 겨우 방어만 하고 있는 실정이었다.

보이지 않는 적과 싸우느라 곤욕을 치르고 있던 아드리안은 욕지거리를 하며 검을 휘두르고 있었다.

"제길! 눈으로 볼 수만 있다면 아무런 문제도 없을 텐데! 레이멜, 어떻게 좀 해보라고!"

아드리안이 소리치자 레이멜은 짜증난다는 말투로 대답했다.

"대체 뭘 해야 할지 모르겠단 말이야! 잠깐만 기다려 보라고! 나도 방법을 찾고 있으니까!"

레이멜의 목소리를 듣고 있던 큐리컬드는 단검을 하나 던지며 말했다.

"이 사이비 마법사야! 나는 벌써 열두 마리째라고! 자네도 뭘 보여줘야 하지 않겠어?"

지금까지 이상한 마법사라는 소리는 많이 들어봤지만 사이비 마법사라는 말은 처음이었기에 화를 삭이지 못했던 레이멜이 발끈하며 소리쳤다.

"뭐라고! 카일락스가 보이질 않으니 자네가 열두 마리를 잡았는지 아닌지 어떻게 알아? 제기랄, 사이비 마법사라니!"

이마에 핏줄을 세우며 큐리컬드의 말을 반박하고 있을 때 그의 등 넘어로 그라프의 목소리가 들려왔다.

"이보게, 레이멜! 이럴 때 페럴라이즈(적을 마비시켜 움직이지 못하게 만드는 마법)를 쓰면 될 것 아닌가!"

씩씩거리던 레이멜은 그라프의 말을 듣고서야 스스로의 머리를 두들기며 탄식을 했다.

"아! 페럴라이즈! 왜 그 생각을 못했을까! 역시 대현자님다우시군요."

다시 단검을 던져 카일락스를 떨어뜨린 큐리컬드는 고개를 저으며 한심하다는 듯 말했다.

"마법을 쓸 줄만 알면 뭐 하나? 경험을 쌓아서 필요한 곳에 쓸 수 있어야 진정한 마법사지! 뭔가를 알아냈으면 어서 이 녀석들 좀 해결하라고! 이렇게 죽이다간 끝도 없겠어!"

"자네가 입만 좀 다물면 훨씬 빨리 마법을 걸 수 있을걸?"

끝까지 큐리컬드의 말을 되받아친 레이멜은 손으로 재빨리 도형을 그리며 마나를 분배하기 시작했다.

"가이스트, 리브 운트 라이브스크라프트 홀텐! 페럴라이즈!"

그리고 마법 시동어를 외치며 보란 듯이 큐리컬드가 악전분투하고 있는 곳을 향해 손을 뻗자 그의 손끝에서 빛이 감도는 도형이 생기며 푸른 섬광이 쏘아져 나갔는데, 동시에 무엇인가가 땅바닥으로 떨어져 내리는 소리가 들려왔다. 이에 기고만장해진 레이멜은 거만하게 손을 허리춤에 올린 채 대소했다.

"하하핫! 큐리컬드, 어떤가? 이 레이멜님의 실력이?"

하지만 큐리컬드의 대답 소리가 들려오지 않자 이상한 기분에 그가 있는 쪽을 바라보았는데, 단검을 휘두르던 모습 그대로 땅바닥에 쓰러져 있는 것이었다. 그제야 큐리컬드까지 자신이 건 마법의 영향권에 있었다는 사실을 깨달으며 재빨리 그에게 걸린 마법을 풀어줘야 했고, 레이멜은 제법 애를 썼음에도 불구하고 큐리컬드에게 욕을 들을 수밖에 없었다.

그리고 세실프와 유겐 남매 역시 고전을 면치 못하고 있었다. 비록 재빠른 몸놀림에 뛰어난 감각이었지만 그것만으로 보이지 않는 카일락스를 상대하기에는 무리가 있어 보였다.

상황은 시간이 지날수록 일행들에게 불리한 쪽으로 흘러가고 있었다. 뮤스가 큰 무리의 카일락스를 유인해 갔음에도 상당수의 카일락스들이 그들을 쫓아왔고, 주변에서 서식하고 있던 카일락스들이 합세하면서 조금씩 늘어 이제는 백여 마리에 달하고 있는 중이었다. 그러던 중 아드리안의 비명성이 숲을 흔들었다.

"아악! 크윽! 제기랄, 당했군!"

거칠게 뱉은 신음성과 함께 검을 휘두르고 있던 아드리안은 왼팔을 부여잡으며 일행들이 몸을 피해 있는 안쪽으로 들어왔고, 그가 맡고 있던 자리를 세실프가 메워주었다. 아드리안에게 급히 다가간 쥬라스는 그의 상처를 살피기 시작했는데, 왼쪽 팔꿈치 아래로 손톱만한 구멍이 뚫려 선혈이 쏟아져 나오고 있었다. 그것을 보며 인상을 찌푸린 쥬라스는 손으로 오로라를 끌어 모으며 기도문을 읊기 시작했다.

"만물의 생명은 주신께 속한 것이고, 그들의 존재 이유 또한 주신을 위한 것이니… 이 가여운 존재에게 한줄기의 빛을 내려주시길……."

그녀는 오로라를 발출하고 있는 손으로 아드리안의 팔을 천천히 쓸어 내렸다. 그것이 반복될수록 고통은 줄어들고 피가 멈추었으며, 상처에서는 새살이 조금씩 돋아났다. 그렇게 시간이 흐르자 아드리안의 상처는 감쪽같이 사라졌고, 쥬라스의 안색은 지쳐 버린 듯 창백하게 변해 있었다.

"하아… 이제 상처와 카일락스의 독소는 모두 치유했지만 아직 힘을 쓸 수는 없을 거예요."

"감사합니다, 쥬라스 사제님."

쥬라스에게 감사의 인사를 한 아드리안은 딱딱한 표정으로 힘겹게 카일락스에게 대항하고 있는 세실프와 유겐에게 말했다.

"세실프! 유겐! 이대로는 우리가 당하고 말겠어! 어쩔 수 없이 너희들이 샤디올의 힘을 사용하거라!"

전투 중에 아드리안의 말을 들은 세실프와 유겐은 서로의 얼굴을 바라보며 어떠한 결심을 굳힌 듯했다.

"좋아요! 모두들 멀찌감치 피해 있으세요! 유겐, 시작하자!"

세실프는 말을 끝맺으며 손에 들고 있던 기형도의 손잡이를 잡아당겼고, 그녀의 신호를 들은 유겐 역시 같은 모습으로 기형도의 손잡이를 잡아당겼다. 그러자 기형도는 붉은 빛을 사방으로 뿜으면서 신기하게도 그 모양이 변했는데, 더 이상은 기형도가 아니고 곧게 뻗은 검에 가까운 모습이었다. 이를 주시하고 있던 그라프는 그것의 정체를 눈치챈 듯 식은땀을 흘리고 있었다.

"설마 했지만 생명을 빨아먹고 산다는 마의 쌍검 샤디올이었다니… 어떻게 저 남매가 저 저주받을 물건을 가지고 있단 말인가?!"

그라프의 입에서 흘러나온 샤디올이라는 이름은 고대 이야기에 관심이 있는 사람이 들었다면 고개를 내저으며 비난을 쏟아 부을 이름이었다.

애초 샤디올은 한 쌍의 검을 지칭하는 이름이었다. 그것의 탄생은 아주 먼 고대까지 거슬러 올라가는데, 고대 능력을 인정받던 장인 형제가 서로의 실력을 과시하기 위해서 똑같은 모양의 검을 만들기 시작한 것이 그 시작이었다.

그들 장인 형제는 자신들의 명예가 걸린 만큼 모든 실력을 쏟아 부으며 반평생에 걸쳐 샤디올을 완성했다. 하지만 완성된 두 개의 샤디올은 모든 면을 비교해 보아도 어느 하나 뒤처지는 것이 없었기에 자존심이 상한 형제는 결국 서로의 우월성을 주장하며 말다툼을 하게 되었다. 화가 머리끝까지 나버린 장인 형제는 이지를 상실하고서 각자의 손에 들린 샤디올을 사용해 서로를 찔렀고, 그렇게 형제의 피 맛을 본 샤디올은 스스로 살심을 가지게 된 것이었다. 이후 세상에 흘러든 샤디올은 그것을 지닌 주인의 생명력과 이지를 빼앗아 수많은 살인을 저

지르게 되었고, 이를 본 고위 마법사가 마법으로 샤디올을 봉인했다는 이야기가 전해지고 있었다. 그런 물건이 뜻하지 않게 이런 곳에 나타났으니 그라프가 놀라는 것은 당연한 일이었다.

그라프의 경악성을 듣던 아드리안은 세실프 남매를 바라보며 착잡한 표정을 지었다.

"저 남매들 역시 샤디올의 봉인을 열게 되면 생명이 줄게 된다는 것을 알기 때문에 최대한 사용을 자제하고 있었지만 이런 상황에서는 어쩔 수 없는 것이죠."

안쓰러운 그들의 눈빛을 뒤로하고 세실프와 유겐은 붉은 광망을 뿜으며 샤디올을 휘두르고 있었다. 두 남매가 움직일 때는 숲조차도 숨죽이며 지켜보고 있는 듯했다. 인간의 움직임이라고 볼 수 없는 빠른 몸놀림으로 허공을 베어가는 그들은 마치 아무것도 없는 곳에서 홀로 검무를 추는 듯했고, 공기를 가르는 바람 소리가 날 때마다 샤디올의 움직임을 미처 인지하지도 못한 카일락스들은 체액을 뿌리며 땅으로 떨어졌다.

촤아아악—! 푸드드득!

모든 것이 순식간이었다. 초록색의 풀로 덮여 있던 땅은 이제 노란색의 액체로 뒤덮여 있었고 반 토막이 된 카일락스들은 내장을 쏟으며 나뒹굴어 처참한 모습이었는데 잠간의 검무가 백여 마리에 이르는 카일락스들을 자연으로 돌려보내 버린 것이었다. 하지만 그것이 끝은 아니었다. 이제 목표를 잃은 샤디올은 만족하지 못하고 또 다른 먹잇감을 찾기 시작했다.

곧 인간의 피 냄새를 발견하고 일행들을 향해 세실프와 유겐이 천천히 다가오고 있었다. 하지만 이를 미리 알고 준비하고 있었던 아드리안은 품속에서 초록색의 가루를 꺼내어 그들에게 뿌렸다. 자신들을 향해 날아오는 가루를 들이킨 세실프와 유겐의 몸은 힘을 잃은 듯 그 자리에서 쓰러졌고 그들의 움직임이 멈춘 것을 다시 한 번 확인하고서야 아드리안은 안심했다.

"휴우… 결국 카일락스들을 깨끗이 처리했군요. 큐리컬드, 레이멜, 저들을 옮기는 것 좀 도와주겠나?"

그의 말에 넋을 잃고 처참한 광경을 바라보고 있던 큐리컬드가 믿기지 않는 듯 고개를 털며 말했다.

"이럴 수가… 내가 잘못 본 것은 아니겠지? 어찌 사람의 능력으로 이런 일을 할 수 있는 건가?"

레이멜 역시 혀를 내두르고 있었다.

"휘유! 역시 괜히 공작가에서 고용한 것은 아니었군. 대충 보통이 아닐 거라고 생각은 하고 있었지만 이 정도일 것이라고는……."

잠시 놀란 가슴을 가라앉힌 그들은 각자 세실프와 유겐을 들쳐 업었다. 그리고 그들이 떨어뜨린 샤디올을 주워 들려고 할 때 아드리안이 급히 말렸다.

"만지지 말게! 주인 외의 인물이 만졌다간 무슨 일이 생길지 모른다고 했으니까."

그의 말에 섬뜩한 기분을 느낀 레이멜과 큐리컬드는 손을 천천히 거두었다. 그때 쥬라스가 샤디올이 떨어져 있는 곳으로 다가가며 아드리안에게 말했다.

"제가 이것을 좀 봐도 될까요?"

"하지만 주인이 아닌 자가 만지면 위험하다고……."

걱정이 담긴 그의 말을 들은 쥬라스는 미소를 지으며 대답했다.

"저는 신성력을 가진 사제예요. 그러니 마력으로 저를 어떻게 할 수
는 없는 일이죠."

대충 그녀가 하는 말을 이해할 수 있었던 아드리안은 고개를 끄덕였
다. 쥬라스는 천천히 땅에 떨어져 있는 샤디올을 주워 들었는데, 과연
샤디올이 그녀에게는 아무런 해를 끼칠 수 없는 듯 아무런 일도 일어
나지 않고 있었다.

이렇게 해서 겨우 위기를 마친 일행들은 너무 이곳에서 지체했다는
것을 깨달으며 이동하기 시작했는데, 세실프와 유겐을 업은 두 남자는
그것이 불만인 듯 쉬지도 않고 투덜거리고 있었다.

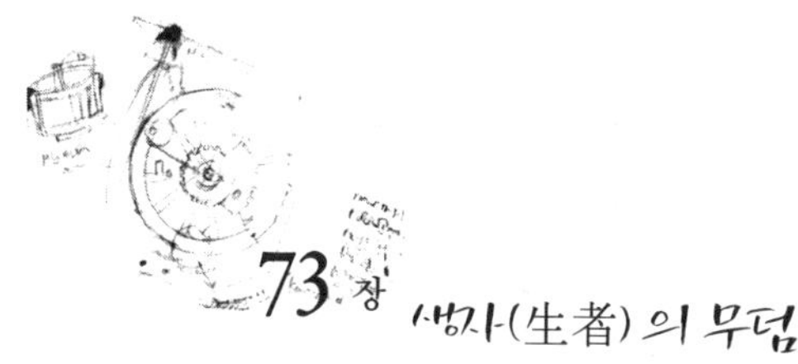

73장 생자(生者)의 무덤

쉬이이익—!

귀에 거슬리는 소리와 함께 한 인영이 쉼없이 숲 속을 달리고 있었다. 그는 무엇인가에 쫓기고 있는 듯했지만 절대 뒤를 돌아보지 않았고, 가고자 하는 목적지조차 없는지 수시로 방향을 전환하기도 했다.

그의 뒤를 웅장한 소리가 뒤쫓고 있었다. 아무런 형체도 보이지 않았기에 그것이 무엇인지 알 수는 없었지만 그 소리만으로도 듣고 있는 사람의 심장을 바짝 타게 만들 법했다.

파바박—! 파박!

인영의 발놀림은 참으로 경쾌했고 지친 기색도 없었다. 마치 초원을 달리는 한 마리의 야생마를 보는 듯했는데, 어찌 보면 그만큼 자유스러워 보이기까지 했다. 그가 조금 더 달려나가자 나지막한 개울이 하나 보이고 있었다. 그것을 뛰어넘기 위해 몸을 날렸을 때, 인영의 얼굴은 달빛에 비춰졌고, 검은 머리를 흩날리고 있는 뮤스의 얼굴이 나타났다.

뮤스는 벌써 30분째 카일락스들에게 쫓기고 있는 중이었다. 그는 속으로 지금까지 달린 거리를 계산하고 있었는데 최소한 15켈리쯤은 달렸다는 결론이 나왔다. 하지만 카일락스의 추적을 효율적으로 피하기 위해 방향을 수시로 바꿨기에 직선거리는 얼마인지 추측할 수 없었다. 하지만 이 정도쯤이면 카일락스를 유인하는 데 성공한 셈이라고 생각한 뮤스는 손에 들고 있던 이산화탄소 통을 멀리 던져 버렸다. 하지만 그것을 따라가는 카일락스는 없는 듯하자 인상을 찌푸렸다.

"이런, 벌써 나를 눈으로 쫓고 있었군! 그렇게 가까운 거리에 있다는 것인가?"

이렇게 생각하고 있는 순간 서늘한 느낌이 등으로부터 전해졌고, 거의 본능에 가까운 몸놀림으로 고개를 옆으로 숙였다. 그러자 무엇인가가 그의 귓볼을 스치는 느낌이 전해졌는데, 그것이 카일락스의 날개라는 것을 쉽게 알 수 있었다.

"제기랄! 가까운 정도가 아니라 벌써 따라잡혔군!"

카일락스와의 거리가 없다고 생각한 뮤스는 마음이 급해졌다. 자신이 알고 있는 지식들을 총동원해 이 위기에서 빠져나갈 궁리를 하기 시작했지만 이렇게 정신없이 달리고 있는 상황에서 무엇인가가 떠오를 가능성은 거의 없어 보였다. 그는 혼잣말로 스스로를 안정시키고 있었다.

"침착해라, 뮤스야… 침착……."

이렇게 말을 할 때마다 정신을 산만하게 만들던 카일락스의 날갯짓 소리가 점차 희미해져 가기 시작했고, 눈동자에 스치는 사물들은 점차 또렷하게 보이고 있었다. 그리고 그의 모든 것이라고 할 수 있는 마법 가방 안에 넣어둔 물건들이 하나씩 떠오르고 있었다.

"그래… 하나만 있으면 되는 거야. 그런데 그것이 무엇일까?"

도무지 생각이 날 기미가 보이지 않자 뮤스는 무작정 가방에 손을 찔러 넣었다. 그의 손에는 드워프들이 준 연장부터 갖가지의 옷들, 그리고 그가 만든 소형의 전뇌기기들, 언제나 잠자리를 따뜻하게 해주던 방수모포도 있었다. 그러던 중 그의 손이 방수 처리를 한 모포에 닿는 순간 무엇인가가 번뜩이며 뇌리를 맴돌고 있었다.

"그래, 임시로 이걸 사용하면 되겠군!"

득의의 미소를 지은 뮤스는 거침없는 손놀림으로 모포를 꺼냈다. 그리고 그것의 끝을 조금 찢었는데, 얇은 천 사이로 은색의 금속 막이 보이는 것이었다. 그것을 바라보며 회심의 미소를 지은 뮤스는 천 사이에 있던 금속 막을 꺼내기 위해 천을 양쪽으로 뜯어내었다. 바람에 휘날려 뛰는 데 방해를 하던 천을 던져 버린 뮤스는 금속 막을 뒤집어쓰며 말했다.

"빌어먹을 카일락스들, 멋지게 구워주도록 하지! 뇌공력 5성 발출이다!"

외침과 함께 그의 손을 타고 번쩍이는 스파크가 튀고 있었는데, 엄청난 양의 전뇌가 금속 막을 타고 흘러 들어가기 시작한 것이었다.

빠지지직! 빠직!

그리고 그를 공격하기 위해 날아들던 카일락스들은 고압의 전뇌가 흐르고 있는 금속 막에 닿자마자 불꽃을 튀기며 노린내를 풍겼다. 카일락스는 금속 막에서 흘러나오는 열과 전뇌에 경각심을 가지게 되었는지 속도를 조금 늦추며 뮤스와의 거리를 조절했다. 하지만 그것만으

론 적게 잡아도 몇천 마리나 되는 카일락스들을 상대할 수는 없었는데,
달리는 데 이용하는 뇌공력의 손실이 너무나 컸기 때문에 언제 뇌공력
이 고갈될지 모르는 상황이었다. 어찌 되었든 금속 막으로 카일락스와
의 거리를 넓히는 데 성공한 뮤스는 한숨을 돌리며 이 상황에서 빠져
나갈 궁리를 다시 하기 시작했다.

　바슈는 마을 앞의 나무 위에 앉아서 어두운 숲 속을 살피고 있었다.
그는 카일락스의 서식지로 떠난 일행들을 기다리고 있는 중이었는데,
그들이 떠난 후 따라 나와 아직까지도 이러고 있는 것이었다.
　"왜 이렇게 안 오실까? 설마 일이 잘못된 건 아니겠지? 무슨 바보 같
은 생각을 하고 있는 거야!"
　자책하며 고개를 흔들었지만 기다림에도 끝이 없었고, 아무런 소식
도 없자 점차 불길한 기분이 드는 것은 지울 수 없었다. 그때 빛이 거
의 없던 숲에서 푸른색 불빛이 아른거리기 시작했다. 어쩌면 기다림에
지쳐 헛것이 보이는 것일지도 모르는 일이었기에 눈을 몇 번 꿈뻑거린
후 다시 바라봤지만 그가 처음 본 대로 확실히 실프가 내뿜는 빛이었
다. 이에 뛸 듯이 기뻐한 바슈는 공중 회전을 하며 나무에서 뛰어내렸
고, 이 사실을 알리기 위해 급히 자신의 실프를 소환한 후 마을로 보냈
다.
　"역시 성공하셨나 보군!"
　기쁜 마음에 실프의 불빛이 있는 쪽으로 뛰어간 바슈는 곧 초췌한
몰골의 루시아스와 일행들의 얼굴을 확인하며 외쳤다.
　"루시아스님! 돌아오셨군요!"
　멀리서 자신의 이름을 부르는 소리가 들려오는 곳으로 눈을 돌리자

바슈를 발견할 수 있었고, 의외라는 듯한 표정으로 물었다.

"어떻게 이곳에 나와 있었나? 설마 다른 엘프들도 지금껏 우리를 기다린 건 아니겠지?"

그의 물음에 바슈는 무슨 말이냐는 듯이 말했다.

"설마라니 그게 무슨 말씀이십니까? 루시아스님과 일행 분들께서 사지에 나가 계시는데 마을의 엘프들이 어떻게 편히 있을 수 있습니까? 그나저나 일은 성공셨습니까?"

바슈는 대답을 기다리며 루시아스와 일행들의 표정을 살피고 있었다. 하지만 그 누구도 아무런 말 하지 않았고, 자신의 또래인 이브리엘에게 눈치를 주며 대답을 기다려 봐도 그녀 역시 대답을 꺼려했다.

"설마… 실패하신 건가요?"

무거운 한숨을 내쉰 루시아스는 고개를 저으며 말했다.

"일단 들어가서 이야기하는 것이 좋겠군."

대답을 미루는 루시아스의 말에 바슈는 아쉬움이 남았지만 분위기가 심상치 않음을 느끼며 더 이상 물을 수가 없었다.

카일락스의 서식지에서 돌아온 일행들은 엘프 로드의 집에 모두 모였다. 루시아스와 일행들이 카일락스의 서식지에 다녀온 경과를 보고하기 위해 모인 것이었는데, 마을에 도착하자마자 바로 온 상태였기에 행색은 말로 표현할 수 없었다. 그중 유겐과 세실프의 몸에서는 특히 악취가 심했는데, 카일락스의 체액이 질펀한 땅에서 정신을 잃고 쓰러졌기 때문이다. 하지만 이 중에 그런 것 따위에 신경을 쓰고 있는 이는 아무도 없었다.

루시아스를 비롯한 일행들은 자신들을 위해 스스로를 희생한 뮤스 생각에 침울한 표정을 짓고 있었다. 아직까지도 그들이 침울한 표정을 짓는 이유를 모르는 엘프들은 카일락스의 서식지에 간 일이 잘못된 것으로 알고 걱정하고 있었다.

루시아스의 이야기가 시작되면서 조용히 내려앉아 있던 실내의 침묵이 깨어졌다.

"저희들은 카일락스의 서식처로 가는 도중 여러 가지 어려움에 부딪쳤습니다. 그럴 때마다 함께 갔던 뮤스 군의 도움으로 극복할 수 있었고, 결국 카일락스의 번식을 막을 수 있는 조치를 취하고 돌아왔습니다."

그의 말을 듣고 있던 엘프들은 긴장하던 가슴을 쓸어 내리며 환호했고, 엘프 로드 역시 임무를 확실히 이행한 그들을 보며 흐뭇한 웃음을 지었다.

"허허헛! 모두들 수고했구려. 한데 피곤해서 그런지 다들 표정이 좋지가 않은 것 같네. 또 다른 일이 있었는가?"

엘프 로드의 물음에 고개를 한번 가볍게 숙여 보인 루시아스가 일의 자초지종에 대해 설명을 하기 시작했는데 카일락스에게 쫓기던 일을 시작으로 이브리엘의 예기치 못한 사고, 그리고 뮤스가 위험을 무릅쓰며 일행들을 위해 카일락스를 유인하는 이야기까지 이어지고 있었다. 뮤스의 희생 이야기를 듣던 엘프들은 그 자리에 있었던 것처럼 슬퍼했고, 심지어는 눈물까지 머금은 엘프도 있었다. 주변의 분위기가 추모의 분위기로 흘러가자 눈물을 참고 있던 이브리엘이 고개를 떨구며 눈물을 흘렸고, 언제나 넉살 좋던 레이멜과 큐리컬드 역시 눈물이 팽 도는 것을 느꼈다. 아드리안과 세실프 남매는 애써 눈물을 참고 있었지만 뮤스의 밝게 웃던 얼굴이 눈앞에 아른거리고 있었다.

감탄 섞인 표정으로 루시아스의 이야기를 듣고 있던 엘프 로드는 주변의 분위기를 환기시기기 위해 입을 열었다.

"듣고 보니 뮤스라는 청년의 능력이 참으로 대단했었구려… 그런 인재가 젊은 나이에 세상을 떴으니 하늘도 슬퍼할 일이오. 비록 그 시신은 못 찾겠지만 엘프의 뜰에 뮤스 군의 가묘를 만들도록 허락하겠네."

"감사합니다, 로드."

루시아스는 엘프 로드의 말에 진심으로 감사의 표시를 하고 있었는데, 엘프는 보통 죽고 나면 자연으로 돌아간다는 의미로 화장을 하는 것이 보통이었으나 엘프 족을 위해 위대한 일을 한 영웅에 대해서는 그 영혼이 이곳에 남아 새로 태어날 엘프에게 깃들게 하려는 뜻이 있었다. 그러니 뮤스의 가묘를 엘프의 뜰에 만든다는 것은 그를 엘프 족의 영웅으로 인정하는 뜻이니 대단한 것이었다.

엘프 로드와의 면담을 끝낸 일행들은 기운없는 표정으로 밖으로 걸어나왔다. 레이멜은 힘없는 발걸음으로 터덜터덜 걸었고, 그의 뒤로 큐리컬드가 따랐다. 힐끔 뒤를 바라본 레이멜이 말했다.

"이봐, 도둑. 오늘 기분도 그런데 술이나 한잔할까?"

"후훗, 사이비 마법사께서 처음으로 마음에 드는 제안을 하시는군."

큐리컬드 역시 술 생각이 절실히 나고 있었기에 흔쾌히 받아들였고, 그들은 술을 얻기 위해 엘프의 식당으로 걸어갔다.

세실프는 화가 잔뜩 난 얼굴이었다. 그녀의 눈에 보이는 것은 뭐든지 짜증스럽게 느껴지는 듯했는데, 아무런 이유 없이 투덜거리고 있었다.

"이게 다 뭐야. 옷도 냄새 나고, 머리도 엉망이고, 신발도 다 젖었잖아! 제길! 이놈의 풀은 왜 이렇게 길죽하게 자라난 거야? 이 돌멩이도 생긴 게 너무 모나 있어서 마음에 안 들어!"

누나의 행동을 지켜보고 있던 유겐은 그녀가 얼마나 슬퍼하고 있는지 알고 있었다. 그들을 키워준 할머니가 세상을 떴을 때도 슬픔을 참기 위해 저런 행동 하는 것을 봤었기 때문이다. 유겐은 하늘을 올려다봤다. 이 순간만은 이브리엘에 대한 생각보다는 뮤스의 얼굴이 떠오르고 있었는데, 언제나 쑥스럽게 웃다가 자신과 눈이 마주치면 어색해하며 고개를 돌리는 그의 얼굴이 그리워진 것이었다.

"바보 같은 녀석. 혼자 영웅이 되고 멋지게 사라져 버리다니."

오늘은 왠지 밤하늘을 보며 무성한 풀 위에서 자고 싶다고 느끼는 유겐이었다.

그라프와 루시아스는 착잡한 표정으로 대화를 나누고 있었다. 루시아스는 뒷짐을 지며 앞서 걸어가고 있는 그라프를 보며 말했다.

"내일이라도 당장 엘프의 뜰에 가묘를 만들어야겠네. 그의 영혼이 쉴 수 있는 곳을 빨리 만들어주고 싶군."

그의 말에 그라프는 한숨을 내쉬며 발걸음을 멈추었다.

"허어… 이미 세상을 뜬 몸인데 그런 가묘가 무슨 소용이 있겠는가. 만약 영혼이 있다고 하더라도 그는 자신의 고향으로 돌아가지 않겠나?"

"하긴… 목숨을 잃은 이곳에 정이 있지는 않을 테지."

대화를 나누고 있던 그라프는 혼자 바위에 앉아 슬픈 표정을 하고 있는 이브리엘을 바라보며 말했다.

"그나저나 이브리엘, 저 아이가 문제군. 카일락스의 일 때문에 마음 고생 하더니, 이제 자기 때문에 뮤스가 목숨을 잃었을 것이라고 생각하지 않겠는가."

그라프와 함께 그녀를 물끄러미 바라보던 루시아스가 티 하나 없는 하얀 이마를 찡그렸다.

"나도 그것이 걸린다네. 그렇게 명랑하던 아이가 저렇게 변하다니."

"자네도 어서 이브리엘과 가정을 꾸리는 것이 어떻겠나? 자네의 나이도 이제 장로 축에 끼어 있던데."

"카일락스의 일이 끝나고 이브리엘의 마음이 좀 안정되면 가정을 꾸리려 했는데, 다시 뮤스 군 때문에 이렇게 됐으니 조금 더 미뤄야 할 것 같아."

그라프와 루시아스는 유겐이 들었다면 기절을 할 만한 대화를 나누며 그들의 숙소로 걸어가고 있었다.

다음날 오후, 엘프 마을의 모든 이들은 마을의 뒤쪽 언덕에 위치한 엘프의 뜰에 모여 있었다. 엘프의 뜰에는 십여 개의 무덤이 있었는데, 영원히 시들지 않을 것 같은 붉은 꽃들이 그 위에 놓여 죽은 자들의 영혼을 위로하고 있었다.

엘프 마을에서 이곳에 관을 안장하는 것은 50여 년 만에 처음 있는 일이었다. 이곳에 엘프 영웅들의 시신을 묻을 때마다 그랬던 것처럼 마을의 엘프들은 진심으로 죽음을 애도했고 다시 훌륭한 엘프로 환생하길 바랬는데, 과연 인간인 뮤스가 엘프로 환생(?)할지는 미지수였다.

뮤스의 장례식(?)은 엘프 로드의 주도 하에 이루어졌다. 한 손으로 잡기에도 역부족일 만큼 두꺼운 책을 엘프 로드가 읽어 나가는 것으로 장례식이 진행되는 것이 보통이었는데, 가끔 책을 읽다 말고 엘프 로드의 사견까지 곁들인다면 말 그대로 죽어 관에 누워 있는 자보다 살아 있는 자들이 더욱 고통이었다.

많은 시간이 흘러 엘프 로드의 의식이 끝나자 이곳에 모인 이들은 묘의 흙을 손으로 한 번씩 두들기기 시작했다. 얼핏 보기에는 그냥 두들기는 것 같았지만 사실 그들의 손에는 잔디의 씨앗이 들려 있어 모든 이의 정성으로 묘에 잔디를 입히는 과정이었다.

익숙하지 않은 엘프들의 장례 풍습에는 그라프를 포함한 일행들 역시 끼어 있었다. 레이멜과 큐리컬드는 밤새 술을 마셨는지 행색이 말이 아니었는데, 함께 이곳에 묻힌다 해도 이상하게 생각되지 않을 정도였다. 그리고 다른 일행들 역시 잠을 이루지 못한 듯 초췌한 모습이었다. 이렇게 해서 뮤스의 가묘가 만들어지게 되었고, 장례식을 마친 사람들은 하나둘씩 마을로 돌아가고 있었다.

엘프들이 돌아간 엘프의 뜰로 뜨거운 햇살이 내리쬐고 있었다. 곱게 깔린 잔디 속에는 부지런히 먹이를 구하기 위해 집을 떠난 개미들이 줄을 지어 오가고 있었고, 거미줄을 치지 않고 사냥을 하는 게거미가 눈독을 들여놓았던 개미 한 마리를 잡아 시식을 하기 위해 어디론가 부지런히 끌고 갔다.

하지만 이 운이 나쁜 거미는 개미의 맛을 보기도 전에 사마귀에게 잡히게 되었는데, 사마귀는 개미와 거미를 한꺼번에 잡았기에 자신이 운이 좋은 사마귀라고 생각하는 듯했으나 사마귀가 사냥감들을 물고 집으로 가려는 순간 사방이 어두워지며 엄청난 압력을 받게 되었다. 결국 압력을 이기지 못하고 죽는 순간 자신의 생각이 틀렸음을 깨달은 듯했다.

사마귀를 밟고 있는 가죽신은 사마귀를 밟은 사실을 전혀 모르는 듯 계속해서 발걸음을 옮기고 있었다. 몇 발자국을 더 옮기다가 걸음을 멈춘 그는 주변을 한차례 둘러보더니 욕지거리를 하며 자리에 주저앉았다.

"제길! 무슨 숲이 이렇게 복잡한 거야! 새벽부터 돌아다녀도 마을은 코빼기도 안 보이니! 아이고, 배고파. 마을을 찾기도 전에 굶어 죽겠군."

지금 피곤에 쩔어 투덜거리고 있는 이는 다름 아닌 밤새 카일락스에게 쫓겨 다니던 뮤스였다. 그의 옷은 거지가 형님으로 모실 만큼 초라하기 그지없었는데, 옷의 곳곳이 찢어져 살이 그대로 드러나 있었고, 여기저기 진흙의 얼룩들이 형이상학적인 문양을 이루고 있었다.

잠시 짜증을 거두며 이성적으로 다시 한 번 주변을 둘러보던 뮤스는 십여 개의 무덤을 발견할 수 있었는데, 가장 바깥쪽에 있는 것은 금방 만들어진 듯 아직 채 마르지도 않은 흙이 덮여 있었다. 그것을 발견한 뮤스는 희색을 띠며 달려갔다. 하지만 그가 원하는 것이 보이지 않음에 힘없이 비석을 짚으며 주저앉았다.

"여기는 무덤 앞에 먹을 것도 안 올려놓나. 죽은 사람도 배가 불러야 상쾌한 마음으로 저승에 갈 거 아냐!"

비석을 짚고서 다시 몸을 일으키려던 뮤스는 누구의 무덤인지도 모른 채 무의식적으로 비석에 새겨져 있는 글들을 읽었다.

"에휴… '동료를 위해 목숨을 초개와 같이 버리며 세상을 떠난 뮤스 드라켄을 추모하며' 라… 꽤나 장렬하게 죽은 녀석일세."

혼잣말을 하던 그는 순간 자신의 눈을 비비며 다시 한 번 비석을 내려다보았지만 역시 그의 눈이 잘못된 것은 아니었다.

"이건 또 뭐야! 겨우 살아서 돌아왔더니 내 묘까지 만들어놓은 건 가? 아무튼 동작 하나는 정말 재빠르군."

자신의 무덤을 바라보고 서 있자 문득 기분이 나빠진 뮤스는 그렇게 끌어 모아도 없던 힘이 어디서 생겨났는지 엘프의 마을을 찾기 위해 다시 걸음을 옮겼다.

며칠간 엘프의 마을에서 피로를 풀고 떠나기로 한 그라프와 일행들 은 햇살을 맞으며 평화로운 시간을 보내고 있었다. 아드리안의 일행들 은 그들이 원래 목적하던 영원의 열매를 들고 가기도 버거울 만큼 얻 어놓은 상태였기에 목적을 달성하게 되었고, 그라프와 쥬라스 역시 카 일락스의 일을 해결함으로써 해야 할 일을 다 이룬 상태였다. 하지만 큐리컬드는 아직 끝나지 않은 것이 있는지 허전한 표정으로 그라프의 주변을 맴돌고 있었다. 그런 큐리컬드의 행동을 눈치 채지 못할 그라 프도 아니었기에 그를 향해 손짓을 했다.

"이보게, 큐리컬드. 잠시 이야기 좀 하세."

머리 속에 잔뜩 그라프에 대한 생각을 하고 있던 중에 그가 부르는 소리를 듣자 깜짝 놀란 큐리컬드는 주변을 둘러보며 그라프가 부른 것 이 정말 자기인지 확인해 보았다.

"저, 저 말인가요?"

"허헛! 이곳에 큐리컬드라는 이름을 가진 다른 사람도 있나?"

"아, 아닙니다."

머리를 긁적인 큐리컬드는 어정쩡한 표정으로 그라프에게 다가왔 다. 문득 미소를 지은 그라프는 그의 마음을 다 읽고 있기라도 한 듯 서슴없이 입을 열었다.

"그래… 자네가 원하는 것이 뭔가?"

순간 큐리컬드의 숨이 멈추는 듯싶었다. 그는 크게 놀란 표정으로 그라프를 바라보았다.

"그것을 어떻게……."

"허헛! 나를 바보로 알고 있는 것인가? 보물 사냥을 하느라 바쁜 사람이 고작 마물 따위와 싸우고 싶다고 쫓아올 리가 없지 않나? 그러니 분명 누군가에게 원하는 것이 있을 테고, 보아하니 나를 찾아온 듯했으니 당연히 나에게 원하는 바가 있겠지."

자신의 마음을 모두 들킨 큐리컬드는 당혹스럽긴 했지만 어차피 말을 꺼내기 힘들었기에 오히려 잘됐다는 생각이 들기도 했다.

"사실 그라프님께서 직접 쓰신 책을 좀 얻고 싶어서 이렇게 따라오게 되었습니다."

그의 말을 듣고 있던 그라프는 전혀 의외라는 표정이었다.

"자네가 말하기론 돈에는 관심이 없어 나의 책을 훔칠 생각도 하지 않았다고 하지 않았나? 그것이 거짓이었나?"

그라프의 되물음에 그는 손을 흔들며 크게 부정했다.

"그것은 사실입니다. 그 당시에는 정말 돈에 관심이 없어서 훔칠 생각도 하지 않았었죠. 하지만 지금은 아시다시피 보물 사냥꾼입니다. 직업을 바꾼 이후부터 골동품들을 모으는 취미를 가지게 되었는데 꼭 모으고 싶은 것 중에 하나가 바로 대현자님께서 쓰신 책이었죠. 그래서 동료들과 부랴부랴 뒤쫓아온 것입니다."

사정을 모두 들은 그라프는 시원스럽게 웃으며 고개를 끄덕였다.

"껄껄껄! 그런 목적이 있었군! 그 정도라면 얼마든지 들어줄 수 있지. 나중에 날 찾아오게. 내가 가지고 있던 책 중 쓰지 않는 것을 주도록 하지."

"저, 정말이십니까? 하하핫! 감사합니다!"

그라프의 허락이 떨어지자 큐리컬드는 진심으로 기쁜 표정을 지었
는데 마치 세상을 모두 가진 자의 표정과 다를 바 없었다.

큐리컬드가 뮤스를 잃은 슬픔을 잠시 접고서 원하는 것을 얻었다는
것에 기뻐하고 있자 먼발치에서 혼자 술을 마시고 있던 레이멜이 궁시
렁거렸다.

"아무튼 좀 마음에 들려고 하면 정이 떨어지는 짓만 한다니까. 일행
중 한 명이 우리를 위해 죽었는데 저렇게 좋아하고 있다니……."

말끝을 흐린 레이멜은 술병을 기울여 술잔을 채웠다. 그리고 투명한
붉은색의 술에 자신의 얼굴을 비춰 보던 레이멜은 슬픔을 삼키듯 단번
에 입으로 들이켰다. 술을 삼키고서 빈 술잔을 빤히 바라보던 레이멜
은 여전히 불만스러운 목소리로 말했다.

"쳇! 맛이 좋긴 한데 너무 달군. 이럴 때는 쓰디쓴 술이 제격인데 말
이야."

하지만 술이 필요했기에 투덜거리면서도 다시금 술잔에 술을 채우
고 있었다. 문득 술을 따르고 있는 레이멜의 눈에 진흙이 덕지덕지 붙
어 더럽기 짝이 없는 신발이 보였다. 순간 술 맛이 싹 가시는 것을 느
낀 레이멜은 고개를 들어 뭐라고 한마디 하려고 했는데 그 신발의 주
인을 본 순간 말을 더듬거리며 비명을 지르기 시작했다.

"귀… 귀신이다! 뮤, 뮤스 귀신이다!"

레이멜의 외침대로 그의 앞에는 몰골이 말이 아닌 뮤스가 서 있었는
데 그는 어이가 없는 표정으로 입을 열었다.

"귀신은 누가 귀신이라는 거예요! 분명히 제가 죽으러 가는 것이 아

니라 말하고 사라졌는데 무덤까지 멋지게 만들어놓다니… 혹시 내가 정말 죽기를 바랬던 것 아니에요?"

말을 하다가 멈춘 뮤스는 고개를 들어 레이멜의 뒤쪽을 바라보았다. 그곳에는 뮤스가 돌아온 것을 발견한 일행들이 각양각색의 표정을 하고 있었는데, 하나같이 그가 살아서 돌아온 것을 믿을 수 없다는 표정이었다. 그들과 눈이 마주친 뮤스는 얼떨떨한 표정으로 입을 열었다.

"왜 무섭게 그런 눈으로 절 바라보시죠? 오면 안 되는 곳에라도 온 것 같은데요?"

그의 말을 시작으로 기쁜 표정을 지은 일행들은 모두들 그를 향해 달려왔고, 바로 앞에 앉아 있던 레이멜도 그가 살아온 것이 이제야 실감이 나는지 눈에 거슬리도록 지저분한 신발과 함께 그의 다리를 감싸 안았다.

"하하핫! 이 녀석 정말 뮤스가 맞구나! 살아 있었다니!"

가장 먼저 다가온 그라프 역시 고개를 저으며 뮤스의 몸을 살폈다.

"허헛! 정말 기적이군! 그런 상황에서 살아남을 수 있었다니! 자네는 정말 특별한 인물이야!"

그리고 그의 뒤로 세실프와 유겐이 뛰어오고 있었는데, 마치 기적을 본 듯이 가슴이 벅차오른 모습이었지만 최대한 감정을 억제하려는 듯 평소의 말투를 고수하고 있었다.

"못된 녀석! 그렇게 걱정을 시키더니 이렇게 뻔뻔하게 돌아온 거야?! 그래도 멋있었다, 이 녀석아!"

세실프에게 처음으로 칭찬을 받은 뮤스는 미소로 회답했고 유겐과도 간단한 눈인사를 나누었는데, 그것만으로도 반기는 마음을 충분히 전달할 수 있었다. 비록 자신의 묘를 보긴 했지만 무사귀환을 진심으로 반겨주는 일행들을 보고 있으니 그 어느 때보다 기분이 좋은 뮤스였다.

마을이 위기에서 벗어났음에도 우울한 분위기를 연출하던 엘프 마을은 뮤스가 돌아오고 난 후에야 진정한 축제 분위기가 살아나고 있었다. 공터의 이곳저곳에는 모닥불이 피워져 있었고 엘프들과 이곳을 찾은 인간들이 모여 즐거운 시간을 가지고 있었다. 특히 이번 카일락스의 일에 참여했던 이들은 모두 같은 모닥불 앞에 모여 앉아 술을 마시며 이야기하고 있었는데, 뮤스가 밤새 겪었던 일들을 호기심 어린 눈으로 듣고 있었다. 특히 그의 바로 옆에는 이브리엘이 달라붙어 앉아 있었는데 뮤스의 얼굴에서 눈을 떼지 못하고 있었다.

"…그렇게 하고 나서야 겨우 거리를 벌릴 수 있었죠. 그렇지만 힘도 거의 빠지고 있는 상황이었기 때문에 그대로 유지할 수는 없었고, 다른 방법을 찾으려 하니 떠오르는 것이 하나도 없더라구요. 그렇게 30분 정도 달렸을 때 눈앞에 커다란 연못이 하나 보이는 거예요. 그래서 아무 생각 없이 뛰어들었는데 알고 보니 우리가 빠져나온 로아드 연못이더라고요. 다시 녀석들의 소굴로 뛰어들었다는 것을 알았을 때는 얼마나 난감하던지……."

당시에는 정말 큰일이었을 법한 이야기였지만 이미 지나가 버린 이야기였기에 모두들 가볍게 웃으며 들을 수 있었다. 뮤스의 이야기가 계속되었다.

"그렇다고 해서 밖으로 나올 수는 없었죠. 연못 밖에서 그 간 떨리는 날갯짓 소리를 내는 카일락스들이 수만 마리가 기다리고 있었으니까요. 그래서 될 수 있는 한 깊이 잠수를 했지만 숨이 막혀서 더 이상 견딜 수가 없었죠."

뮤스가 잠시 말을 끊자 이미 이야기에 몰두한 그라프가 답답해하며 재촉했다.

"그 다음에는 어떻게 했나? 다시 물 밖으로 나왔나?"

고개를 저은 뮤스는 가방에서 금속으로 된 길쭉한 통을 꺼내며 이야기를 이었다.

"아뇨, 호흡이 막힌 저는 문득 가방 안에 들어 있던 이 산소통이 생각나더군요. 휴대용 가열로라는 것을 사용하기 위해 가지고 다니던 건데 때마침 얼마 사용하지 않아 거의 차 있는 상태였죠. 물론 산소 중독을 일으킬 염려도 있었지만 그런 것을 생각할 상황이 아니었으니… 그렇게 물속에서 산소통을 이용해 호흡하며 잠시 쉬고 있는 동안 연못 아래에서 어두운 동굴을 발견했죠. 물들이 그쪽으로 나가고 있었는데 흐르는 것으로 봐서 다른 곳으로 연결되어 있다고 결론을 내리고 물결에 몸을 맡겼죠."

여기까지 듣던 일행들은 고개를 설레설레 저으며 모든 상황에 의연하게 대처한 그에게 감탄을 아끼지 않고 있었다.

"그렇게 한참을 흘러 내려가게 되었는데 물의 통로가 생각보다 훨씬 길어서 혹시 지하로 연결된 것이 아닐까 걱정이 되기 시작했죠. 그때 다행스럽게도 지하 동굴을 지나치며 미미하게 흘러 들어오는 빛을 보게 되었고, 죽자사자 헤엄쳐 빠져나왔어요. 그렇게 카일락스를 따돌린 거죠."

그의 말을 모두 들은 레이멜은 기분 좋게 술로 목을 축이며 말했다.

"하핫! 우리는 그때 죽지도 않은 네 묘를 어떻게 만들까 고민하고 있었다니, 참 세상일은 아무도 모를 일이야."

다른 이들 역시 어젯밤 뮤스의 죽음을 슬퍼하던 자신들의 행동을 떠올리곤 키득거리며 웃기 시작했다. 이렇게 해서 뮤스의 이야기가 끝나고 그의 뒤를 이어 다른 이의 이야기가 계속되고 있었다.

뮤스가 다른 이들의 이야기를 들으며 즐거움을 만끽하고 있을 때 바로 옆에 앉아 있던 이브리엘이 얼굴을 붉히며 말을 걸었다.

"저… 뮤스 군, 저와 단둘이 이야기 좀 해주시겠어요?"

그녀의 태도에 의아함을 느낀 뮤스는 고개를 끄덕였다.

"뭐, 그렇게 하도록 하죠. 그런데 어디서?"

"제가 안내할게요!"

이브리엘은 밝은 목소리로 말하곤 그의 손을 잡아끌며 자리에서 일어났고, 뮤스 역시 그녀의 이끌림을 따라 일어나고 있었다. 그런 그들을 바라보고 있는 두 남자가 있었으니, 바로 유겐과 그의 후원자(?)인 레이멜이었다. 레이멜은 뮤스의 손을 이끌고 가는 이브리엘을 보며 휘파람을 불었다.

"휘유! 이제 이브리엘님이 엄청 적극적으로 공략을 하는데? 저렇게 놔둬도 되겠어, 유겐?"

레이멜의 물음에 유겐은 괴로운 듯 술만 들이키고 있었다. 그가 아무런 반응이 없자 이상하게 생각한 레이멜이 고개를 갸웃거렸다.

"왜 그래? 그사이에 이브리엘님을 향한 불타는 마음이 가라앉기라도 한 거야?"

유겐은 고개를 내저었다.

"그런 게 아니에요."

"그럼 뭐야? 어제만 해도 뮤스가 어쩌고저쩌고하더니 이제 저렇게 위험한 상태인데 왜 가만히 있는 거야?"

유겐은 빈 잔에 술을 따르며 축 처진 목소리로 답했다.

"사실 뮤스라면 제가 양보해도 된다고 생각했어요. 능력도 뛰어나고, 용기도 대단하고, 무엇보다 녀석이 우리 모두를 살렸잖아요. 뮤스가 아니었다면 우린 여기서 이렇게 술잔을 기울일 수도 없었을 거라고요."

그의 말을 듣던 레이멜은 답답하다는 듯이 가슴을 치며 말했다.

"사랑은 그런 것으로 말할 수 있는 게 아냐! 사랑이 무슨 물건이냐? 남에게 빚진 것이 있다고 줘버리는 그런 게 아니란 말이야!"

따라놓은 술잔을 다시 입으로 털어 넣은 유겐은 빈 잔을 한쪽으로 던져 놓으며 말했다.

"레이멜 씨의 말대로 그런 걸 모두 젖혀놓고서라도 이브리엘님이 뮤스를 마음에 두고 있잖아요. 그 감정을 내 것으로 만들 자신이 없어요."

답답함에 더 이상 유겐의 말을 들어줄 수 없었던 레이멜은 그에게 따라오라는 신호를 하고 어디론가 걸어갔고, 유겐은 귀찮긴 했지만 무시할 수도 없는 노릇이었기에 어쩔 수 없이 따라 일어나게 되었다.

유겐이 따라가 보니 레이멜은 나무 뒤에 숨어서 무엇인가를 훔쳐보고 있었다. 그런 레이멜을 향해 돌아가겠다는 말을 꺼내려 했지만 그의 손이 먼저 유겐을 잡아끌었다. 어쩔 수 없이 그의 옆에 나란히 서게 된 유겐은 레이멜이 바라보고 있는 곳을 함께 보게 되었다. 그들의 시선이 머무는 곳에는 뮤스와 이브리엘이 환한 달빛을 받으며 심상치 않은 모습으로 서 있었다. 거리가 멀었기에 둘 사이에 무슨 말이 오가고 있는지 알 수는 없었지만, 이브리엘은 무슨 이유에선가 크게 기뻐하고 있었고 뮤스는 쑥스러운 듯이 머리를 긁적이고 있었다. 그들을 관찰하고 있던 레이멜이 조용히 말했다.

"흠… 이런 모습을 보고도 가만히 있을 수 있단 말이냐? 저렇게 히히덕거리면서 좋아하잖아."

유겐 역시 그 모습에 크게 동요하는 듯했다. 하지만 그 정도쯤은 각오하고 있었던 일이기에 레이멜의 물음에 부정할 수 있었다.

"어차피 뮤스에게 양보하겠다고 마음먹었어요. 상관없어요."

"흠, 그럼 저건 어때? 이브리엘님이 뮤스와 다정하게 팔짱을 끼는데? 정말 참을 수 있냐?"

그 말에 급히 고개를 내밀어 확인한 유겐은 입술을 질끈 깨물고 있었지만 이쯤에서 어렵게 한 결심을 포기할 수는 없는 일이었기에 충분히 부정할 수 있다고 생각했다.

"저런 것쯤이야. 그저 팔이 닿아 있는 건데 뭐 어때요. 상관없어요."

존경스러운 눈빛으로 유겐을 한 번 바라본 레이멜은 단호한 인상으로 말했다.

"지금 이브리엘님께서 뮤스의 이마에 입맞춤하고 있는데 설마 저것도 '그저 입술이 닿아 있는 건데 뭐가 어때요?' 라고 말할 거냐? 엥? 유겐?"

레이멜의 말이 끝나기도 전에 유겐은 이미 이성을 잃고서 뮤스와 이브리엘이 있는 곳을 향해 달려가고 있었다.

"뮤스! 이 녀석, 가만두지 않을 테다!"

그의 뒷모습을 보며 어이없는 표정을 지어 보이던 레이멜은 혀를 차며 급히 그의 뒤를 따랐다.

"쯔쯧, 좋아하는 사람을 포기하는 게 쉬운 줄 알았냐."

어느새 유겐은 씩씩거리며 뮤스와 이브리엘의 앞에 도착해 있었고, 갑작스러운 유겐의 출현에 뮤스와 이브리엘은 조금 놀라는 표정이었다. 뮤스를 잡아먹을 듯 눈을 부라리며 쩨려보던 유겐은 그의 얼굴을 향해 삿대질을 하며 외쳤다.

"감히 이브리엘님께 지금 뭐 하는 짓인 거야! 네가 일부러 강요한 짓이지!"

어디선가 나타나 이해할 수 없는 소리를 외치고 있는 유겐을 본 뮤스는 의아해하며 물었다.

"유겐 형, 대체 왜 그러는 거죠? 제가 뭘 어쨌다고?"

그의 되물음에 콧방귀를 뀐 유겐은 자신의 뒤를 따라온 레이멜을 가리키며 말했다.

"어디서 발뺌을 하려는 거야! 레이멜 씨도 분명 너의 그 무분별한 행동을 목격했으니 있는 그대로 실토하라고! 분명히 이브리엘님께 입맞춤을 받아내고 팔짱을 끼게 만들었잖아! 어디 한번 아니라고 말해 보시지!"

역시 그의 후원자였던 레이멜이 그를 거들었다.

"이봐, 뮤스, 네가 능력이 있는 것은 알겠는데, 이미 애인이 있으면서 이러면 안 되지! 고향에서 네가 오기를 기다리는 애인이 알면 얼마나 슬퍼하겠어! 그러니 이브리엘님을 포기하고 유겐의 첫사랑을 찾게 만들어주는 데 동참하는 것이 어때?"

레이멜과 유겐의 얼굴을 번갈아 보며 사태를 정리해 보던 뮤스는 갑자기 배를 잡고 웃기 시작했고, 그들의 대화를 듣고 있던 이브리엘 역시 대충 감을 잡았는지 새어 나오는 웃음을 겨우 참고 있었다.

"푸하하하! 두 분 뭔가 잘못 알고 있는 거 아니에요? 크크큭!"

돌연한 그의 반응을 보던 레이멜이 말했다.

"뭘 잘못 알고 있다는 거야? 분명 우리가 이브리엘님과 너의 사이에 일어난 일을 모두 지켜보고 있었는데!"

가쁜 숨을 몰아쉬며 겨우 웃음을 멈출 수 있었던 뮤스가 설명을 하기 시작했다.

"하아… 얼마 후에 이브리엘님께서 루시아스님과 결혼을 하신다는 군요. 지금까지 카일락스의 일 때문에 결혼을 미루고 있었는데 그것이 해결되었으니 결혼을 서두르시는 거죠. 그런데 이브리엘님께서는 평소 결혼식에 참석할 가족이 없어 고민을 하시고 있었던 거예요. 그래서 결혼식 날만큼은 가족이 있었으면 좋겠다는 생각에 저에게 그날만이라도 동생이 되어달라고 부탁하신 거예요."

순간 망치로 얻어맞은 듯 정신이 멍해진 유겐과 레이멜은 그 진위를 가리기 위해 이브리엘을 바라보았고, 그들과 눈이 마주친 이브리엘은 고개를 끄덕여 주었다.

"그라프님으로부터 뮤스 군에 대한 칭찬을 듣고 난 후 호기심이 생겼는데, 실제 겪어보니 훨씬 대단한 능력을 가지고 있다는 것을 알게 되었죠. 그래서 이런 든든한 동생이 있었으면 좋겠다는 생각이 들어서 그만……."

"그, 그랬었군요. 하하! 저희가 잘못 알고 끼어든 것 같군요."

이쯤 해서 발을 빼는 것이 좋겠다고 생각한 레이멜은 유겐의 팔을 잡아끌었다.

"자, 그럼 대화 계속 나누세요. 유겐, 우린 어서 가자!"

이브리엘의 결혼 사실에 너무나 큰 충격을 받은 유겐은 아무런 말도 하지 못하고 레이멜이 이끄는 대로 따라가고 있었는데, 귓가로 레이멜의 중얼거림이 아련하게 들려왔다.

"원래 첫사랑은 쓴 상처를 남기는 거야. 이제 네가 포기한다고 해도 아무 말 하지 않도록 하지. 애초부터 불가능했을 뿐이지 너는 최선을 다했잖아?"

애초 불가능했던 유겐의 첫사랑은 이렇게 해서 막을 내리게 되었고, 그 후로 유겐은 며칠 동안 식음을 전폐한 채 실연의 고통에 몸부림치게 되었다.

엘프 마을은 아침부터 떠나는 손님들을 배웅하기 위해 들썩거렸다. 이곳에서 며칠 동안 충분히 휴식을 취한 아드리안 일행과 큐리컬드가 목적을 달성하고서 돌아가려는 참이었는데, 뮤스와 그라프, 그리고 쥬라스는 이브리엘의 결혼식이 끝날 때까지 이곳에 머무르기로 했기에 엘프들과 함께 짐을 꾸리고 있는 그들을 바라보고 있었다.

자신의 말에 안장을 올린 아드리안은 안장의 걸쇠에 엘프들에게 받은 한 보따리나 되는 영원의 열매를 걸었고, 반대 편으로 다른 짐을 걸어 균형을 맞추었다. 끼고 있던 장갑을 벗으며 뮤스에게 다가온 아드리안은 악수를 건네며 말했다.

"그동안 짧은 시간이었지만 즐거웠다, 뮤스. 나중에 추방 기간이 끝나면 스윈 제국에 한번 들르도록 하라고. 이건 절대 접대용으로 하는 말이 아니야."

그의 손을 마주 잡은 뮤스는 웃으며 말했다.

"네, 그렇게 하도록 할게요. 그동안 잘 대해주셔서 고마워요, 아드리안 씨."

"후훗, 자, 그럼 다른 사람들과도 작별 인사를 해야지?"

아드리안이 자리를 비켜주자 레이멜의 모습이 보였다. 어찌 생각해 보면 그들과 일행이 된 것도 모두 레이멜의 덕분이었는데, 그동안 많이 친해진 그와 헤어질 생각을 하니 조금 섭섭한 기분이 들고 있었다.

"레이멜 씨, 여행 중에 몸조심하세요."

그의 머리를 매만진 레이멜은 특유의 장난스러운 말투로 입을 열었다.

"그런 건 어른이 해줘야 할 말이야. 너야말로 몸조심해서 여행하라고. 괜히 전처럼 혼자 잘난 것처럼 뛰어다니지 말고."

피식 웃은 뮤스는 고개를 끄덕였다.

"다시 만날 수 있겠죠?"

"물론이지! 다음에 애인이랑 결혼할 때 초청장이나 보내라. 그때 예쁜 아가씨들 소개시켜 주는 것도 잊지 말고."

"하하! 최대한 노력해 보겠지만 너무 기대는 하지 마세요."

"농담이었어. 그럼 정말 몸조심하거라. 다음에 또 보자고."

손을 들어 보이며 레이멜이 다른 이들과 작별 인사를 하러 가자 세실프와 유겐의 모습이 보였다. 세실프야 평소처럼 좋아 보였지만, 유겐은 첫사랑의 아픔을 경험한 뒤여서인지 그리 밝은 표정이 아니었다. 그들에게 다가간 뮤스가 웃으며 인사를 건넸다.

"세실프 누님, 그리고 유겐 형, 그동안 고마웠어요."

뮤스의 목소리에 고개를 돌린 세실프는 그를 바라보며 피식 웃었다.

"매일 무시만 했는데 고맙다고 말해 주다니, 아무리 봐도 이상한 녀석이야. 어쨌거나 우리도 네 덕에 무사할 수 있었으니 그 점은 고맙게 생각해. 그렇다고 네가 좋아진 건 아니야."

여전한 세실프의 말투에 익숙해진 뮤스는 그것이 그녀만의 표현이라는 것을 알고 있었다. 이어 유겐을 본 뮤스는 미소를 지으며 말했다.

"유겐 형도 이제 금세 좋은 여자 친구 생길 거예요. 혹시 다음에 라이델베르크로 찾아오시면 학교 친구라도 소개시켜 드릴게요."

뮤스의 말에 손을 내저은 유겐은 가볍게 웃었다.

"훗! 말이라도 고마워. 그리고 그동안 잘해주지 못한 건 정말 미안하다. 다음에 만날 때는 잘 지내보자고."

"네, 그렇게 하죠."

그들이 대화를 하고 있을 때 다른 이들과 인사를 마친 큐리컬드가 다가오며 말했다.

"별로 친하지는 않았지만 우리도 작별 인사쯤은 해야지?"

고개를 돌려 큐리컬드를 본 뮤스는 미소로 대했다.

"물론이죠. 파숄로 찾아가면 반겨주신다고 말한 거 잊지 않았으니 그때 가서 딴청하지 마세요. 후훗!"

"다른 건 몰라도 내가 한 말은 꼭 지키지. 그럼 다음에 또 만나자고."

큐리컬드는 손을 흔들며 자신의 말에 올라탔고, 서로 인사를 마친 아드리안 일행들 또한 각자의 말에 올라탔다. 말 등에 오른 그들은 며칠 동안 편히 묵었던 엘프 마을을 둘러보았다. 이제 다시 결계가 쳐지면 인간들의 금역으로 변할 곳이었지만 마음속에는 친구들의 마을 같은 느낌이 남을 듯했다.

마지막으로 한번 엘프들과 이곳에 남을 일행들에게 손을 흔들어 보인 그들은 말고삐를 당기며 마을 밖으로 나가기 시작했는데, 이별의 인사를 나누는 시간이 길수록 아쉬움이 커져 감을 알고 있었기 때문이다.
이렇게 남은 이들과 떠나는 이들은 다시 만날 것을 기약하면서 각자의
길을 가는 것이었다.

74장 뮤스를 찾는 이들

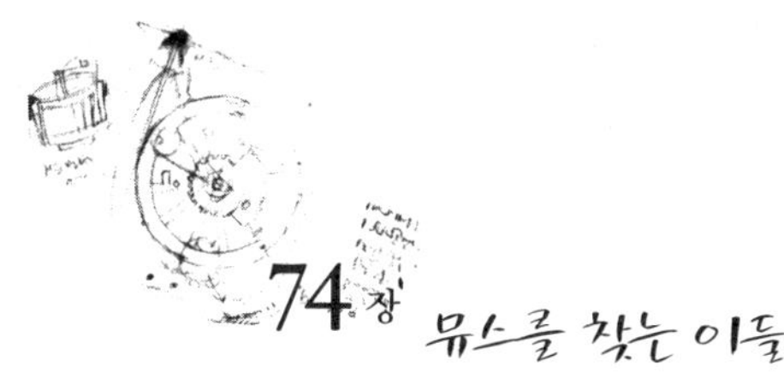

　여름의 푸름을 간직하고 있던 세상은 점차 겨울을 대비하기 위해 그 것을 버리고 옷을 갈아입기 시작했다. 하늘 아래 있는 그 어떤 것도 이 러한 범주에서 벗어나는 것이 없었는데, 추운 겨울을 위해 낙엽을 떨구 는 나무부터 식량을 비축하는 다람쥐들, 그리고 겨울잠을 자는 곰에 이 르기까지 종을 초월한 것이었다. 이 범주에 인간들 역시 속해 있는 것 은 두말할 나위가 없는 것이었다.

　미개척지의 모험자 마을 중 하나인 파솔 역시 겨울의 추위를 대비하 기 위해 가을부터 일손이 분주해지고 있었다. 이곳에 묵고 가는 모험 자들이라면 의례적으로 작은 일손이라도 하나씩 거들었고, 이곳을 집 처럼 여기고 사는 모험자들은 그 일선에서 계획을 주도해 나갔다. 엘 프의 숲에서 돌아온 큐리컬드는 이곳에서 장기간 체류하는 모험자들 중에 한 명인 동시에 가장 대표적인 인물이었다. 그래서 종종 이곳에 들렀다 가는 모험자들은 흡사 큐리컬드 개인의 집에 묵었다 가는 느낌마저 든다고 했는데 그만큼 이곳의 터줏대감 역할을 단단히 하고 있는 것이었다.

큐리컬드는 웃통을 훌렁 벗은 채 통나무로 만들어진 나무의 지붕에 올라가 못질을 하는 중이었다. 이곳은 겨울마다 폭설이 끊이지 않는 곳이었기에 눈의 무게를 버틸 수 있도록 지붕을 보수하고 있는 것이다. 비록 누구에게서 대가를 받는 것은 아니었지만 큐리컬드와 그의 동료들은 이런 일에 언제나 열심이였는데 가족도, 집도 없는 그들에게 이곳이야말로 고향과 같았기 때문이다. 손에 들린 마지막 나무판을 지붕에 대고 못을 친 큐리컬드는 건너편 집의 지붕에 올라가 있는 동료들을 향해 손을 흔들며 소리쳤다.

"이보게! 대충 다 됐으면 점심이나 먹고 계속하도록 하자고!"

그쪽의 동료 역시 배가 출출했던지 손을 흔들며 대답했다.

"내가 먼저 내려가 식사 준비 하겠네! 조금 쉬었다가 내려오라고!"

"맛있게 만들어줘!"

큐리컬드의 부탁에 웃으며 손을 내저은 동료는 조심스럽게 사다리를 타고 내려가기 시작했다. 그의 모습을 보던 큐리컬드는 지붕에 앉아 먼 숲을 바라보고 있었는데, 남부의 산악 지방에 비할 바는 아니었지만 계절마다 뚜렷한 개성을 풍기는 이 숲을 그는 좋아했다. 고개를 이리저리 돌리던 그는 마을의 문이 열리는 것을 볼 수 있었다. 언제나 모험자들이 끊임없이 드나드는 곳이기에 특별한 일은 아니었지만, 그곳을 통해 들어오는 인물들에게 눈이 끌리고 있었다.

문의 앞에는 다섯 명의 인물들이 건장한 말을 타고 주변을 살피고 있었다. 그들의 차림새나 무기들을 봐서는 모험자들이 틀림없었지만,

이곳에서 수많은 사람들과 만나고 겪어온 큐리컬드의 직감은 그들이 모험자라는 것을 부정하고 있었다. 그중 얼굴에 수많은 상처를 가진 사내에게서는 진한 규율의 냄새가 풍기고 있었다. 그들은 주변의 모험자들과 어떠한 이야기를 나누는 듯했다. 그러던 중 한 모험자가 지붕 위에 앉아 그들을 내려다보고 있는 큐리컬드를 가리키며 말을 주고받았는데, 얼굴에 수많은 상처를 가진 사내는 큐리컬드를 바라보며 고개를 끄덕이고 있었다. 그리고 대화가 끝난 그는 성큼 걸음으로 큐리컬드가 올라가 있는 집으로 다가와 외쳤다.

"당신이 큐리컬드요?!"

아무런 생각 없이 그들을 내려다보던 큐리컬드는 얼굴이 익지도 않은 자들이 갑자기 자기를 찾자 의아한 표정을 지으며 대답했다.

"내가 큐리컬드요! 나에게 무슨 볼일이 있소?"

"잠시 물어볼 것이 있어서 그러니 내려오지 않겠소?"

"잠시만 기다리시오!"

어차피 조금 후면 점심 식사를 하기 위해 내려가야 할 참이었기에 그의 부탁을 거절할 필요는 없었다. 나무로 만든 사다리를 타고서 아래로 내려온 큐리컬드는 손의 먼지를 털며 악수를 청했다.

"큐리컬드요. 무슨 일이오?"

사내는 그의 손을 마주 잡으며 말했다.

"나는 카밀턴이라고 하오. 우리 일행은 지금 미개척지를 돌며 한 사람을 찾고 있는 중인데, 당신이 이곳에서 가장 정보가 빠르다고 해서 물어보려는 것이오."

큐리컬드는 자신을 카밀턴이라고 소개한 인물을 찬찬히 살펴보고 있었는데 확실한 것은 최소한 그가 모험자는 아니라는 것이었다. 그리

고 자신의 신분을 숨기는 인물 중에 좋은 뜻을 가진 자가 별로 없다는
것을 체험을 통해 알고 있었던 큐리컬드는 건성으로 대답했다.

"호오… 아주 힘드시겠구려. 그런데 뭘 물어보려는 것인지? 알다시
피 모험자들은 돈이 없어서 대가가 없으면 몸을 움직이길 극히 싫어한
다오."

하지만 카밀턴은 전혀 표정의 변화 없이 품속에서 한 장의 그림을
꺼내며 입을 열었는데, 그림 속의 인물은 검은 머리카락에 조금은 이국
적인 외형을 가진 청년이었다.

"우리는 이런 사람을 찾고 있소. 혹시 이곳에서 지냈거나 그를 어디
서 본 기억 없소?"

그의 물음에 머리를 긁적이던 큐리컬드는 심드렁한 표정으로 말했
다.

"흠… 본 것도 같고… 못 본 것도 같고… 하루에도 워낙 많은 모험
자들이 들락거리니 그들을 일일이 다 외울 수 없지 않겠소?"

큐리컬드의 태도를 보아 대답해 줄 용의가 없다는 것을 눈치 챈 카
밀턴은 다시 그림을 말아 품으로 넣었다.

"좋소, 협조해 줘서 고맙소."

의무적인 인사를 건넨 카밀턴은 바로 뒤를 돌아 일행들에게 돌아갔
는데, 큐리컬드는 은연중에 그들 일행을 살피며 한심한 그들의 하는 양
에 혀를 찼다.

"쯔쯧, 옷만 모험자면 뭐 하나. 행동은 딱 기관 소속인데. 저러고도
특수 요원이라고 어깨에 힘깨나 잡고 다니겠지? 그런데 분명 그림 속
에 있는 사람은 뮤스 군이었는데… 왜 저런 녀석들이 그를 찾는 것이
지?"

잠시 생각을 해보던 큐리컬드는 아무리 혼자 생각해 봐야 답이 나오지 않는다는 진리를 떠올리며 출출한 배를 달래주기 위해 동료가 식사 준비 하고 있을 곳으로 걸음을 옮겼다.

아직 완연한 가을이 되기 전이어서인지 숲의 가장 깊은 곳은 아직도 푸름을 간직하고 있었다. 지금껏 그 누구의 발길도 닿지 않았을 듯한 태초의 아름다움을 가진 이곳 중심에는 연못이 하나 있었다. 그것은 작은 크기도 아니었지만 크다고 말할 수도 없었는데, 주변의 모습과 가장 잘 어울리는 적당한 크기였다.

오직 숲의 동물들만이 들릴 듯한 이 연못의 한쪽으로 두 노소가 앉아 연못으로 낚싯대를 드리우고 있었다. 그들은 분위기에 취한 듯 눈을 감고 있었는데, 낚시에는 이미 흥미가 없는 듯했다. 그러기를 한참, 노인이 먼저 눈을 뜨며 입을 열었다.

"이런 것은 어떠한가? 척박한 세상에서 잠시 떠나 자연과 만나는 시간 말일세."

그의 말을 들으며 눈을 뜬 청년은 손으로 낚싯대를 점검해 보며 대답했다.

"나름대로 좋긴 하지만 왠지 세상으로부터 도망쳐 나온 느낌이 드는군요. 제가 아직 나이가 어려서 그런 것일까요?"

그의 질문에 고개를 내저은 노인은 주변의 경관을 한번 둘러보며 말했다.

"꼭 그런 것만은 아닐 걸세. 나이가 어리더라도 이런 생활을 즐기는 사람이 있는가 하면 나이가 들 만큼 들어서도 속세의 생활을 좋아하는 이들도 있으니… 허헛, 내가 자네를 이런 곳에 데리고 왔다고 해서 깊이 생각하지는 말게나. 자네는 너무나 생각이 많아서 탈인 사람이니 이곳에서 잠시 머리를 식혀주려고 한 것이니까 말이야.”

“후훗, 덕분에 기분이 상쾌해졌습니다, 그라프님.”

이곳에서 여유롭게 낚시를 하며 대화를 나누고 있는 두 노소는 그라프와 뮤스였다. 이들은 루시아스와 이브리엘의 결혼식 후 엘프의 숲을 떠나왔는데, 앎을 갈구하는 사람들인만큼 통하는 것이 많았고 서로에 대해 배울 점도 많았기에 의견을 맞춰 함께 여행을 하기로 하였다. 그리고 지금은 파솔에서 며칠간 묵고 있는 중이었다. 쥬라스가 신전으로 돌아가야 했기에 그라프와 뮤스가 파솔까지 동행을 한 것이었는데, 그녀를 신전으로 돌려보낸 이들은 며칠 더 묵을 생각을 하고 이곳에서 시간을 보내는 것이었다. 문득 대화를 하던 그라프는 뮤스의 물고기 바구니를 들여다보며 물었다.

“그나저나 자네는 많이 잡았나? 나는 왜 그런지 낚싯대를 잡는 것은 좋아하지만 고기를 잡는 데는 영 소질이 없어놔서 말이야.”

어깨를 으쓱거린 뮤스는 자신의 물고기 바구니를 뒤집어 털어 보였다.

“저 역시 그라프님과 눈을 감고 있었으니 고기를 잡을 수 있을 리 없죠. 그럼 지금부터라도 물고기를 잡을까요?”

하지만 그라프는 고개를 내저었다.

“허헛! 잠시 휴식을 취하기 위해 자네를 이곳까지 데리고 왔는데 또 무엇을 시킨다면 말이 안 되지. 그리고 이런 곳에서 어렵게 살고 있는 물고기들을 잡아서 무얼 하겠나.”

“하긴 그렇기도 하군요.”

“뮤스 군, 자네는 물론 아는 것도 많고 손재주도 놀랍지만 너무나 여유가 없어 보여. 열심히 하는 것은 좋지만 무작정 매달리는 것은 스스로를 궁지로 몰아가는 행위이니 그에 대해 한번 생각해 보게."

뮤스가 그라프와 함께 여행을 하게 된 직접적 이유가 바로 이런 것이었다. 자아를 다시 되찾고자 내심 발버둥 치던 뮤스는 그라프와 대화를 나눌 때마다 그의 인생 철학의 깊이에 감동하게 되었는데 뮤스는 그것을 통해 자신의 잘못된 점을 조금씩 고쳐 나가고자 했고, 많은 시간이 흐른 것은 아니지만 상당히 만족을 하는 중이었다. 그라프 또한 뮤스의 놀라운 공학 지식들을 조금씩 배워가면서 앎의 욕심을 채울 수 있었기에 뮤스와 함께하는 시간을 즐기고 있었다.

그라프가 낚싯대를 거두어들이며 말을 이었다.

"자네는 또 내가 던진 말에 대해서 열심히 생각하고 있겠지? 물론 그런 생각이 나쁜 것은 아니지만 지칠 정도로 하진 말게."

고개를 내저은 뮤스는 그의 말대로 잠시 여유를 가지려 했지만 자신도 모르는 사이 또 그 방법을 찾고 있었다.

"조금 더 쉬운 방법은 없을까요? 도무지 저로서는 감을 잡을 수 없는 이야기군요. 그렇다면 생각을 버리라는 것인데……."

뮤스가 갈등하는 모습을 보며 웃은 그라프는 그의 등을 두드려 주며 말했다.

"허헛! 원래 개인의 마음에 달린 일은 스스로 답을 찾아낼 때 진정한 도움이 되는 것이지 남들이 깨달은 답을 듣는 것은 한순간에는 감동을 느끼겠지만 금세 머리에서 잊혀지게 되어 영원히 나의 답이 될 수는 없네. 언젠가는 자네도 알게 되겠지."

이때 그라프의 말을 듣고 있던 뮤스는 문득 눈을 이리저리 움직이며 촉각을 곤두세우기 시작했다.

촤작… 촤자작…….

그러자 조금 떨어진 곳에서 수풀이 흔들리는 소리가 들리기 시작했는데, 인간의 발길이 없는 이곳에서 기척이 나자 마물일지도 모른다는 생각에 뮤스는 전투 준비를 했다. 그라프에게 움직이지 말라는 수신호를 한 뮤스는 가방에서 건틀렛을 꺼내 손에 착용하며 조심스러운 발걸음으로 소리가 들리는 쪽으로 접근해 나무에 몸을 숨기며 그 무엇인가의 모습이 나타나기를 기다렸다.

촤자작… 촤작…….

그리고 소리는 계속해서 그들이 있는 곳으로 다가오기 시작했는데, 이윽고 가장 앞쪽의 수풀을 헤치며 그것이 나타나는 순간 나무 뒤에 숨어서 접근을 기다리던 뮤스는 짧은 기합을 터뜨리며 주먹을 날렸다.

"하앗!"

하지만 이내 뮤스는 그것의 얼굴을 가격하려던 주먹을 힘들게 멈춰야만 했는데, 그의 주먹 앞에는 큐리컬드의 얼굴이 떨떠름한 표정을 지으며 뮤스를 바라보고 있는 것이었다.

"이런, 상대가 누구인지 정도는 확인해야 되지 않나? 하긴 아직 전투에 익숙하지 않아서 그렇지 뭐."

"이곳에는 어쩐 일이세요? 한 번도 와보신 적이 없으면서."

손을 거두어들인 뮤스는 의아한 표정을 지었다.

"물론 한 번도 와본 적이 없었지. 그래서 이렇게 멀쩡한 길 놔두고 엄한 길로 잘못 들어 뺑 둘러왔잖나. 아, 그라프님, 오늘 처음 뵙는군요."

연못가에 앉아 상황을 주시하던 그라프를 발견한 큐리컬드는 고개를 살짝 숙이며 인사를 건넸고, 그라프 역시 손을 들어 답해주었다. 그리고 다시 뮤스의 얼굴을 바라본 큐리컬드가 말했다.

"내가 이곳에 온 건 다름이 아니라 어떤 녀석들이 자네의 초상화를 들고서 행적을 찾고 있더군. 자네가 파솔에 머물고 있다는 것을 정확히 알고 온 것 같지는 않은 듯한데, 분위기로 봐서는 정체를 숨긴 기관의 인물들이었어."

그의 말을 듣던 뮤스는 머리를 긁적이며 생각에 잠겼다. 하지만 답을 찾을 수 없었는데, 이곳까지 와서 그를 찾을 만한 사람은 없었던 것이다.

"글쎄요. 그렇게까지 저를 찾을 만한 사람은 없는 것으로 알고 있는데… 혹시 도이첸 제국의 황제가 귀족들 몰래 보낸 것인가? 아니면 귀족들이 나를 해하기 위해 보낸 것일까?"

"어떻게 할 텐가? 자네가 별로 마음에 들지 않으면 그들이 떠날 때까지 다른 곳에 있으면 되니까 상관없어. 다른 동료들에게도 입 조심을 시켜놓고 왔지."

무엇이라 결정 내릴 수가 없었던 뮤스는 그들의 대화를 다 듣고 있었을 그라프를 바라보았다. 그에게 자문을 구하는 것이었는데, 그라프에게 이미 자신이 추방당한 배경을 말해 주었고, 이런 일에 대한 판단은 자신보다 그라프가 훨씬 현명하다는 것을 알고 있었기 때문이다.

"그라프님, 어떻게 하면 좋을까요?"

잠시 생각해 보던 그라프는 어깨를 으쓱거리며 대답했다.

"글쎄… 내가 보기에는 자네를 해치기 위해 온 것은 아닌 것 같네. 원래 모험자들 사이는 소문이 빠르기 때문에 해칠 생각으로 자네를 찾고 있었다면 그런 식으로 그림을 들이밀며 자네에 대해 묻고 다니진 않겠지. 지금과 같이 누군가가 미리 와서 위험을 말해 줄 수도 있으니까 말야."

"흠… 그럼 한번 만나보기로 하죠. 지금 그들이 파숄에 있나요?"

걱정되는 듯 뮤스를 바라본 큐리컬드가 다시 한 번 물었다.

"정말 괜찮겠나? 그다지 느낌이 좋지 않게 생긴 녀석들인데 말이야."

"뭐, 별일이야 있겠어요? 누구에게 원수를 진 일도 없는데……."

"그럼 어쩔 수 없지. 같이 돌아가세."

결정을 내린 뮤스는 자신의 낚싯대를 챙겼고, 큐리컬드는 그라프에게 다가가 그가 도구 정리 하는 것을 돕기 시작했다.

말 두 마리가 몰고 있는 달구지 한 대가 세 명의 사람을 태우고 파숄로 들어오고 있었다. 그것을 처음 본 모험자들이라면 이상한 눈빛으로 바라봤을 테지만, 파숄에 묵고 있는 모험자라면 누구나 그것이 큐리컬드가 애용하는 교통수단이라는 것을 알고 있었다. 큐리컬드는 마을로 들어오자 외벽 근처에 달구지를 세웠다. 그리고 그라프의 짐을 대신 들어 내리며 뮤스를 향해 말했다.

"그들은 자네가 쓰는 왼쪽 집을 쓰고 있다네. 나도 함께 따라가 줄까?"

뮤스는 자신을 걱정해 주는 그의 마음이 고맙긴 했지만 이렇게 사람이 많은 곳에서 무슨 일이 일어날 것 같지는 않았기에 사양했다.

"하하! 저 혼자라도 괜찮아요. 그럼 나중에 식사할 때 뵙도록 하죠."

"그렇다면 할 수 없지. 혹시라도 무슨 일이 생기면 비명을 지르라고. 동료들을 이끌고 당장에 달려갈 테니."

"네, 그렇게 할게요."

그리고 달구지에서 내리는 그라프를 향해 말했다.

"그라프님, 오늘은 화공학에 대해서 설명해 드릴 테니 어제 적어드렸던 것들을 다시 한 번 읽어보고 계세요. 그리 오래 걸리지는 않을 테니까요."

"뭐, 그렇게 하도록 하지. 하지만 모조리 다 외우라는 말은 하지 말게. 늙으면 외우는 일 자체가 곤욕이니까."

"하하! 하지만 언젠가는 다 외우셔야 할 거예요."

웃으며 고개를 끄덕인 뮤스는 큐리컬드가 가르쳐 준 집으로 발걸음을 옮겼고, 그의 뒷모습을 보던 큐리컬드는 아직도 뮤스가 그들을 만나러 가는 것이 찜찜한 듯했다.

"괜찮을까요?"

"허헛! 만 마리의 카일락스들한테서도 아무 일 없었던 사람일세. 쓸데없는 걱정을 하는구먼."

"왜 또 그 이야기를 꺼내십니까? 이제야 악몽에서 겨우 헤어 나왔는데……."

큐리컬드는 불과 두 달 전에 있었던 일을 생각하며 고개를 내저었다. 그 일 이후로 큐리컬드는 은연중에 받은 압박감 때문인지 밤마다 카일락스들에게 쫓기는 악몽을 꾸게 되었고, 지금 생각해도 그때의 일을 생각하면 치가 떨릴 정도였다.

뮤스는 노크도 하지 않은 채 문을 열고 집의 안쪽으로 들어섰다. 이 마을의 집은 정해져 있는 주인이 없었기에 어느 집이든 자신의 집과 같이 드나들 수 있었는데, 집은 그저 비, 바람, 추위를 막을 수 있는 공터라는 개념이 이곳 사람들의 머리에 깔려 있었다. 하지만 지금 어둠

침침한 집 안에서 대화를 나누고 있는 다섯 명의 인물들은 그렇지 않은 듯했는데, 갑작스럽게 문이 열리자 곧바로 병장기를 뽑는 소리가 나면서 소리치는 것이었다.

"누군데 아무 기척 없이 들어오는 것이냐!"

그들이 이렇게 나오자 오히려 머쓱해진 것은 뮤스였는데, 원래 바보들의 마을에서는 평범한 사람이 바보 취급을 당하는 것이었다. 그러나 예전의 뮤스였다면 그들에게 사과를 하고 들어갔겠지만 이미 뮤스는 상당히 변해 있는 상태였다.

"원래 이곳의 집들은 주인이 없습니다. 그러니 내가 이 집 안으로 들어오더라도 그 누구의 허락이 필요한 것은 아니죠."

뮤스의 말을 듣던 이들은 동료들의 눈치를 살폈고, 그의 말을 잘 이해했는지 뽑아 든 병장기를 다시 회수했다. 그리고 그들의 우두머리 격인 카밀턴이 사과를 했는데, 상대의 목소리가 젊다고 느꼈기에 자연스럽게 경어를 쓰지는 않고 있었다.

"미안하게 됐네. 우리는 이곳에 처음 온 처지라 아직 잘 모르는 상태였으니 이해해 주게나."

그들의 태도로 보아 뮤스가 태양을 등진 상태였기에 얼굴을 아직 확인하지 못한 듯했다. 이를 눈치 챈 뮤스는 그들을 떠보고자 말을 이었다.

"그건 그렇고 어디를 여행하는 모험자들입니까?"

"우리는 미개척지를 떠돌면서 한 젊은이를 찾고 있는 중인데 실마리조차 잡지 못하고 무작정 이렇게 떠도는 중이라네. 그건 그렇고 자네도 이 집을 함께 쓰나?"

그들의 서슴없는 대답에 최소한 자신에게 나쁜 감정을 가진 것은 아니란 결론을 내린 뮤스는 집 안으로 들어서며 고개를 가로저었다.

"아닙니다. 그저 여러분들이 저를 찾고 계시다는 말을 듣고 이렇게 찾아온 것입니다."

전혀 뜻밖의 상황에 다섯 명의 일행들은 자신의 귀를 의심해야만 했는데, 지난 몇 달간 고생을 하며 찾아도 소식 한줄기 듣지 못했던 그가 자신의 발로 찾아왔기 때문이다. 이에 침착하기 그지없던 카밀턴 역시 흥분한 듯했다.

"그렇다면 자네가 공학원의 원장인 뮤스 드라켄 맞나?"

"맞습니다. 제가 그 뮤스 드라켄이죠. 한데 대체 어디서 온 분들이시죠? 이런 곳에서 저를 찾을 사람이 제 기억에는 없군요."

금세 마음을 가라앉힌 카밀턴은 본래의 기색을 회복하며 옆에 있는 의자를 빼내었다.

"그것은 곧 알게 될 것이네. 우선 이쪽으로 앉아주겠나?"

고개를 끄덕인 뮤스는 전혀 위축되는 느낌 없이 발걸음을 옮겨 그들에게 다가갔다. 이미 앉아 있던 이들은 그의 얼굴을 보며 진위 여부를 살폈는데, 머리가 길게 자란 것만 뺀다면 지난 몇 달간 지겹도록 봐왔기에 눈을 감고도 그릴 수 있게 된 초상화의 인물과 일치한다는 것을 알 수 있었다. 뮤스가 자리에 앉자 일행들과 함께 그의 얼굴을 보던 카밀턴이 반대 편에 앉은 일행을 한번 바라보며 입을 열었다.

"우리가 원장을 찾은 이유는 이제 저 친구가 설명을 해줄 것이네. 다만 한 가지 약속을 해주었으면 하는데… 사정이 있으니 이제 곧 알게 될 우리의 정체를 누구에게도 밝히지 않았으면 하네."

무슨 일인지 몰랐지만 이렇게까지 정색을 해오자 동의할 수밖에 없었다.

"그렇게 하도록 하죠. 이제 무슨 일인지 들어도 될까요?"

뮤스의 시선은 카밀턴이 소개한 일행의 얼굴에 멈추었다. 그는 다른 이들과는 다르게 학자풍의 모습이었는데, 근육질의 몸도 아니었고 오히려 보통 사람에 비해 몸이 약한 듯 보였다. 하지만 그의 말이 시작되면서 뮤스의 상념은 지워졌다.

"저는 니카도라고 합니다. 이렇게 대단하신 분을 만나뵙게 되어 영광입니다. 저희는 비밀리에 듀들란 제국에서 파견된 사람들입니다. 지난 몇 달 동안 뮤스 원장님을 찾기 위해 미개척지를 뒤지며 돌아다녔었죠."

뮤스는 듀들란 제국이라는 이름을 크라이츠를 통해 들은 적이 있었는데, 도이첸 제국과 함께 가장 큰 국가이고 대륙에서 유일하게 다른 언어를 쓴다는 정도였다. 그의 말을 듣던 뮤스는 더 더욱 의아한 생각이 들었다.

"듀들란 제국에서는 왜 저를 찾고 있는 것이죠? 그곳에는 아는 사람도 없습니다만……."

이야기를 시작한 후로 계속해서 미소를 입가에 머금고 있는 니카도는 그의 반응을 예상했기에 미리 준비해 둔 대답을 떠올리며 말을 이었다.

"저희 듀들란 제국에 뮤스님께서 개인적으로 잘 알고 계시는 분이 있으십니다. 그리고 우리 역시 그분께서 보내셔서 온 것입니다."

물론 이들은 장영실을 만나본 적도 없었고 장영실 또한 시간이 지나고 나서야 이번 일에 대해 알게 되었기에 그의 말은 사실이 아니었다. 하지만 뮤스를 끌어들이기 위해 어쩔 수 없이 지연 관계를 이용해야 한다고 생각한 니카도는 교섭인답게 적절한 거짓을 섞어가며 상대의 마음을 이끌고 있는 것이다. 뮤스는 자신을 알고 있는 사람이 듀들란 제국에 있다고 하자 다시 한 번 기억을 되살려 봤다. 하지만 결국 찾아 내지 못한 뮤스는 고개를 저었다.

"절대 그럴 리가 없는데… 대체 그 사람이 누구죠?"

뮤스의 되물음에 그의 눈을 똑바로 응시한 니카도는 자신의 말을 뇌리에 선명히 기억시키려는 듯 한 자씩 또박하게 말했다.

"바로 듀들란 제국의 남작으로 계시는 장영실 경이죠."

"장영실 아저씨!"

그의 입에서 장영실의 이름이 나오자 뮤스는 눈을 더 커질 수도 없을 만큼 부릅떴는데, 한동안 말을 이어 나가지 못할 정도였다. 뮤스의 반응이 생각보다 확실하자 니카도는 이번 교섭의 시작이 좋다고 생각하고 있었다.

"장영실 경께서 뮤스 원장님의 추방 소식을 전해 듣자마자 황제 폐하의 동의를 얻어 저희를 이곳으로 파견한 것이죠."

말을 마친 니카도는 뮤스가 마음을 진정시키도록 기다렸다. 이것이 능숙한 교섭인의 여유인 것이다. 역시 그의 생각대로 뮤스가 신색을 되찾자 궁금한 것이 많은 듯 수많은 질문들을 머리에서 정리하며 하나씩 물어보기 시작했다.

"지금 장영실 아저씨가 듀들란 제국에 머물고 계시는 것이 정말입니까?"

"물론입니다. 장영실 경께서는 남작의 작위를 하사받으시고 국가 중대 사업의 지휘봉을 잡고 계십니다."

뮤스에게는 그의 대답이 정말 의외였는데, 장영실이 지난날 겪은 일들을 알 수 없었던 뮤스로서는 자신을 찾기 위해 이 세계로 온 장영실이 한 국가의 벼슬을 하며 살고 있다는 것이 선뜻 이해가 안 됐기 때문이다. 뮤스의 질문이 계속되었다.

"장영실 아저씨가 어떻게 해서 듀들란 제국에서 남작의 작위를 받게 되었는지 혹시 아십니까? 조금 이해가 가지 않는 부분이 있어서……."

예상치 못한 뮤스의 질문에 니카도는 잠시 당황했다. 나름대로 장영실에 대해 철저히 조사를 한다고는 했지만 장영실의 계약에 대해 알고 있는 인물은 그와 직접적인 연관이 있는 몇 명을 제외하면 전무했고, 또 뮤스가 이런 질문을 던질 것이라고는 생각도 못했던 것이다. 하지만 그는 듀들란 제국 최고의 교섭인인만큼 표정 관리에 능숙했다. 결국 어찌 대답을 해야 할지 생각해 보던 니카도는 귀족 작위가 하사되는 정형적인 모습을 떠올리며 스스로 이야기를 만들어갔다.

"흠… 작년 이맘때쯤, 장영실 경께서 듀들란 제국에 모습을 나타내셨습니다. 그분은 평범하지 않은 기개를 가지고 계셨는데, 수많은 사람들 틈에 있어도 한눈에 알아볼 수 있을 정도셨죠. 그리고 그분은 황제 폐하께 직접 만든 국가 사업의 계획안을 제출하시며 간택을 기다리셨고 그것을 보며 감탄해 마지않은 폐하께서는 장영실 경께 남작의 작위를 하사하시고 국가 사업을 일임하셨습니다."

니카도는 말하는 도중에도 여러 가지의 수식을 가져다 붙였고, 이것은 듣는 사람으로 하여금 호감을 자아내게 하기 위한 수단 중의 하나였다.

말을 마친 그는 뮤스의 표정을 살피기 시작했는데, 니카도의 말을 듣고 있던 뮤스는 분명 이해할 수 없는 부분이 많다고 생각했지만 자신이 유명세를 이용해 장영실을 찾기 위해 공학원을 만들었듯이 그에게도 나름대로의 사정이 있었을 것이라고 생각하며 합리화시켰고, 자신을 찾기 위해 사람들까지 보냈다는 사실에 더욱 들떠 있었다.

니카도는 좋은 분위기를 놓치지 않고 장영실의 근황에 대해 더욱 자세한 이야기를 해주기 시작했다. 그가 하고 있는 일이 어떤 것인지, 그가 어떠한 대우를 받고 있는지 등을. 한동안 그의 이야기를 듣고 있던 뮤스로선 장영실이 안전하게 있다는 것 하나만으로도 기분 좋은 소식이었는데 그가 자신의 능력을 유감없이 발휘하여 인정받으며 지내고 있다고 하니 그 기분은 더 이상 말할 것도 없이 좋은 상태였다. 그리고 대충 분위기가 잡혔다고 생각한 니카도는 이 교섭을 위해 준비된 마지막 열쇠를 내밀었다.

"이것은 장영실 경께서 뮤스 원장님께 전해달라고 하신 편지입니다."

떨리는 손으로 장영실의 편지를 받아 든 뮤스는 인장이 아직 뜯기지 않았음을 확인하며 물었다.

"장영실 아저씨가 직접 쓰신 건가요?"

"아마도 그럴 것입니다. 제가 장영실 경께 직접 받아서 오는 길이니까요."

고개를 끄덕인 뮤스는 조심스럽게 편지 봉투를 뜯고 편지지를 펼쳤다. 하지만 뮤스는 그 글들을 읽을 수 없었는데, 도이첸 제국어가 아닌 듀들란 제국어로 쓰여져 있었기 때문이다. 이에 난감하게 된 뮤스는 인상을 찌푸리며 말했다.

"이런 글씨도 있습니까? 저는 이 글을 읽을 줄 모릅니다만……."

니카도는 뮤스가 듀들란 제국어를 모른다는 것에 고개를 갸웃거렸다. 보통의 학자들이나 대학 학생들의 경우 국적을 막론하고 도이첸 제국어와 듀들란 제국어를 배우는 것이 기본이었는데, 공학원의 원장의 위치를 가진 뮤스가 듀들란 어를 읽지 못하는 것이 이해가 되지 않았기 때문이다. 하지만 그에 대해 물어보는 것은 상대의 기분을 상하게 할 수도 있었기에 내색치 않으며 말했다.

"그러시다면 제가 직접 읽어드려도 되겠습니까?"

남이 자신에게 온 편지를 읽는다는 것이 유쾌하지는 않았지만 뮤스는 어서 그 편지의 내용을 알고 싶었기에 고개를 끄덕였다.

"부탁드리겠습니다."

뮤스의 허락이 떨어지자 헛기침을 한번 한 니카도는 편지에 적혀 있는 내용을 읽어 내려가기 시작했다. 뮤스는 한 자라도 놓치지 않으려는 듯 귀를 기울였다.

"친애하는 뮤스에게, 너와 헤어진 지도 상당한 시간이 흘렀구나. 조이센 대륙에서 이곳으로 건너와 많은 날들을 너를 찾아 헤매었지만 너의 종적을 찾을 수 없었고……."

니카도가 읽고 있는 장영실의 편지는 장영실이 루스티커에게 해준 이야기를 기초로 해서 꾸며진 편지였는데, 주된 내용은 개인 편지라는 성격답게 뮤스의 안부와 자신의 안부를 전하는 내용이었고 부수적인 내용으로는 듀들란 제국으로 와서 자신의 일을 도와달라는 내용의 편지였다. 세 장 정도의 분량이 되는 편지를 다 읽자 니카도는 그것을 다시 뮤스에게 건네주며 마지막 말을 건네기 시작했다

"이상이 장영실 경께서 뮤스 군께 전하는 내용입니다. 저희 듀들란 제국에서는 타국의 이목을 속이고 뮤스 원장님을 듀들란 제국으로 모실 계획입니다. 물론 도이첸 제국의 우방 국가로서 추방령에 대한 규칙을 지켜야겠지만, 그보다 뮤스 원장님을 듀들란 제국으로 모시는 일이 더 중요하다고 판단한 것이죠. 만약 뮤스 원장님께서 저희와 함께

장영실 경이 계시는 듀들란 제국으로 가신다면 전례에 없는 대우를 받을 수 있으실 것입니다. 저희와 함께 갈 의향이 있으십니까?"

자신이 할 일을 모두 끝낸 니카도는 오늘 교섭에 대해 대단히 낙관적으로 보고 있었다. 그의 임기응변도 완벽에 가까웠고 뮤스의 반응도 좋아 보였기 때문에 이제 곧 동의의 의사가 떨어질 것이라 장담하고 있었다.

하지만 니카도가 생각하는 것보다 뮤스의 머리 속은 훨씬 복잡한 상태였기에 어떠한 결론도 내리지 못하고 있었는데, 워낙 부지간에 일어난 일들이었기에 그가 듀들란 제국으로 간 이후의 상황에 대해 아무런 마음의 준비도 없었기 때문이다. 그 덕에 니카도는 조금 애매한 대답을 들을 수밖에 없었다.

"제게 생각할 시간을 좀 주시겠습니까? 여러 가지 생각해 볼 것이 많아서……."

예상 못한 대답에 듀들란 제국 최고의 교섭인으로서의 자존심에 충격을 받은 니카도는 그의 마음을 확정 짓기 위해 노력하기 시작했다.

"물론 너무나 갑작스러운 이야기일지는 모르겠지만 언제나 이런 기회가 오는 것은 아닙니다. 장영실 경을 만날 수 있는 동시에 출세까지 보장되는 상황이란 말이죠."

하지만 뮤스의 생각은 변함없었다. 확실한 상황의 정리 없이는 어떠한 행동도 취하지 않는다는 뮤스 성격에 대한 니카도의 이해가 부족해 발생한 일이었다.

"저도 들어서 잘 알고 있습니다. 다만 지금 당장 결정을 내리기에는 저의 개인적인 사정이 너무 많다는 것입니다. 며칠의 시간적 여유를 주셨으면 합니다."

뮤스가 이렇게 나오자 기다림도 교섭의 일부분이라고 생각하기로
한 니카도는 고개를 끄덕였다.

"좋습니다. 어차피 지난 몇 달간 뮤스 원장님을 찾아 헤맨 것에 비
하면 며칠 기다리는 것쯤이야 일도 아니죠. 그럼 현명한 선택을 하시
길 바라겠습니다."

"네, 감사합니다."

이렇게 교섭대와 첫 만남을 끝낸 뮤스는 장영실의 편지를 손에 들고
방을 나섰다. 모든 대화를 교섭인에게 맡겨놓은 채 이야기를 듣고만
있던 카밀턴이 니카도를 보며 물었다.

"어떤가? 교섭이 성공할 가능성이 보이는가?"

하지만 니카도는 명확한 대답을 해주지 못하며 손으로 얼굴을 쓸어
내렸다.

"글쎄요, 상대가 무슨 생각을 하고 있는지 알지 못한 상태로 교섭을
했으니 어찌 될지는 모르는 일이죠. 그저 위에서 내려온 정보를 최대
한 이용했을 뿐입니다."

"흠, 그렇군."

짤막하게 대답을 하던 카밀턴은 품으로 손을 넣었다. 거기에서는 종
이의 질감이 느껴지는 무엇인가가 있었는데, 교섭이 결렬되었을 때 열
어보라며 전해준 붉은색의 봉투였다.

뮤스가 자신의 숙소로 돌아오자 그라프는 휴대용 전뇌등의 불빛에
의존해 책을 읽고 있었다. 뮤스가 들어오는 낌새를 느낀 그라프는 잠
시 시선을 돌리며 말했다.

"그자들이 왜 자네를 찾아왔는지 알게 됐나?"

하지만 뮤스는 무슨 생각을 복잡하게 하고 있는지 그라프의 말을 듣지 못한 듯했다. 이런 그의 모습에 익숙해진 그라프는 책을 덮으며 뮤스에게 다가갔다.

"대체 무슨 생각을 또 그렇게 골똘히 하고 있는 건가? 그들이 좋지 않은 말이라도 한 거야?"

그때서야 그라프의 목소리를 들은 뮤스는 손에 들린 장영실의 편지를 뒤로 숨기며 고개를 저었다.

"아, 아무것도 아니에요. 예전에 알고 지내던 분이 계셨는데 그분의 소식을 전하기 위해 저를 찾았다고 하더군요."

대충 이야기를 둘러대는 뮤스였지만 그라프가 그것을 눈치 채지 못할 리는 없었다. 하지만 직접적으로 캐묻는 것도 마땅치 않다고 생각했기에 고개를 끄덕이며 지나가는 투로 뼈가 담긴 말을 던졌다.

"흠, 그 사람의 지위가 상당한가 보군. 다섯 명의 훈련받은 기관원을 시켜 이 넓은 미개척지에서 자네 한 명을 찾게 하는 것을 보면 말이야."

정곡을 찌른 그라프의 말을 들은 뮤스가 얼떨결에 대답하게 되었다.

"아, 남작의 지위를 가진 분이시죠."

처음에는 별 대수롭지 않게 그의 이야기를 듣고 있던 그라프는 남작이라는 말에 눈빛이 변한 채 태도를 더욱 진지하게 바꾸며 물었다.

"그들이 그러던가, 자신들을 파견한 사람이 남작이라고?"

"네, 분명히 그렇게 들었습니다."

잠시 생각에 잠기며 수염을 쓸어 내리던 그라프는 뭔가 탐탁지 않은 부분이 있는 듯 고개를 가로저었다.

"흠, 아무래도 뭔가가 있는 것 같군. 고작 남작의 지위를 가진 자가 국가 비밀 기관원을 움직일 수 있을 리가 없지 않나?"

그의 말을 듣던 뮤스는 생소한 말에 조금 놀라며 되물었다.

"그들이 비밀 기관원이라는 것이 무슨 말씀이시죠?"

"자네가 알지는 모르겠지만, 각 국마다 비밀 기관을 하나씩 가지고 있다네. 대체적으로 대외적으로 알려지면 안 되는 일들을 수행하기 위해 조직되는 것이 보통인데, 내가 고문으로 있던 도이첸 제국만 해도 세 개의 비밀 기관이 있다네. 하지만 그 존재를 알 정도의 위치면 최소한 재상과 맞먹는 위치에 있는 자여야 하지. 뭐, 내가 다른 국가의 실정에 대해서 밝은 것이 아니라 잘은 모르겠지만, 아무튼 남작의 지위로는 그들을 움직이기는커녕 그들의 존재도 모르고 있을 것이란 말일세."

그라프의 이야기를 듣고 있던 뮤스는 마른침을 삼켰다. 그의 이야기가 사실이라면 그들은 어떠한 목적을 가지고 접근한 것이고, 니카도에게 들은 내용 중에서도 어디까지가 믿을 수 있는 정보인지 알 수 없었기 때문이다.

"저들이 꼭 그 기관원이라고 확신할 수도 없는 일 아닙니까?"

피식 웃은 그라프는 자신의 생각을 확신하는 투로 말했다.

"저들이 하는 행동을 보면 그쯤은 손쉽게 알 수 있다네. 뭐, 자신들이야 완벽한 변장이라고 굳게 믿고 있겠지만, 경험이 많은 사람들의 눈을 속이기는 어렵지."

그라프의 말이 지금까지 한 번도 틀린 적이 없었는 데다 그가 이렇게까지 확신하고 나오자 자신을 찾아온 이들이 기관원이라는 사실을 받아들일 수밖에 없었다. 뮤스가 고민하자 그라프가 뒷짐을 지며 말했다.

"나에게 그들이 한 말을 말해 주면 안 되겠나? 보아하니 그들과 비밀을 지켜달라는 약속을 한 것 같은데 그들이 진실하지 못한 상황에서 그러한 약속을 지킬 이유가 있겠나?"

역시 그라프는 대현자라는 칭호가 아깝지 않게 뮤스의 표정과 행동만을 가지고 날카롭게 상황을 파악하고 있었다. 결국 설득력 높은 그의 말을 듣던 뮤스는 혼자 고민을 하더라도 해결을 볼 자신이 없었기에 그라프의 조언이 필요할 때라고 생각했고, 결심을 굳히며 그들이 들려준 이야기와 함께 그 배경이 되는 이야기를 부분적으로나마 그라프에게 설명하기 시작했다. 장영실이 안전하게 있다는 사실만큼은 꼭 믿고 싶은 뮤스였기에.

〈제6권 끝〉

최용섭 판타지 장편 소설

NEW SENSE STORY & FANTASY

마도의사

마력적 재미! 날밤 지새웠다!
판타스틱 신감각 판타지!

사라진 마도와 함께 잊혀진 마도병.
의문의 사고와 함께 다시 재현되고…
비밀의 문을 열고 들어선 그곳에는…

감추어진 진실들을 속속들이 파헤친다!

●마도의사 / 최용섭 著 / ①-⑥권 발매중 / 7,500원

이새인 판타지 장편 소설

Binder
바인더

열심히 깽판 친 당신이여!
떠나라! 마물 찾아 이계로!

마물 헌터 『바인더』 현실 세계로의 화려한 외출!

판타지 세계에서 날아든 퇴마 퇴폐 기사!
그 이름은 게일 N. 질마하탄!
신전의 계략에 빠져 육체도 없이 영혼만이 떠났건만…
어찌하여 빈약하디 빈약한 육신의 소녀에 깃든단 말인가!

용서될 수 없는 판타지적 쾌감의 세계로 안내한다!
현세를 배경으로 펼쳐지는 본격 러브 서스펜스 퇴마 판타지!

●바인더 / 이새인著 / ①-③권 발매중 / 7,500원

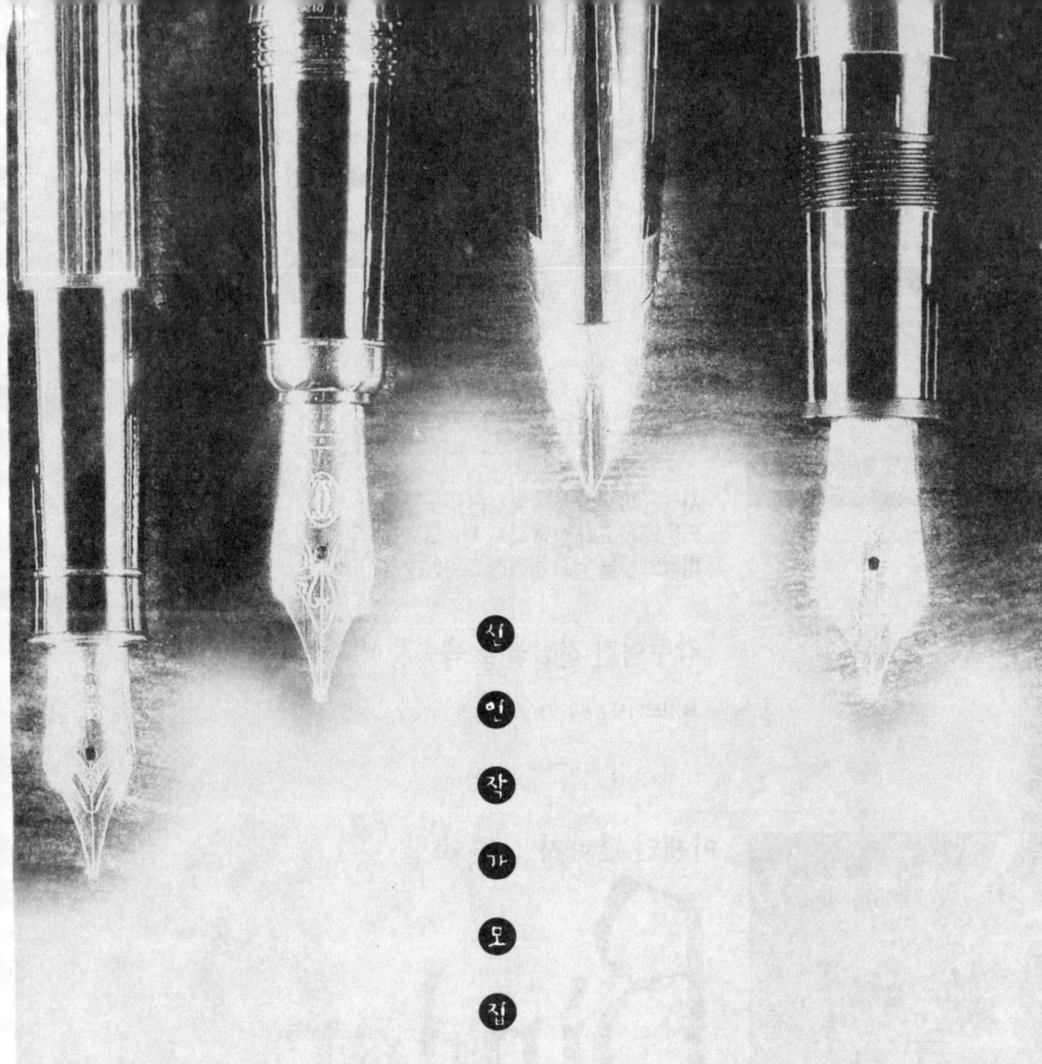